———— 阅读之前 没有真相

午夜文库

水母不会冻结

[日] 市川忧人 著
金静和 译

新 星 出 版 社　NEW STAR PRESS

目录

	获奖感言
1	序　章
4	第1章　水母船（Ⅰ）
18	第2章　地面（Ⅰ）
31	幕　间（Ⅰ）
34	第3章　水母船（Ⅱ）
43	第4章　地面（Ⅱ）
72	幕　间（Ⅱ）
75	第5章　水母船（Ⅲ）
88	第6章　地面（Ⅲ）
105	幕　间（Ⅲ）
109	第7章　水母船（Ⅳ）
119	第8章　地面（Ⅳ）
156	幕　间（Ⅳ）——独白
157	第9章　水母船（Ⅴ）
171	第10章　地面（Ⅴ）
187	幕　间（Ⅴ）
189	第11章　水母船（Ⅵ）
200	第12章　地面（Ⅵ）
225	幕　间（Ⅵ）
229	终　章

获奖感言

总觉得自己绕了很长的远路。

在过去的岁月中,我一直无法直面学生时代以来的梦想,只把被工作压榨之后所剩无几的时间,花费在创作从未期望能见光的故事上。

然而如今,在走完绕远的道路之后重读本作——那原以为是徒劳无功的岁月的足迹,却似乎被刻在了作品的各个角落。或许也有抛开一切只朝着梦想前行的道路存在,但在那条路上创作出的故事应该会与本作完全不同,也就无法获得鲇川哲也奖这一荣誉了。

从今以后,我作为写作者的崭新人生将要开始。虽然或许会比之前走过的路更加昏暗艰险、蜿蜒曲折,但现在的我想要相信,在这条路上走出的每一步,都会通往新的地方。

最后请允许我对选择了拙作的评审委员老师们、对为我送上祝贺的人们,以及接下来将要阅读本作的各位,致以衷心的感谢。

市川忧人

序　章

　　最终，直到最后的最后，对瑞贝卡而言，我都只是个外人。
　　见面时会交谈，偶尔会彼此微笑，甚至我还碰到过几次她的手——即便如此，我对她来说，除了"认识的人"以外什么都不是。
　　对于我喜欢的音乐，我讨厌的食物，以及我从哪里搬来，直到最后她都一无所知。
　　要说我对此没有一丝怨恨，那是在说谎。
　　在学校正门前，与正和其他同学谈笑的瑞贝卡擦身而过的时候……
　　远远地望着她在打工地点——大学附近的购物中心门口温柔地安抚迷路的女孩的时候……
　　我甚至还曾不止一两次心生无明火。为什么那双眼睛不能只看着我一个人呢？
　　与其说这是冲着她而去的怒火，不如说这是对站在隔在两人之间的透明墙壁面前，除了伫立在原地之外别无他法的自己的憎恶。
　　在对对方一无所知这点上，我也是一样。
　　对于瑞贝卡喜欢读"二战"之前的恋爱小说，讨厌喝柠檬汁，甚至连她就住在离购物中心不远的那栋位于河边、日照良好的公寓里的事——

我都是在瑞贝卡死后才知道的。

如果那时，我能有哪怕一点勇气……

如果我向她表白，抱住她柔软的身体，吻上她的唇……

她会回应我吗？我能拯救她吗？

不知道。这一切都是毫无意义的妄想。

瑞贝卡被他们夺取了一切，像抹布一样被丢弃，而那时的我不仅没能阻止，甚至对此毫不知情。这才是现实。

那么，我现在的所作所为是为了什么呢？

我既然知道一切都已太晚，也明白瑞贝卡和我终究只不过是外人，却还要让他们从这个世界上消失。这究竟有什么意义呢？

答案很明白。根本没有什么意义。

这只是一种现象。

就像铁块掉进水里会不断下沉，就像沙堆的城堡在海浪的拍打之下会悄无声息地崩塌一样。现象只是依照既定的物理法则使世界发生改变，没有任何意义。

"喂，你觉得呢？"

我冲着伏在地上的那家伙的后脑勺重重敲下了第二击。那家伙一边惨叫一边四肢抽搐。

第三击、第四击、第五击、第六击。在举起第七击时我停下了手。叫声和抽搐都已经停止了。那张布满了恐惧和痛苦的脸贴在地上，最后的猎物彻底断了气。

四周被昏暗的天色和冰冷的空气所支配了。
暴风雪一边发出妖魔般的咆哮，一边摇晃着水母船。

我把钝器扔在地上，开始着手最后的工作。
剩下的事情并不多。
——只要把我自己，从这冰雪的牢狱中消除即可。

第1章 水母船（Ⅰ）
一九八三年二月七日 15：00—

【标题】新型气囊式飞艇 JF-B 航行测试企划书

【目的】为了新型气囊式飞艇的上市，进行长距离航行性能的最终确认

【时间】1983年2月6日—9日（三日＋缓冲日）

【航线】A 州 P 市（出发）～N 州 A 市～C 州 T 市～W 州 R 市～I 州 L 地区～I 州 M 市～N 州 R 地区～A 州 F 市～A 州 P 市（到达）（参照图1）

【机型／制造编号】JF-B\T0003（参照图2至4，表1至3）

《与旧机型 JF-A 的不同之处》

气囊从旧型的 FF03 变为新开发产品 FF04

新增自动航行功能（参照补充资料2）

变更舱内装潢设计（参照补充资料3）

【乘坐人员】

菲利普·费弗（技术开发部部长）

内维尔·克劳福德（同部门副部长）

克里斯托弗·布莱恩（同部门研究员）

威廉·查普曼（同部门研究员）

琳达·汉密尔顿（同部门研究员）

爱德华·麦克道尔（派遣员工）

以上六名

【测试项目】

平均／最高航行速度

燃料消耗量

气囊真空度可控性

自动航行功能的动态性能……

※

1983年2月7日（周一） 新型气囊式飞艇长距离航行测试第二天

14:11 在第四测试点补给完毕。

15:00 无异常。顺利航行中——

停下手中的笔，威廉·查普曼抬起头，将视线从测试记录转向气囊式飞艇的窗外。

窗外，一片蓝色，其中流动着颜色鲜亮的白云，地平线在遥远的低处。

把脸凑到窗边向下看，下面是一片红褐色的沙土和少许散落的灌木。这是一片与丰饶一词相去甚远的凄冷荒凉的风景。

寂静无声。隔着窗户传入耳中的，只有风的轻声呢喃，和控制升力的螺旋桨的运转声。飞速运转的螺旋桨发出的是那些粗俗的喷气式发动机所无法比拟的声音，那细微而富有韵律感的"啪嗒"声听起来十分令人愉悦，像摇篮曲一般召唤威廉走向睡梦的深渊。

威廉拍了拍自己的两颊。虽然他很想躺在床上,但要是被内维尔发现他打盹可就糟了。那个男人对别人的玩忽职守一向毫不留情。

就在这时,无线对讲机的灯突然亮起,一个混着杂音的声音使喇叭振动起来。

"威尔,还活着吗?还活着就大声回一句。"

即使隔着噪声,也能一瞬间就听出来是克里斯托弗·布莱恩那开朗的声音。

"……死了。"

从无线对讲机中传出了布帛撕裂般的风声。那家伙现在应该是从安全出口穿行到了位于飞艇尾部的阳台,在狂风呼啸、距离地表两百米的天空中仅凭狭窄的落脚处和细细的扶手,用眼睛确认气囊的情况——这是对他在上班时间喝酒的惩罚。他会特地呼叫过来,难道是有什么异常情况?

"倒是你那边情况怎么样,克里斯?"

"哎,有个不太好的消息。气囊快破了。"

威廉一下子面无血色。

"真、真的吗?!"

"假的。"

"啊?"

威廉花了几秒才明白克里斯的话中含意。"……喂,克里斯,别开这种让人笑不出来的玩笑。我还以为自己心跳停止了呢。"

要是气囊真的快破了,克里斯不可能还有闲心慢悠悠地打招呼。更何况,真空气囊也没有脆弱到受到一点冲击就会破裂的程度。居然会被这种小学生水准的玩笑骗到,威廉懊悔得只想咬牙。

"抱歉抱歉。怎么样？清醒一点了吧？"

"托你的福。"

刚才的睡意已经被一扫而空。明明是富家少爷，居然会做这种恶作剧，真是个没品的家伙。"你是怕我闲得发慌才特意联络？真是感动得眼泪都要流出来了。"

他们乘坐的机体终究只是为了测试航行性能，所以没有连接内线电话，而是给每个人分配了小型无线对讲机。似乎是从军队借来的产品，内维尔还曾说"被窃听的危险几乎为零"。

起初威廉还对此嗤之以鼻，想着"哪有窃听那么夸张"，然而此次行动的确需要确保没有任何泄露的可能。如果被海对岸的 R 国——与我们 U 国并称超级大国的政治敌对国——知道，会导致十多年前的湾岸诸国危机再度上演。从各种意义上而言，这次的测试可以说关系到技术开发部的命运。

话虽如此……

真正开始航行测试之后，实际要做的就只有检查仪器，和用眼睛确认螺旋桨、发动机和传动带等主要零件的运作而已，一轮下来只需要一小时。操纵方面由运转正常的自动航行系统全权负责，而看护教授的任务也已经推给了爱德华，因此威廉接下来的工作，也就只剩写一写名为测试记录的日记，和不断翻看为了打发时间带来的平装书了。

如果这是一场间谍电影，想必会有前来抢夺飞船的敌国间谍登场，然而那种事自然不会发生。现实就是如此无趣。

"是吧？感谢我吧。"

克里斯那不正经的腔调突然变得认真起来。"刚才只是说笑，能不能帮我去操控室确认一下剩余的燃料数量和发动机转数？把结果报告给我或内维尔都可以。其实直接报告给内维尔更好。"

"了解。"

燃料消耗是此次航行测试的评价项目之一。不过说到底，风的大小会对水母船的燃料消耗产生很大影响，所以在性能的比较方面顶多也只能起到参考的价值……不过，如果是这点小事，内维尔直接交代他就好了，为什么还要特意在中间隔个克里斯呢？虽然心里知道应该是内维尔在与克里斯谈话时顺便让他传话给自己，但威廉还是感到自己受到了轻视，心情有些不快。

算了，事到如今再抱怨也没有什么意义。只要能打发掉哪怕一点时间，什么确认仪器都不是问题。威廉切断无线对讲机，走出了客房。

在狭窄走廊的右侧是窗户，玻璃的另一侧是高高的蓝天。克里斯应该正在那高空之中一边忍耐着寒风，一边继续着肉眼确认工作吧。

高空中的景色静谧而缓慢地流淌。这兼具静寂和飞行感的场景，若是换成轰鸣作响的引擎式发动机或被固定在地面上的高层建筑，是绝对无法感受到的。

……已经，过了十年多了啊。

那时的自己，只是一个随手扔块石头都能砸中的再普通不过的研究生，如今却成为被评价为"改变了航空飞行器历史"的新技术——真空气囊的开发者之一，在行业中位于世界第一的ＵＦＡ公司负责最尖端的技术开发。人生的转变之大，令人事先不敢相信竟然会发生在自己的身上。

现在威廉他们正在进行的工作，是对他们新开发的机体性能进行评价测试。

此次旅程从ＵＦＡ公司的所在地Ａ州的郊外出发，经由邻近的州再回到 A 州，共计两天三夜。途中不会停靠住宿场所。虽然安排了缓冲日以防万一，但食宿都只会在测试机的吊舱中进行。

走廊的左侧包括刚才威廉走出的房间在内，一共有三间客房。船头一侧是一号房，中间是二号房，威廉所在的船尾一侧则是三号房。每个房间里都配备了简易的双层床。参加这次航行测试的六名成员全都住在客房里，这也是为了测试居住的舒适性。所有人都挤在那三间房里，要如何熬过漫漫长夜呢？在初听到这个消息时威廉也有一点担心，不过睡在双层床上的感觉意外的不差。起码没有让所有人都钻进憋屈的睡袋里挤在休息室，已经够值得庆贺的了。

说起来——

在从走廊经过的一瞬，威廉瞥了一眼二号房。

菲利普·费弗教授还是老样子，没有要从房间出来的迹象。

混浊的瘴气仿佛要从门缝里渗出一般。被迫负责看护教授的爱德华——在几个月前作为临时开发人员加入，是搭乘者中最年轻的——屡屡向威廉投来的冰冷目光，令威廉感到有些过意不去，但离航行测试结束只剩下一天半，只能让他再忍一忍了。

一号房靠船头一侧的隔壁房间是厨房。走廊的尽头是休息室兼餐厅。操控室在比餐厅更靠里的位置。

操控室里空无一人。

高度计、速度计、温度计、气压计、风速计、燃料计、转数计——在数个外观单调的计量表的包围之下，操纵杆就像幽灵船的方向舵一般持续动作。

在操纵杆旁边放着一个乳白色箱子，里面有一条细长的缝隙，从里面伸出了数根如触手一般的电线，与操纵杆和仪器相连。

这便是此次新机型的卖点之一，自动航行系统。虽然不知道具体情况，但据说这个乳白色的箱子里有一台256KB内存大容量的计算机，会基于各个计量表的数值，推算出现在的位置及下个目的地的距离和方位，再将信号发送给操纵杆。

这是令人感到有些发寒的光景。

尽管脑海中明白这并不是灵异现象，只是电子技术的产物，操纵杆的运作目前也一切正常。然而……在第一次看到明明无人触碰却不停地小幅运动的操纵杆时，那种无法言喻的恐怖感，还是无法轻易抹去。

如果，这台机器无视指令，把我们带到陌生的地方去呢？威廉摇了摇头。

别傻了。又不是什么科幻电影，机器怎么可能会有意志呢？在确认仪表数值之后，威廉按下了无线对讲机的开关。

※

内维尔·克劳福德走进厨房时，琳达·汉密尔顿正坐在圆凳上修指甲。

"哎哟？你怎么来啦，内维尔？"

"这是我的台词。快回到你的岗位，现在是工作时间。"

因为没看到她人在哪里，便走过来看看，果然就在这里。这只母猫。

"别这么严厉嘛。反正也没事可做，早点儿准备饭菜有什么关系。"

"我还是头一次听说你会做菜。"

洗涤台上没有任何烹饪用具。琳达像是闹别扭一般噘起了嘴。魅惑的琥珀色眼眸楚楚可怜地仰视对方，眼角微微下垂，嘴唇小巧，一头柔软的白金色鬈发。她拥有引人注目的甜美容貌，再加上身材丰满，使她从学生时代起就风流韵事不断，甚至还有过"她之所以会选择航空工程学科，也是从男生占比较多的学科中掷骰子选出的结果"这种当笑话听也令人笑不出来的传闻。

"要说你的工作，可是还有一堆在等着呢。总之别轻举妄动。"

"就算你这么说——"

"不是什么闲不闲的问题。你无视命令这件事本身就是问题。"

即使毕业后已经过了十年，这个女人的任性妄为也没有任何改变。眼看计划就要迎来关键时刻，她居然在这种时候只因为无所事事就擅自行动，这实在令内维尔感到非常不舒服。

"是——"

琳达心不甘情不愿地应声，又突然变换心情露出笑脸，双手搂上内维尔的脖子。

"话说回来，内维尔，说到接下来的事，与其担心我，不如担心教授吧？万一他突然死了，对你来说也很麻烦吧？"

"到时候再说。"

过去人称"气囊式飞艇权威"的教授，如今也只是一个酗酒老人。现在技术开发部的实权，可以说都掌握在内维尔的手里。

"真是可靠。"

琳达带着笑意微张开嘴，凑上内维尔的唇——这时，无线对讲机的呼叫声突然响起。内维尔把琳达扯开，拿起对讲机。

"喂，我是内维尔——是威廉啊，什么事？没关系，你说……剩余 27——RPM314，对吧？我知道了，辛苦了，你回岗位吧。"

大概是自己昨天谈话时太闲了，完全忘了曾通过克里斯交代工作。虽然数据没记下来，但也无妨，反正都是些毫无意义的工作。

"了解。"

对方只回了一句就切断了通话，语气带着刺，仿佛在说"我不想见到你，也不想和你说话"。

"真是的，这个木头人。"琳达的表情扭曲了起来。

"现在是工作时间。"内维尔只丢下这句，便离开了厨房。

此刻，无线对讲机又响了。内维尔刚"喂"了一声，爱德华的声音便从听筒中直接跳了出来。

"内维尔，这里是定时报告。可以开始报告了吧？"

"嗯。"

这是数月前作为临时开发人员刚被派来的年轻人。爱德华以他那与年龄相符，却少了几分活力的语调，向内维尔汇报了发动机舱的检查结果。所谓报告，总结来说就是"并无异常"。内维尔适当地应付了几声，交代了两三个无关紧要的指示，便切断了通话。

他回头看去。厨房的门已经关上了。内维尔伸出手，却又放了下来，转身离去。现在是工作时间。

在走进自己的房间一号房之前，隔壁二号房的房门进入他的视野。

——与其担心我，不如担心教授吧？

真是蠢话，事到如今还有什么需要担心的。

那个老人已经没有任何力量。无论是在实务上还是组织运营上，技术开发部的首脑实质上都已变成了内维尔。这并非只是内维尔自作多情，也是其他成员的共识。

内维尔闪身进入房间。必须再好好地确认一下计划的细节才行。

※

工作结束后，爱德华·麦克道尔敲响了二号房的房门。

"教授，差不多到吃晚饭的时间了。"

无人应声。

"教授？"

没有回音，取而代之的是从门缝里传来的微小的呻吟和鼾声。爱德华握住门把。门没有上锁。他顺势把门打开，一股酸臭味扑鼻而来。

大量的空瓶和空罐滚在地上。爱德华皱着眉继续走向前。在墙边那张双层床的下铺，神志不清的菲利普·费弗教授正四仰八叉地瘫在那里。

他个子偏高，却有着不甚健康的瘦削身材，满脸皱纹，发际线一直高到头顶，剩下的也都是白发。虽然理应还不到六十五岁，但躺在爱德华面前的这名男子的外表却比实际年龄老了许多。在他枕边还放着啤酒罐，想来是在午饭后也一直在喝。教授满脸通红，带着很难说是安详的表情沉睡着。

这位在十多年前曾因发表了构成水母船的基础的真空气囊技术而成为时代宠儿，取得了航空工程学界权威地位的大学教授，已经完全不复当年的模样。

说到底，严格来说菲利普·费弗已经不是"教授"了。现在他的头衔只是"技术开发部部长",充其量不过是一家企业的员工。技术开发部的成员和周围的人之所以还称呼他为"教授",说白了只是出于习惯。

上铺没有铺床单。即使是有自信忍受大多数恶劣环境的爱德华,也对睡在这间房里有种强烈的抵触感。

在床铺对面那张朴素的折叠式桌子上,扔着一个不起眼的白色信封。从被人粗鲁撕开的信封一端,能看到里面有几张纸片。

爱德华萌生出一股微小的冲动。他瞥了一眼沉睡的教授,悄悄地把戴着工作用橡胶手套的手伸向了信封……

床上的人有要活动的迹象。爱德华把纸塞回信封。

"您醒了?教授。"

"……是爱德华啊。"

费弗慢腾腾地坐起身子,用没有对焦的双眼看向爱德华,吐出一句含着酒气又含混不清的"什么事"。

"到晚餐时间了,所以我来通知您。"

"不需要。"

说完这句话,费弗按住胸口剧烈地咳了起来。"您没事吧?"这位前大学教授把跑上前来的爱德华的手粗暴地挥开,从上衣口袋中掏出一个小瓶,像要把瓶子拧断一般地拧开了盖子。他把药丸倒在手里,连数量都没确认一下便扔进嘴中,又喝了一口枕边的罐装啤酒,浅黄色液体从他的嘴角流了出来。

"晚饭我待会儿再拿过来。"过了数十秒的时间,爱德华扔下这句话便离开了二号房。一种难以言喻的疲惫感涌上他的心头。

加入技术开发部已有数月。爱德华从未见过教授清醒的样子。

过去曾被称为时代宠儿的费弗教授为何会沦落至此,没有任何人会告诉身为"外人"的爱德华。无论是实际上的领袖内维尔，还是其他成员，在教授本人面前都没有半句怨言，扮演着言听计从的部下。然而，他们这么做很明显并非出于对往日恩师的敬畏之情。

随便吧。这不是自己能插嘴的事。

对于爱德华来说，这次航行测试是他在ＵＦＡ公司的最后一项工作。虽然门禁卡还没到期，但只要这一连串行程结束，他就没有和教授及其他成员再次见面的机会了。

爱德华在技术开发部的主要任务是搭建水母船最新搭载的自动航行系统。虽然整体设计和硬件都是事先准备好的，但要在短短数月之内完成内部控制程序的整备工作——同时应付丢过来的种种杂务——仍然需要花费相当的劳力。

多亏他的辛苦，目前系统运作正常。照这样下去，应该可以顺利地运作到最后。

他看向走廊上的窗户，星星开始在深蓝色的暗夜中眨眼。

汽车的淡淡光点在幽暗的地平线边缘一个又一个地飞驰、消失。在此次宛如横渡荒野般的航程中，这是为数不多的能够感受到人类活动的景象。

手表走到了十九点。爱德华把目光从窗外移回，向食堂走去。

※

两百米高空的早晨十分寒冷。

威廉在床上醒来时，客房完全被冷气支配，让人怀疑是不是下了霜。

他颤抖着起身，抓起枕边的手表。上午六点，窗外一片昏暗。在Ａ州很罕见的厚重云层遮蔽了天空。一个很难以清爽形容的早晨。

二月八日。航行测试没有出什么特别大的状况，顺利地向终点靠近。虽然还有明天的缓冲日，但其实今天就是最后一天。距离全部行程结束还有数个小时。只要此次测试平安结束，获得客户的认可，就能为ＵＦＡ公司带来巨额收益。技术开发部的地位与权力，想必也会壮大到现在无法比拟的程度。这点对威廉本人来说也不例外。

然而，此刻却有一种与喜悦和兴奋毫不搭界的沉重感，侵蚀着威廉的内心。

自己只是在倚仗别人的功绩。一旦失去那些，自己的地位、名誉，全都会像沙做的城堡一样崩塌。成绩越大，失去一切的恐惧就越是难以估量。

威廉摇摇头，下床将防寒衣披在肩上，走出房间。

走廊比客房更冷。

这个吊舱的客房里没有用水设备。在威廉居住的三号房靠船尾一侧的隔壁设有公用盥洗室、厕所和浴室。冷得发抖的威廉闪身进入盥洗室。在洗漱完毕后，他重新回到走廊——

这时他才注意到一件事。

二号房——费弗教授的客室房门正敞开着。

从门缝隐约透着微光。

威廉看向门的底部——随即发出了不成声的惨叫。

一只干枯的右手，卡在门与墙壁的夹缝之中。

※

菲利普·费弗教授死了。

他两眼圆睁，眉毛上挑，舌头外伸，左手指甲在咽喉部位的皮肤上抓出如蚯蚓般肿起的数道伤痕——

这，就是这名曾经是航空工程领域权威的男人的痛苦结局。

第 2 章 地面（Ⅰ）
一九八三年二月十一日 07：30——

A州F局刑事科的九条涟刑警的一天，从给上司玛利亚·索尔兹伯里打起床电话开始。

他拨动公共电话的转盘，在响到十几声后，对方接了。今天起得很快。

"喂……"

"玛利亚，起床。工作来了，要去现场。"

"啊，涟……"

充满困意的声音里满是不高兴的腔调。"什么啊，这不是才七点半吗？就让我睡一会儿吧……"

"大多数的人早就出门了。都这个时间了还想睡懒觉，阁下的身份还真是尊贵呢。不如时隔数十年重返大学校园怎么样？"

"我才没那么老呢。"

涟已经完全适应了这样的对话。对于什么话题才能有效地让玛利亚清醒，他在到任后的半年里已经掌握了十二分。

"哎呀真是的，我知道了。你说的现场是哪里？"

"我们开车过去。我就在你家门口，请在二十分钟内出来。

早餐已经准备好了。"

"了解。"

对方在一声叹气的同时挂断了电话。涟走出电话亭，坐进停在路旁的爱车里。

——玛利亚走出自家大门是在三十分钟之后。

引人注目的女人。涟像往常一样想着。

她那茂密的红色长发，从某个角度来看仿佛在燃烧般的红宝石色神秘双眸，远远超过"还不错"的程度的出众五官，以及由丰满的胸部、紧致的纤腰、饱满的臀部、充满弹性的双腿组成的柔和的身体曲线，美丽到若让她穿上礼服端起酒杯，看起来就像是上流阶层的千金小姐一般。

然而现在她的打扮别说礼服了，就连便装都不如，令人不忍直视。

上衣的纽扣扣错了一颗，下摆从裙子里跑了出来。西装皱皱巴巴，仿佛吸满湿气的海藻一般。浅口鞋上到处都是泥巴。头发也满头乱翘，让人看不出和鬈发有什么区别。

穿着这身与警官，而且还是警部这种要职毫不相称的打扮，玛利亚跳上了副驾驶座。"好了，走吧。"涟把三明治纸袋放在用下巴傲慢地示意的玛利亚脚边，转动爱车的钥匙。

"所以——"刚把三明治的最后一口塞进嘴里，玛利亚便开始抛出问题，"是什么案件？居然连局里都不去就直接去现场，到底是什么情况？"

"据说是水母船的坠毁事故。"

"水母船？"

"现场在 H 山脉的中段。在接到有人通报'水母船正在燃烧'之后，搜救队赶到现场，发现了完全烧毁的机体和数具遗体——大致情况就是这样。"

"那不是在我们管辖范围的边缘吗?"玛利亚皱起眉头大放厥词,"要是再往北飞十到二十公里再坠毁就好了。真是够麻烦的。"

"还不是拜你平日品行所赐。"

涟故意回了个既没个性也没创意的回答。玛利亚用鼻子"哼"了一声。

A州的人口密度远比U国东西沿岸的州要低。只要从分散在各处的城镇与干道稍稍偏离一步,就是无比辽阔的荒野,上面只有岩石、土壤、沙子和极少的植物。如果在这种连动物都极少出现的偏僻地带有案件发生,现场取证和搜查的工作便会被推给距离最近的警署处理。

从他们所在的城镇到现场附近的山麓,以最快的速度开车过去,大概需要一小时。如果在涟的祖国,这种距离已经相当于一场小型旅行了。清澈的蓝天,广阔无垠的荒野,不知尽头在何方的干道——这种一成不变又没有尽头的辽阔景色,在涟的故乡是绝对看不到的。

"然后呢,有生还者吗?"

"似乎没有。被发现的共有六人,全员都已死亡。

"各个遗体的身份还在调查中。虽然我们已经要求UFA公司提供水母船的购买者名单,不过确认身份应该还需要点时间。"

"也就是说,是一场大惨剧啊。"

玛利亚"呼"地叹了口气,向后一倒。"而且说到水母船的死亡事故,我记得……"

"没有先例。如果真的是坠毁事故,会成为全世界首例。"

"媒体们估计会争先恐后地咬上来。唉,真是的。本来还想早点回家喝两杯呢。

"……话说回来，如果是坠毁事故，应该不归警察管，而是归运输安全委员会管啊？"

就凭这种态度，真亏得你能升到警部呢，玛利亚。

涟没有把这句陈腐的台词说出口，而是改口回应道：

"似乎不是单纯的坠毁事故，可能需要采取管制媒体报道的措施。"

"啊？为什么？"

"听说其中一具遗体的头和手脚都被砍下来了。"

"哎？"

"据鲍勃的消息，其他遗体上也有明显是他杀的痕迹。动作要快点了，玛利亚。如果是杀人案件，就必须要由我们刑事科出马才行了。"

※

在抵达现场附近的山麓之后，等待着涟他们的是一艘白色的水母船。

"等等，为什么空军会出现在这里？"

玛利亚抬头看向带有"AIR　FORCE"商标的气囊，声音有些兴奋。这似乎是她第一次近距离看见水母船的实物。

"因为抛开人类的遗体不谈，回收水母船残骸的工作对直升机来说负担太重，还是得靠水母船本身才能完成。

"我们接下来也要乘坐那个前往现场，军方那边已经联系好了……怎么了，玛利亚？你该不会是……不敢坐吧？"

"怎、怎么可能啊？知道了，我坐不就行了。"

玛利亚一脸僵硬地抬起下巴。

跟在长官身后的涟又仰头看向水母船。

——优美的外形。

长宽约四十米，高约二十米。气囊在空中截出一个平滑的椭圆形，底部伸出数根支架，每根支架前端都有由三个圆环以九十度交叉叠合而成的笼状外框。而用来控制升力的螺旋桨就在那外框中缓缓转动。

涟在脑海中描绘眼前这架机体浮空的模样。在蓝色空间中悠闲地飘浮的有脚扁平球体……原来如此，不愧是"水母"。

"玛利亚·索尔兹伯里警部、九条涟刑警，这边请。"

一名看似是指挥官的铜褐色头发军人为两人带路。

——吊舱中意外的宽敞。

里面很有军用机的风格，将居住空间节省，设置了更多看起来是用来运送物资、人员的空间。在宽敞得足有一个网球场大的区域的一角，有几张桌椅。指挥官向两人行了一礼便离去，而涟与玛利亚刚坐下，船内的无线广播就像算好时间般地响起。

"起飞——"

窗外的景色开始向下方流动。没有任何冲击，就连坐电梯时的加速度都感觉不到，起飞得非常平静。在军方人员一边穿上御寒衣物一边慌忙开始动作时，涟又重新提起话题。

"……四十六年前——也就是一九三七年发生的大型客船爆炸事故，使飞船——采用气囊的航空器的社会信用大跌，迅速从地面上消失。

"而它重新受到瞩目，是在事故过去三十五年后的一九七二年，菲利普·费弗教授的研究团队制造出'真空气囊'之后的事。有了这项技术，飞船得以摆脱可燃性气体这一重担，并实现了尺寸的大幅缩小，使人类最早的民用气囊式飞艇'水母船'得以在不久后诞生——玛利亚，你在听吗？"

"哎？"玛利亚把目光从窗外移回，"啊，当然了。然后呢？"

"刚才提到的费弗教授，和当时他的研究室的学生们为了实现那种气囊式飞艇的实用化，在校园内部成立了创业公司，没过多久便引起了著名航空器制造公司ＵＦＡ的注意。ＵＦＡ于一九七三年将他们吸收合并，改组为该公司气囊式飞艇部门的技术开发部，直至今日。虽说最终被其他企业吸收，但起码已经存在了十年以上，可以说是创业公司中为数不多的成功案例——玛利亚，你在听吗？"

"哎？"一脸好奇地盯着窗外的玛利亚突然回神，把脸从窗边移开，"啊，嗯，当然在听。然后呢？"

"你是第一次坐摩天轮的小孩吗？拜托别沉浸在游乐园的气氛中了，认真听我说话。真是的，都是老大不小的成年人了。"

"你说谁'老大不小'啊？"

涟不知道玛利亚的真实年龄。大约三个月前她曾说过"朋友帮我庆祝了23.5555555岁生日"，所以大概是三十岁出头吧。这位仅比自己年长几岁的目中无人的上司对于年龄居然会如此敏感，令涟觉得有些可爱。

"后来，把费弗教授等人的真空气囊技术和相关专利收入囊中的ＵＦＡ公司仿佛要打破飞船发展三十多年的停滞期一般，开始大力开拓气囊式飞艇事业。'水母船'在合并的三年后上市，以富裕阶层为主要客户群，达成了大幅超过起初预期的销售额。如今'水母船'的知名程度几乎已经可以代指气囊式飞艇本身——以上就是包含商业见解在内的气囊式飞艇简史。"

"听起来可完全不简略。"玛利亚提不起劲地回应，"不过，对水母船刚开始流行那段时期我也有印象。毕竟也经常上报纸嘛。我还一直很疑惑，那种东西到底要放在哪里？"

"大概就像大牌演员买游艇的感觉吧。价格控制在了一百万美元以下，似乎也是其得以普及的原因之一。"

"一百万美元……这可是我几十年的薪水哎。这个国家有那么多暴发户吗？"

"你一个U国人要问我这个J国人？"

不过说实在的，对于玛利亚这俗气的感想，涟也不得不表示同意。在涟的祖国，至今还看不见气囊式飞艇普及的征兆。而在U国，据说光是民用就已经造出了约一百艘，让涟切身体会到了这个国家的经济实力之强大。

"然而，水母船之所以能普及到这种程度，尺寸大小的影响似乎要比价格来得更重要。"

"尺寸大小？U国人再怎么喜欢大的东西，也该有个限度吧？"

"正好相反，是因为缩小到了仅有四十米。飞船最大的缺点之一，就是为了获得浮力，必须要有巨大的气囊。举例来说，在一九二九年实现了环游世界一周的客用飞船，吊舱长度仅有二十米，上方的气囊总长却有二百三十七米——相当于两个棒球场。"

"而如果是水母船，将同等大小的吊舱带到空中，只需要长宽四十米的气囊，大约是刚才那艘飞船的六分之一。这样你该能明白它有多小巧了吧？"

"简直是天差地远啊……不过，所谓真空气囊，也就是里面什么都没有的气球吧？为什么这样就能变小巧呢？"

"玛利亚，你知道'阿基米德原理'吗？"

"知道啊，'想要想出好点子就要光着身子冲出浴室'，也就是出人意料的点子来自出人意料的行为，对吧？"

"'物体所受的浮力，等于该物体所排开的流体的重量'。如果要用连你也能理解的话来说明，就是'压扁的空罐和没压扁的空罐相比，后者受到的浮力更大'的原理。在重量相同的情况下，体积大的一方受浮力更大——换个角度来看，在体积相同的情况下，则是较轻的物体，也就是密度小的物体更容易浮起。

"如果把你和我的头砍下来放进水里，由于我们的头部体积几乎相同，所以受到的浮力也相同。也就是说，你的头会浮在水上，而我的头则会沉下去……怎么了，还是不明白吗？"

"完全明白了，连你那讨人厌的性格也一起！"

"那就好。——那么，从以上说明可以导出一个结论。'物体的密度越接近于零，该物体所受到的实质浮力就越大'。也就是说——"

"让物体处于'没有重量的状态'，也就是让它变为真空，就可以得到最大的浮力。"

玛利亚用食指尖抵着下巴，这是她思考时的习惯。"所以，气囊也就能因此缩小。

"可是涟，这种程度的道理，不是应该老早就有人想到吗？"

"没错。"

涟的声音严肃了起来。虽然玛利亚平常粗枝大叶的行为令人难以想象，但她在进入状况之后的智力绝对不低。"用真空气球上天这个概念本身，早在三百年前就已经存在。之所以直到现代都没能实现，完全是因为技术还不足以制造能够承受大气压的'真空气球'。"

地表上的各种物体随时都在承受来自大气的压力。之所以气球不会被压扁，是因为气球中的气体从内部将大气反推了回去。

如果为了实现真空而抽掉气体，气囊就会立即被大气压挤扁。

然而，如果要让气球本身坚固到足以承受大气压，就必须增加气囊的厚度。这样一来自然重量也会增加，使气囊失去本身的意义。

"可是'真空气囊'打破了这个矛盾。它到底是什么构造？"

"我也没有完全搞懂，不过关键似乎是一种叫'氮化碳'的特殊材料。这是现在人类所知的物质中硬度最高的，通过把它以聚丙烯系树脂为基底进行化学合成，便能制造出兼具超越钻石的硬度和树脂的坚固，能够承受大气压力的气囊。"

"嗯？"玛利亚扬起眉毛，"怎么说呢，感觉突然又不太懂了。"

"似乎他们当初在航空工程学界也遭到了许多非议。在样品机实际完成之前，谁都不相信能成功——这是日后教授本人在著作中的回忆。"

"嗯，这也是难免啦。如果都是谎言，我们也不可能像现在这样在空中飞行了。"

玛利亚看向窗外。从出发到现在大约过了几十分钟，下方的景色已经变了样。

视野中已经不再是红褐色的荒野，而是常绿树的森林和勾勒出和缓曲线的河川。在这片充满自然情趣的风景前方，被白雪覆盖的山脉逐渐逼近。

"高度，上升。"

以船内广播的声音为信号，下方的森林开始逐渐远去。窗外的色彩由森林之绿转为雪白——过了不久，在纯白的雪景一角，出现了破坏和谐的黑影。

那里就是事故现场。

※

"真是的，那群人到底想要怎样！"

在回程的直升机中，玛利亚踹了眼前的靠背一脚。坐在前面的年轻鉴定官皱起了眉头。"居然敢明目张胆地把别人当成蟑螂对待，他们以为我是谁啊？我可是警察啊！警察！看着吧，我要把这帮家伙全都以妨害公务罪关起来。"

军队可是凌驾于警察之上的国家权力啊——涟没有开口。面对情绪激动的玛利亚，即使尝试反驳也只是浪费时间。

"赶快通过局长表示抗议吧。"

"那个废物能干什么啊？那可是个自从被捉奸在床以后，就一直任太太颐指气使的烂男人啊？"

"那看来，抗议的事可能拜托他夫人效果更佳。"

话虽如此，涟心想。

必须说玛利亚的愤怒也不是没有道理。即使在非 U 国出身的涟看来，此次军方的态度也明显过于霸道。

坠毁现场位于 H 山脉中段，是一处连登山路都没有的洼地。

这是一片被悬崖峭壁包围，面积约为一两平方公里的四方形雪原。在到达这个似乎是远古时代地层下陷时留下的痕迹的地方之后，涟和玛利亚换上了向军方借来的御寒衣物，降落到地面。眼前等着他们的是令脸颊刺痛的寒风，和堆到腰际的厚重雪层。

机体就在这片雪原的西侧岩壁旁，已经化为残骸。

样子十分惨烈。

"水母"的可爱外形早已消失无踪。吊舱化成了焦炭，真空气囊只剩下裸露在外的几根被烧熔的骨架，画出弧线咬向深灰色的天空。

在岩壁上空高处，尖锐的风声发出回音。虽然洼地里也刮着风，但或许是因为被高耸的岩壁围住的缘故，风势似乎没有洼地外侧那么猛烈。军方的气囊式飞艇在进入洼地之后也没有什么大幅度的晃动，顺利着陆。

问题在那之后。军方无视玛利亚与涟的存在，直接开始回收出事的机体。

两人就连例行的现场调查都来不及进行。对于玛利亚"等、等一下！你们要干什么"的抗议，担任指挥官的军人只用一句"这是命令"就打发掉了。

十几名士兵将机体残骸搬走，把烧焦的吊舱用缆绳绑住，用军方的水母船运往天空的彼方。即使是涟，也只能傻眼地目送他们离去。

现场只剩下玛利亚、涟、比他们先到一步的数名验尸官和鉴定官，以及大型直升机和军人们刻在雪地上的足迹，和被烧焦的六具尸体。

那种强硬的作风到底是怎么回事？他们连看都没看尸体一眼，仿佛只在乎出事的机体——难道军方对那架机体知道些什么？

说起来，这件事真的能被称为"事故"吗？

"鲍勃，我再确认一下。"为了不被螺旋桨的巨响盖过，涟冲着验尸官高声喊道，"'在遗体的外伤之中，有一部分并非来自坠毁时的冲击'。这个结论没错吧？"

"虽然准确的结果要等搬回解剖室才能得出——"

鲍勃·杰拉德验尸官也回喊道。他长着褐色的眼睛，留着一头茂密的白发，体态圆润，个头中等，看上去就像邻居家的好脾气大叔。"不是有一具尸体被分成了好几块吗？如果只是坠毁，不可能形成那么漂亮的切断面，骨头附近应该会粉碎才对。"

"有没有可能是在舱外作业时遇到事故而失足跌落，被螺旋桨卷进去了？"

"这也不太可能。如果掉进那个巨大的螺旋桨里，应该会全身都变成肉酱。就这点来看，那具尸体除了被砍断的部位以外都很干净——嗯，说是干净，也只是烧焦的程度还可以而已。"

鲍勃露出搞恶作剧的孩子一般的笑容，同时看向机内深处。被收容的六具遗体，都躺在深处那块隔板的另一边，已经形如焦炭。

这位即将步入老年的验尸官是玛利亚的酒友，涟之前曾见过他几次。与温厚的外表相反，他会若无其事地当着别人的面说出过激的台词，算是这个人的美中不足之处。

"可是，这不是很奇怪吗？"

涟一边看着笔记本一边提出了一个重大的疑问。"这六具尸体，除了炭化与少许外伤——包括砍断头与手脚在内——以外，并未发现明显的损伤……但如果是伴随着使整架机体烧毁的火灾的坠毁事件，照理来说里面的乘坐人员也不可能完好无损啊！"

"你的着眼点很好。我可以发誓，他们绝对不是摔死的。如果是坠毁，在大多数的尸体上都应留下凹陷或骨折之类的严重损伤，然而那种伤在这几具尸体身上几乎找不到。"

"也就是说，这根本不是什么坠毁事故。"玛利亚用食指抵着下巴，"顶多也就是紧急迫降。在水母船降落在那里时，牺牲者们还活着——"

周边的状况也证明了这一点。

雪原西侧的岩壁从中段到上部大幅向外突出，形成了一道由南到北长达约一百米的天然屋檐。而水母船的残骸就在"屋檐"下方偏南的位置。

岩壁上没有肉眼可见的冲突痕迹。想要在完全不碰到岩壁的情况下仿佛像滑进那个位置一般地坠落，如果不是非常偶然的情况，几乎不可能。

除此之外，岩壁上还打上了岩钉。岩钉上绑着缆绳，另一端则被埋在雪里，看上去像是叠在瓦砾上一般。

想来是死者们为了躲避风雪而将水母船移动到了这里，再用岩钉与缆绳固定住了船体——这种想法要合乎逻辑得多。

迫降的原因不明。不知道是因为真空气囊上破了个洞导致无法继续飞行，还是控制升力的螺旋桨出了状况。在机体已经被军方带走的此刻，除了臆测之外别无他法。

可是，问题在那之后——

他们之间到底发生了什么事？理应在等待救援的他们，为什么会死？难道他们遇到了某种袭击，导致他们被砍断了头和手脚？

一阵沉默。螺旋桨的巨响重击着涟的鼓膜。

"到底发生了什么——"

他下意识地嘀咕。"你问'发生了什么'？"玛利亚大胆地抛出结论。

"那还用说？

"——自相残杀。"

幕间（Ⅰ）

我的双亲在我十岁的时候死了。

在一趟只有夫妇两人的小旅行途中，他们在下榻的旅馆遇上火灾，就这样轻易地丢掉了性命。没有其他亲人的我没过多久就被远方亲戚收养，到陌生的地方开始了新的生活。

在学校我完全是个外人，也没交到能算得上是朋友的朋友。桌面被弄脏、教科书被偷走、父母的死被人取笑，偶尔还有人私下对我动手。

通常在家里也会是同样的情况——但实际上，并非一定如此。

我的养父母是一对刚步入老年的夫妇。他们个性温厚而表里如一，与邻居十分亲近，既没有虐待我，也没有掠夺我的父母留下的保险金。对一个失去双亲的孩子来说，这样的情况应该算是很幸运的了。

可是，养父母对待我的态度总是小心翼翼。

虽说是亲戚，但彼此的血缘却淡得像在海里滴下一滴墨水。而且无论是他们还是我，都非常笨拙。他们无法拿捏该如何对待小小年纪就失去双亲的我——我也不知道自己希望被怎样对待。

我没有把自己在学校的遭遇告诉养父母。也许那些事已经通过别的形式传入了他们耳中，但在我们家人之间聊天时并未谈过这类话题。尽管彼此都面带笑容，但餐桌上却有一种生疏的气氛。

所以，我决定以大学入学为契机，离开他们两人。

显而易见，即使就这样继续一起生活下去，我们最终也都会被这种沉闷压垮。送我离开的养父母，脸上带着安心与悔恨交织的表情。

我只写过一次信给他们。上面没有写新住所的地址。

要说不心痛是骗人的。然而——

我不该回到他们身边。直到今天，这种想法仍然留在我的心底。

※

自己是一只水母——这种想法，究竟是什么时候开始的呢？

既没有逆洋流而行的力量，也没有坚固的骨骼，只会给触碰自己的人带来痛苦，最后孤独地溶化在海里消失不见。

既无法触碰别人，也无法被人碰触的水母，只能顺着海流漂荡。

※

从小我就很喜欢模型。

只要一有空，我就会跑去隔着橱窗看那些摆在玩具卖场的模型，像是战舰、战车，或是怪兽之类。自从失去双亲，与养父母一起生活之后，这种喜好变得越发强烈。

在那些模型中，最吸引我的就是飞机。

最初的契机我已经不记得了。当我意识到时，机翼的优雅、螺旋桨的锐利、机身的平滑等飞机所具有的种种功能性的魅力已深深地吸引了我。

说不定，这就像是在幽暗的海洋中漂流的水母会向往广阔无垠的天空一般。必须承认，我之所以在大学选择了航空工程专业，也是源于这段时期萌生的那份对飞机的感情。

话虽如此，我生长的地方却是U国再偏僻不过的乡村，除了山林和农田之外几乎一无所有，玩具店的规模与商品种类可想而知。

所以，至今在我的脑海中依然鲜明地记着当我搬到A州立大学的近郊，第一次踏入那座即使在州府P市也数一数二的购物中心时所受到的冲击。

过去只在电视上看过的巨大的店门，多到令人眼花缭乱的店铺，有如正在举行庆典般的人潮。

这里和故乡的商店街之间的规模差异之大令我乱了方寸，完全忘记了当初的目的，只能傻傻地在商场里乱走——然后丢脸地迷了路。

就在我因为没有勇气问路而不知所措时——

——需要帮忙吗？

一个清爽的声音搔着我的鼓膜。

一名将黑发绑成两个低辫子的戴眼镜的少女，对我露出温柔的笑容。

这就是我和她——瑞贝卡的相遇。

第3章 水母船（Ⅱ）
一九八三年二月八日 08：05——

　　面对菲利普·费弗教授的尸体，四人表情僵硬地呆在原地。这一幕在威廉眼里，就像一出蹩脚的喜剧。

　　"这、这是怎么回事？"
　　琳达呆滞的声音打破了沉默。"不会吧……这是怎么回事，开什么玩笑？！"
　　在二号房里，从床单到地上全是呕吐物。为了避开那些秽物，教授的遗体现在已经被放在了房间的一角。眼睛与嘴巴都已经由内维尔伸手合上，但仍无法完全抹去他临终挣扎的痛苦痕迹。
　　威士忌的瓶子倒在床边，从里面流出了一摊液体。克里斯用手帕包住瓶子后捡起，然后战战兢兢地凑到鼻子前。
　　"还有气味，看来开瓶之后还没过多久。"
　　克里斯将瓶子放回原处，用他那淡群青色的眼睛看向遗体，抓了抓自己的茶色鬈发。他平常那副坏孩子般的笑容，已经被充满苦涩的困惑所取代。这个男人从未对他老家的丰厚资产提过一个字，这点不知该评价是好还是坏。面对眼下恩师的横死事件，他身上那开朗的气息似乎也消失无踪了。

威廉用仍处于混乱状态的脑袋思考克里斯这句话的含意。现在是刚过上午八点。威廉发现教授尸体是在上午六点……也就是说，那时教授或许才刚死不久？

"应该是急性病发作吧。"

内维尔开口道。这个男人将右半边的暗灰色刘海向后梳起，方框眼镜后的淡褐色眼睛散发出冰冷的神色。"本来他想用酒把药灌下去，结果没赶上——应该就是这么回事吧。"

在那摊威士忌里浸着一个小瓶子。几粒药片散落在瓶子周围。

恩师猝死。从教授开始酗酒之后，威廉并不是从未想过会有这一天。但他也没有想过，这种事偏偏就发生在今天，发生在航行测试马上就要结束之前。

为什么？直到昨晚为止，教授身上明明还看不出任何状况恶化的征兆。

"虽然教授以这种形式去世非常令人遗憾，但现在即使讨论死因也没用。应该尽快——"

"请等一下。"

爱德华开口。

爱德华有一头浅茶色头发和翡翠色的眼睛。尽管他在五人中最年轻，表情却缺乏活力，是个散发奇特气息的青年。

"这真的只是单纯的病情发作吗？"

五人陷入一瞬沉默。

"如果像内维尔所说，教授是因为急性病发作来不及吃药才死的，那么教授的遗体被发现时应该在床上，至少也应该在床的附近才对。"

众人面面相觑。教授倒在门旁，和床之间有一段距离。

"那么大概是这样吧。病发后他吃了药，但症状没有好转，于是他在试图呼救时断了气。这也没什么差别。"

"是……这样吗？"

"怎么？"

"我也没什么医学知识，所以无法断定，但是——"爱德华指着遗体的某个部位，"教授吃的药是用来缓解心绞痛的。人在心脏痛苦时，会去抓这种地方吗？"

教授的喉咙上，刻着好几道隆起的抓痕。

一股恐惧蹿上威廉的背脊。内维尔、克里斯和琳达似乎也都已经察觉到爱德华想说的意思，表情僵硬。

教授并不是因为来不及吃药，或者吃了药却没有起效才死的。

他会不会是因为吃了药才丧命？

"爱德。"忍受不了这种寂静的威廉发出近乎喊叫的声音，"你是想说，有人在教授的药里下了毒？"

爱德华没有回答。但在他的表情中看不出否定。

散乱一地的药、酒瓶、呕吐物，以及抓着喉咙表情扭曲而死的教授。对啊，这幅画面不是毒杀是什么？更何况，如果是我们这些人，要想弄到剧毒物质简直是轻而易举。

"等、等等。"

琳达的声音在颤抖。"你说下毒……为什么？！为什么啊？为什么非得在这种时候杀害教授？而且，到底是谁？如果是毒杀的话，到底是谁做出了这种事？！"

"这种事别问我们。"克里斯冷淡地说道，"教授平时服药的事，我们所有人都知道。就算爱德说的都是真的，也不知道是谁下的毒——至少现在没办法。而且，如果那个人是把毒药——假设只有一颗——混在了教授的药里，那么教授会在今天死去只不过是个偶然。

"说到底，毒也不见得是混在了药里。"

酒……吗？

技术开发部的人都知道教授离不开酒。在把行李搬上试验机时，威廉还看见爱德华扛了好几个冷藏箱，让他内心十分震惊。

如果没记错的话，有几瓶酒应该是从办公室里的教授座位上拿来的。要将其中一瓶换成毒酒，对于在场成员来说绝对不是难事。即使瓶子上留下了少许动过手脚的痕迹，醉醺醺的教授想来也不会发现。

"内维尔——"

琳达惊慌地望向内维尔。"无聊。"内维尔只吐出一个词。

"什么下不下毒的，全都是没有任何证据的臆测。航行测试继续进行。全员回到岗位上。"

"喂、喂！"威廉怀疑自己的耳朵，"你是认真的吗，内维尔？教授他——教授他死了啊？！不是什么死因的问题，应该立刻叫警察过来吧！"

"不管是现在就叫警察还是抵达终点后才通报，在时间上并没有太大的差别。即使早叫警察来，教授也无法起死回生。所以我们应该先回到 A 州完成航行测试，这是合理的判断。"

"什——"

威廉一时无法反驳。

现在，水母船停靠在两个检查点的中间。附近没有城镇也没有干道，只有一片广阔的荒野。在这里呼叫警察，不知道要等上多久。

而且这里在A州的范围之外。即使急着赶到最近的城镇，到头来恐怕还是会被转移到威廉等人居住的A州的警局。从这点来看，像内维尔所说的先回到A州结束航行测试确实比较方便。

然而，事关人命，死去的还是恩师。可以像这样纯靠逻辑判断吗？

"说到底，你觉得现在的我们是处在能够简单报案的状况之下吗？一旦航行测试的事泄露出去，你也会有麻烦哦。"

内维尔冷酷的声音，已经足以压过威廉的犹豫不决。

"幸好，航行测试的路线和回A州的路程没什么差别。回去之后的对策由我来打算，你们就专心在完成测试上——克里斯，你去联络赞助人。"

"了解。"

在看到克里斯点头后，内维尔又一次瞪向威廉等人。

"不要发呆。我们已经比预定计划慢了四十分钟。赶快回到各自的岗位。"

"这下可头疼了。"

爱德华摇了摇头。他那缺少活力的声音，此刻正在困惑与怀疑之间来回摇摆。"事情居然会变成这样……内维尔也是，为什么会……"

"快去操舵室。"

威廉装作没听到。"了解。"爱德华毫无感情地回答并前往船头，仿佛在无声地斥责"你不为恩师的死感到难过吗"。威廉无法直视他的背影。

威廉回到三号房，仰面倒在床上。

教授死了……被人毒杀。

不，还不能确定是这样。判断他并非因病死亡的人又不是医生。然而，威廉无法轻易相信教授之死是神下的手。

教授有即使遭人杀害也不足为奇的理由。而且，这点对于他们技术开发部的成员来说全都一样。

当爱德华对教授的死表示疑问时，现场没有一个人提出"教授为什么会遭人杀害"的质疑。无论是内维尔，还是喊着"为什么会在这种时候"的琳达，都没有质疑教授遭到杀害的理由。

这是因为害怕——恐怕在场的全员都是。

害怕承认，他们的命可能已经被人盯上了。

这次测试是赌上了技术开发部的命运的项目。万一测试机的情报外泄，别说他们自己，甚至可能会发展为U国这个国家的危机。如果敌国间谍出现在他们面前——威廉甚至不止一两次妄想过这种事的发生。

然而，真的会吗？"敌国间谍"这种只在间谍小说和电影上看到过的人，真的会找上他们吗？

简直就像三流虚构小说。可是说起来，将真空气囊这种革命性的技术公布于世，得到了"改变了航空器的历史"的评价——他们团队不更像在空想的科幻小说里才存在的人物吗……

威廉陷入了自嘲——明明恩师被杀，我却连一滴眼泪都没掉，只想着自己的安危。

爱德华，恐怕你想得没错。

我对于教授的死丝毫不觉得哀伤。我只害怕自己接下来将会变得怎样。

然而，即使就这样回到A州，恐怕也没有"让警察保护自己人身安全"这个选项。这种天真的期望已经被内维尔的一句话毁掉了。

——一旦事情泄露出去，你也会有麻烦哦。

如果警察赶来，就代表要和盘托出与这次测试有关的一切。同时，这也等于要将威廉等人与赞助人之间，那层连ＵＦＡ其他部门都瞒着的关系公布于世——搞不好，甚至还有让警察更加深入调查的危险性。

假如，警方的调查涉及了他们的过去。

一旦她的事曝光，他们无疑会身败名裂。

或者，说不定……

那才是凶手的目的？杀害教授的不是什么敌国间谍，而是与她有关的人？

这么一来，凶手——

威廉让身体离开床铺。拍拍脸，摇摇头……不行，自己总想一些没用的事。

他走出三号房，看向走廊的窗户。回过神来，外面已经是陌生的风景。

在他们的下方，绿色的树木覆在和缓起伏的地表之上，深灰色的河面画出平滑的蛇形曲线，地平线上是一列白色的山峰。和方才干枯的大地不同，眼下的景色一片丰饶。一旦海拔改变，风景也会变得如此不同。

山峰逐渐逼近。威廉盯着窗外的风景看了一会儿——

突然背脊一震。

等等……

为什么山会靠近？

这时，警报声突然从天花板响起。威廉慌张地冲进三号房，抓起无线对讲机。

"爱德华，怎么回事？！"

"不知道。"

青年那说不上情感丰富的声音，此刻有些颤抖。"我不知道……不过，发生了异常情况，我们明显偏离了预定航线。前进方向，西南偏西十度。距离 H 山脉大约还剩三分钟——"

威廉顿时面无血色。

难道——自动航行系统出了问题？！

"快切换成手动航行！"

在威廉开口前，内维尔的声音插进无线电通信，声音里充满了不像他风格的紧张感。

"不行，不接受指令。"

大概是因为正拼命试图控制住混乱的缘故，爱德华的声音十分沙哑。"航行模式切换开关，没有反应——"

"这里也是。"

克里斯似乎已冲进操舵室，激动的声音盖过了爱德华。"紧急停止开关，没有反应！"

"等……等等，怎么了？！到底是怎么回事？！"

远处响起琳达的尖叫声。

威廉愕然站在原地。

试验机不受控制——切换模式和紧急停止自动航行系统，全都不管用？！

怎么可能？怎么会这样？不可能，不可能有这种事！

仿佛在嘲笑威廉的混乱一般，窗外的景色迅速地变了脸。树木的绿色消失，取而代之的是覆雪的山峰，开始将窗户涂成雪白。

不行，现在不是思考原因的时候。这样下去会——

在无线对讲机的另一边,克里斯等人继续着绝望的努力,试图让航路恢复原状。爱德华用僵硬的声音反复报告状况,内维尔大吼着"快破坏控制装置",而克里斯则咒骂着制止他。

我们到底会怎样?不,说到底……

——如果,是这架机器擅自行动。

我们究竟,会被带到哪里去?

水母船的机体开始倾斜。

白色岩壁从窗户对面迅速逼近。

威廉放声大叫。

第4章 地面（Ⅱ）
一九八三年二月十二日 07：00—

枕边的电话发出了令人想诅咒的声音。玛利亚一边发出呻吟，一边在床上抓起话筒。

"喂……"

"玛利亚，是工作，快点起床，我们要去问话了。"

连句早安都没有。还是一如既往的冷淡。

她看向墙上时钟。早上七点。若是平常，只要没有大事，自己应该还在睡觉。

"拜托……比昨天还早了三十分钟哎？让我再睡一会儿吧……"

"想不到你这个即使接下了多达六名死者的大案子，也把杂事都推给部下，自己只知道睡懒觉的上司，居然会说出这种话。可不要把对年轻人的嫉妒发泄在我身上。"

"我才没有老到要嫉妒你的地步。"

这个可恶的部下总是提到自己的年龄。"啊啊真是的，我知道了。所以说要去哪里问话？"

"我开车过去。早餐已经准备好了。请在它冷掉之前出门。"

具体情况在去程中再讲，这是重视效率的涟的一贯做法。

"了解。"只穿着内衣裤的玛利亚摔下话筒,爬出被窝。

换完衣服走出家门,眼熟的汽车已经停在了路边的老位置。九条涟把装有热狗三明治的纸袋放在钻进副驾驶座的玛利亚腿上,利落地发动车子。

玛利亚解决掉三明治,把垃圾扔进脚边的垃圾桶。这么说来,和涟搭档后的这几个月,她完全不记得在自家做过早餐。意识到自己已经完全陷入了被人饲养的状态,她不由得皱起了眉。

"怎么了,玛利亚?"

涟淡淡地开口。这个不可爱的异乡人在F局就职已有半年,玛利亚身为他的上司,曾经多次与他一起行动,却仍对他的过去与私生活不甚了解。J国人特有的浅色皮肤、黑眼睛、打理自然的黑发,没有一丝皱褶的西装配上衬衫。那张戴着眼镜的知性脸庞与其说像刑警,不如说更像是一流私立大学出身的律师。虽然听说他的年纪已经过了二十五岁,皮肤看起来却年轻得可以冒充高中生……自己并不羡慕,一点也不。

"没什么。所以,我们要去哪里?有什么进展吗?"

"查出一名死者的身份了。菲利普·费弗。UFA公司气囊式飞艇部门技术开发部的领袖。"

瞬间,车内一阵沉默。

"等等,就是你昨天说的那个开发真空气囊的人?!"

"根据UFA公司的说法,他们从数天前起就无法与技术开发部的成员取得联系。在检查遗体时,其中一具的牙齿治疗痕迹与教授——正确说来是'前'教授——的记录一致。"

玛利亚仰天看向天花板。水母船的生父,连人带船摔进山里身亡,是媒体最喜欢的题材。

"慢着……你说'技术开发部的成员'?不只有教授?"

"他们——费弗教授从前的学生们，目前依旧联系不上。"

"也就是说，剩下的那五具遗体……"

"想必就是他们了。我已经请鲍勃加快验尸速度。就我在电话里听到的，似乎已经判明有几人的身体特征与遗体一致。"

"这可就让人头痛了。"

真没想到居然是水母船开发者一行人。玛利亚感觉到，事态开始往预料之外，且相当麻烦的方向发展。

"话说回来玛利亚，你该不会在想'又多了个麻烦的工作'吧？"

这个部下会读心术？

"没、没有啊。我向来热心工作。"

"是嘛。"

口气真冷淡。说真的，不然干脆揍他一顿？

※

"难以置信。"

UFA公司第三制造部部长肯尼斯·诺瓦克一脸沉痛地摇头。"居然会以这样的形式失去了教授……这对敝公司而言是个重大的损失。其他成员恐怕也——"

UFA公司U国总部A州工厂。这家位于P市郊外的巨大工厂，正是费弗教授等人隶属的气囊式飞艇部门的根据地。在位于工厂一角的办公大楼会客室，玛利亚他们正在向相当于教授上司的人物问话。

玛利亚再次打量了一番眼前的这名男子。茂密的胡须加上健壮的体格，若是平常应该会散发出符合大企业干部身份的压迫感，然而此刻的他就像被狠狠修理过一样，无力地坐在沙发上。

"我们感到很遗憾。"

涟以平静的口吻表示哀悼。在这种场合，他实在是个很有用的部下。"然后，直入主题实在抱歉，关于飞艇坠毁一事的经过，能否把您知道的事情告诉我们呢？他们这次是员工旅游之类的吗？"

"没听说过。我所知道的，就只有技术开发部在负责新的开发工作，以及这次飞行是那项工作的最终测试。"

"最终测试？"

"新型水母船的航行测试。这可以说不限于气囊式飞艇，所谓科技产品，并不是只要制造出来就可以一直卖下去的，必须不断进行各式各样大大小小的改良，让它持续进化。

"距离第一代水母船发售已经过了七年。为了扩大市场，即将问世的次世代机种将会成为新的引爆点——照理说是这样。"

"你的意思是教授他们这次搭乘水母船，就是为了对这款次世代机种进行航行测试，对吧？"

诺瓦克点了点头，随即抱头叫苦。

"没想到，居然会发生这种事……真是没想到。"

先不管实际发生了什么事，从表象来看就是UFA公司的次世代机种测试遭到了失败，开发人员全部丧生。无论是对内还是对外，UFA的水母船事业都免不了大受打击。

然而，这么一来问题就是——

"请把这次航行测试的详细情况告诉我。像是详细的路线，还有次世代机种的特征之类。"

如果诺瓦克的证言无误，那么那架事故机就是尚未公之于世的新型水母船。它在航行测试途中迫降在雪山，上面乘坐的人员自相残杀——军方慌忙回收剩下的机体残骸，甚至丢下尸体不管。

在 U 国，航空事故一般由运输安全委员会负责调查。但照涟的说法，在这次的事故中军方似乎强硬地横插了一脚，和委员会闹得不可开交。现在玛利亚和涟抢先一步问口供，与其说是趁火打劫，不如说是扛下了多余的工作……

这果然不是能够轻易解决的案子。

"我离开一线也有一段时间了，所以很抱歉，对包括技术层面在内的细节我并不清楚。我会把事业部提交的航行测试计划书给你们；具体情况就麻烦你们自己阅读了。上面应该写了最低限度的相关事项才对。"

"拜托了。"

那部分就交给涟吧。打从学生时代起，玛利亚就很不擅长对付名为"测试"的事物。

"能不能告诉我，直到有人通报为止，你们这里都发生了什么呢？"

"这在测试计划书上也有记载，他们的航行测试计划是在二月六日到九日的这四天。然而二月九日过去，直到二月十日他们还是没有回来。虽然我们也曾想过是否发生了什么状况，但事情牵扯到企业机密，如果轻率地——虽然在您二位面前讲这种话不太好——惊动警察，会让次世代机种的事传开，这点也很让人犹豫。我们想着或许他们只是在哪里耽搁了，先再等一天看看，然而……"

"隔天，二月十一日就传来了水母船坠毁的消息。"

诺瓦克点点头。

电视和报纸上已经报道了此次事故，只是到昨天为止还未公布乘坐人员的身份与安危，只说"正在搜索中"。尽管早晚都要发布教授等人的情报，但正如涟所说，死因不能轻率地公开。

"请告诉我最熟悉次世代机种的人是谁。我想请教一些细节，包括文件没写的部分在内。"

"即使您提出这样的要求……"

诺瓦克的表情被困惑填满。"'最熟悉的人'正是教授他们那些技术开发部的人员。虽然制造部的人也有一定程度的了解，但至于具体的研究开发内容就——"

"给、给我等等。"玛利亚连忙打断，"怎么回事？你们是同一家公司的，不可能不知道他们的研究内容啊！"

"'研究开发'和'制造'完全是两回事。这点不仅在敝公司，在其他航空器制造公司，甚至在汽车、电器等其他行业也都是一样，研究与制造分开是非常普遍的情况。既然组织不同，各自内部所做的事，外部是难以知道的——即使在同一家公司也一样。

"尤其是本公司的技术开发部，起初完全是另一家公司。虽说同样隶属于'气囊式飞艇部门'，实际上就像是另一家创业公司进了UFA工厂一样……说到底，他们连工作地点都与我们不在一起。"

"你的意思是在合并之后，你们就放着他们不管了？"

UFA在得到了费弗教授等人成立的创业公司之后，设立了气囊式飞艇部门的技术开发部——这件事涟昨天已经说过。原以为教授他们就此顺利地融入了UFA，但看起来实际并没有这么单纯。

"毕竟公司整体的经营方针，不是我们普通员工能插嘴的。"

诺瓦克的话里带有些许焦躁。"虽然现在水母船已经在全世界得到普及，但当时就连在我们航空业界里，大多数人也都对他们抱着怀疑的态度。

"在我们和他们合并之前，他们曾经委托我们制造样品机，那时我们提出的条件就有'我们会请款，但不保证性能'——这是日后我从负责签约的人那里听来的。毕竟，第一次看见那东西实际飞上天时，连我也吓坏了。"

也就是说——

"直到样品机完成为止，几乎没有人相信"。

当年实际负责制造样品机的就是UFA。现在想来，即使出自航空工程学科，一个刚成立的校园创业公司也不可能拥有制造巨大飞艇的设备。教授他们与UFA的蜜月期应该就是从这里开始的。

……只不过，从刚刚那番话来看，他们之间似乎完全只是业务往来的关系——

"就连您这样身居高位的人，都不知道他们研究的详细情况吗？"

"虽然他们会定期提交报告书……"诺瓦克说得有些含混，"但技术资料那种东西，除非是常年干那行的人，否则光凭阅读文件是没法理解详细内容的……特别是对于我这种制造飞机的人来说，他们的研究实在很神秘，就像让机械工程师去读化学合成的实验报告一样。"

虽然对于既不懂机械也不懂化学的玛利亚而言，这个比喻有些难懂，但诺瓦克话中"他们"一词的疏离感，似乎代表了UFA员工对费弗教授他们的态度。

"况且，交给高层的文件，说到底只是挑好看的部分糊弄的概要罢了……如果要寻找事故原因，失败案例远比成功案例重要,但那种负面情报绝对不会出现在被整理得漂漂亮亮的定期报告里。"

"我明白了。"

对于会在麻烦的文件上蒙混偷懒的玛利亚而言,这是个非常具有说服力,同时也让耳朵隐隐作痛的解释。"把那些'整理得漂漂亮亮的报告书'也一起给我们吧。晚一点也无妨。还有,能不能告诉我们,现在还活着的人里,对水母船最了解的人是谁?"

※

"现在两位看到的,就是培育之前的真空气囊。"

真空气囊制造部的柯提斯·普利德摩尔主任指向建筑内部。他肤色略黑,身材微胖,小而圆的双眼让人觉得有点可爱。

和他们昨天看见的空军水母船一样,一个高二十米、长宽约四十米的白色气囊,坐镇于天花板挑空的宽敞建筑里,几乎占满了整个空间。

玛利亚等人所站的地方,是一栋叫作"孵化屋"的巨大平房中紧贴墙面的参观用回廊。

回廊距离地面有十米,扶手很矮,仿佛走在悬崖边缘一样。几个看似是操作人员的细小人影在地面上移动。就高度来说,昨天搭乘水母船和直升机时高度更高,但能够实际感受到与地面之间的距离的此刻,更令人感到脚软。

"现在,那东西——我们称之为'素体'——还只是一个很大的树脂气球。在这种状态下把特殊气体注入内部,产生化学反应，就能促使素体硬化，变为强度足以支撑大气压力的真空气囊。"

"噢——"

原来制造真空气囊需要注入气体啊。"就像在内侧镀一层膜的感觉？"

"准确来说是'培育结晶'。就像盐酸加氢氧化钠会产生食盐颗粒一样。"

"您说的特殊气体，具体来说是什么呢？"

"微量的氰化氢，还有用氮气稀释过的用来促进反应的无机系催化剂。它们和气囊的材料聚丙烯系有机高分子接触，会使氰基产生重合，沿着素体的形状生成氮化碳结晶的链状结构。

"这些无机系催化剂、有机高分子与反应生成物的结晶构造、反应机制，以及气囊的制作方法，正是费弗教授的研究成果，也是水母船相关专利的根基。至于更详细的内容，我会把教授的论文拿给二位，请参考论文。"

突然变成了有些难懂的话题。

"涟，氰化氢是什么？"

"HCN。也就是气化的氢氰酸。"涟吃惊地回答道，"身为刑事科却连这点程度的基础知识都没有？真亏你能当上警部。你是把晋升考试的答题纸换掉了吗？"

"才没有！"

真是凡事都要啰唆的部下，自己只不过是没有把耳朵里听到的词进行转换而已。"……等等，气态氢氰酸？"

"可以说是水母船工业化的最大障碍。从法律层面来说。"柯提斯回以苦笑，"最终是靠将浓度降到最低限度，并安装去除有害气体的设备，才解决了安全和法律的问题。即使气体外泄，也不会造成重大的危害……然而，气囊的培育时间也因此大幅延长。

"从将教授等人的创业公司合并到产品上市用了三年，这段时间可以说几乎都花费在生产线的建立上——尤其是对于这个气囊培育工程的讨论。其他零件的制造工程与机体设计，在样品机阶段就已几乎完成，所以我们负责培育工程的小组压力格外大。即使到了现在，培育工程依旧是提高生产性的一大课题。"

"刚刚说到培育时间的延长，那么具体来说，目前培育一个真空气囊大概需要多久呢？"

"大约两周吧……然而这只是把气体灌进素体内到硬化完毕的时间。实际上，接下来还有将吊舱与支架等组合为一个整体的工程，将气囊抽成真空的工程，以及对完成机体进行检查的工程等——从下注到贩卖，最短也需要大约两个月。"

虽然不知道两个月对客机的制造期来说是长是短，但可以明白真空气囊不是那么简单就能制造出来的。

"既然是最短，代表还要预约排队之类的？"

"托您的福。不过不知道这次的事故会造成怎样的影响，真令人感到不安……量产最大的瓶颈就在于占地面积，这点对于水母船来说尤为明显。讲得极端一点，即使制造要花上一年，只要地点、资金、人力无限，就能让各生产线同时进行，一口气制造出无限架机体。但从现实来看，即使增加资金投入与人手，也无法增加场地。虽然水母船比过去的飞船小得多，但工厂用地的面积毕竟有限，也不可能把 U 国全境的空地都买下来。原先摆在工厂的展示机与测试机，也因为增设厂房而无处可放，全都被移到国内的各代理销售点了。"

"照您的意思，教授他们的次世代机种也是一样？"

"听说已经计划等航行测试结束后卖到别处……虽然结果演变成了那种状况。"

随后是一阵沉默。

"您还真是了解。您的部长还说什么'我们不太清楚'呢。"

"也算不上了解。"柯提斯脸上再度浮现苦笑,"刚才说的真空气囊培育工程的相关信息,大半也都写在费弗教授的论文里,我们不过是把那些搬到实际的制造现场罢了。虽然也有像刚刚所说的气体浓度那种在制造层面不得不进行调整的部分,但这与负责'研究开发'的他们无关。

"而我们这些负责'制造'的人的工作,顶多就是照着他们拿来的研究成果制造成品,至于成果是怎么来的,当初的目的又是什么,实际上我们并不清楚。"

"对教授他们搭乘的那架次世代机种,你们也不清楚?"

"负责制造的确实是我们制造科,但它具体有什么功能我就不清楚了。"

"请再说得详细一点,比如他们接受了怎样的委托,制造出了什么样的机体,等等。"

"我负责的是培育气囊,所以只知道和这部分有关的事。不过——这几年,他们似乎一直致力于开发使用新材料的真空气囊。"

"新材料?"

"在那架次世代机种之前,他们也曾多次委托我们制造测试机——正确说来是培育装在测试机上的真空气囊,不过培育时所用的素体并不是我们平常使用的那种,而是他们自带的素体。"

"等一下,'自带'是什么意思?"

"啊,抱歉。"柯提斯说着把目光转回厂房里。

"两位看到的素体，其实并非ＵＦＡ制造，而是委托签有保密协定的化学工厂生产的素体。在卖给顾客的水母船上，会把这种由化学工厂制造的素体用作真空气囊……但技术开发部的委托则不一样。"

"您的意思是，他们自己另外准备了素体？"

柯提斯点头。

"是的。每次找我们委托工作时，他们总会直接将素体运到这里……不知道他们是从哪里弄来的。我猜应该是找其他化学工厂制造的……不过，因为没有收据或标签之类的东西，所以在有紧急情况时也不知道应该联系哪里，令人很头疼。"

用在真空气囊上的素体的出处连同公司的人都要隐瞒——事情越来越可疑了。

"您说紧急情况令人很头疼，难道曾经发生过什么不好的事吗？"

"可不仅仅是不好一词就可以概括的。"柯提斯抱怨道，"他们所准备的素体，几乎都是些次品，经常发生在硬化过程中破洞导致气体外泄之类的事故。虽说浓度极低，但也不能就这样让毒气外泄。更何况气囊培育是全天无休，只要警报响起，不管是在深夜还是假日都必须立刻赶到。如果向技术开发部抗议，他们就会说'解决麻烦是制造部的工作'。虽说研究开发难免会伴随失败，但老实说真是让人无法忍受。"

"我明白。"

在这点上刑警也是一样，总是会被毫不讲理的紧急召集耍得团团转。涟投来冰冷的目光，仿佛在说"哪怕要宰了你估计也起不来的你有资格说这种话吗"，玛利亚郑重地选择无视。

话又说回来。

从方才柯提斯的语气看，水母船的技术开发部与制造部之间，至少在工作层面有相当大的摩擦。虽然费了一点时间，但玛利亚开始渐渐明白诺瓦克那句"研究开发与制造完全是两回事"的意思了。

"关于他们带来的素体，您还注意到什么其他的地方吗？"

"颜色不一样，这点可以肯定。有的颜色深黑，有的偏黄……每次都不太一样。

"啊，不过最后那个素体的颜色就和平常用的素体一样。只有这个罕见地——应该说是唯一一个——没出什么大麻烦就成功培育成了真空气囊。

"只不过，他们的委托书上还是和平时一样，附上了麻烦的要求——像是将导入的气体温度提高二十度什么的，这可不是能轻易做到的——这种运作环境的调整实在让我们伤透了脑筋。"

"'最后那个'？"

"两个月前，技术开发部最后一次委托我们制作的气囊。"

柯提斯往下看去。"它就装在那架测试机上头……不过既然结果是那样，大概还是有哪里出了问题吧。"

※

"出了问题，是吗？"

第三制造部品质管理科的茉莉亚·霍华德翻着文件，疑惑地歪着头。她的特征是雀斑与一头栗色鬈发。"……在检查时好像没出什么问题啊？"

"是不是因为不是卖给顾客的，就随便糊弄了一下？"

"没有啊——"虽然口气有些慵懒，但茉莉亚明确地表示否定,"无论出货对象是公司外部还是内部,它都是'从这家组装工厂出去的机体'。用同样的方式进行同样的确认,可是品质检查的基本原则哦。"

这里是水母船的组装工厂。

面积为一百米见方。在这栋比孵化屋还要宽敞的建筑里,正在进行两艘水母船的组装工作。天花板上吊着橄榄球状的真空气囊,吊舱则在气囊的正下方,正随着千斤顶状的机械缓缓上升。操作员的呼喊此起彼伏。支架、螺旋桨,以及弧形的外框零散地堆在墙边。

玛利亚等人正位于组装工厂一角的办公室,隔窗眺望这一景象。或许是因为建筑本身实在太大,和那次在孵化屋时刚好相反,组装中的水母船看起来就像模型一样小。

"你说的检查,具体都有什么项目呢?"

"嗯——"

茱莉亚的手指在写着"检查表"的纸张上滑动。"抽至真空状态时的极限压力与花费时间、漏气速度;螺旋桨的回转次数、是否有杂音;各螺丝的扭矩和外观确认……还有很多很多,要我都念出来吗?"

"不用了。"

玛利亚偷瞄了一下,只见上面满是琐碎的项目和手写的数值,光是看看就让人感到头痛。

费弗教授等人搭乘的测试机,为何会坠毁在 H 山脉那里呢?如果在真空气囊的制造上没出什么大问题,那么也有可能是在水母船整体的组装工程中出了什么差错。

原本玛利亚是这么想的——不过现在看来虽说是公司内部用的测试机,他们似乎也没有怠慢对组装成品的检查。

"刚才我们问过孵化屋的负责人,他说费弗教授他们的测试机上安装了使用新材料的真空气囊。您这边在组装时,有没有发现什么和平常不同的地方呢?任何细节都可以。"

"咦,是这样吗?"茱莉亚惊呼,随即充满歉意地皱起了眉头,"抱歉啊,我做的都是检查文件、处理传票之类的办公室内的工作,所以关于操作过程中发生过什么事,我就不太……"

说得也是。算了,这部分等以后再问问现场作业的人吧——主要交给涟去问。

"不过,原来如此……果然是这样呢。"

对话有了一瞬间的中断。

"'果然'?"

"是啊,"茱莉亚点点头,"那架测试机的外部无论是吊舱还是支架,都有点不一样。所以我还想过,'搞不好真空气囊也不一样呢'。"

咦——

"等等,这话是什么意思?您说外部不一样?"

"这点应该和其他飞机一样。水母船上的所有零件并非都是由我们制造的。像吊舱和螺旋桨这类的大型零件,都是委托外包商制造的。"

和之前说的真空气囊的情况类似。

"您的意思是说,那架测试机的各个零部件,是由技术开发部准备的?"

"不太准确。外包商交上来的零件,会被技术开发部的人先拿走。之后他们会再送回来,让我们拿那些零件组装。"

测试机的零件,会先被技术开发部拿走?

"您刚刚说外部'不一样'对吧?意思是技术开发部在拿走

这些零件之后，进行了某种加工？"

茱莉亚点点头。

"外部贴着类似橡胶的奇怪材料，颜色是深灰色……那究竟是什么呢？"

※

直到快中午了，在制造部的问话才终于结束。从总务科得到航行测试计划书、定期报告，以及与真空气囊有关的教授论文之后，玛利亚和涟向着从孵化屋往西步行约十分钟的一间与周围独立的小房子移动。

——"气囊式飞艇部门技术开发部"。

挂在入口处那块招牌的崭新程度，凸显了无人归来的冷清。

"玛利亚，这样好吗？事故调查委员会还没成立就擅自行动——"

"怎么了，我这么热心工作你还有意见？"

"你在工作吗？我还以为，你的行动都是为了挑衅军方呢。"

涟一副惊讶的模样……真是个讨人嫌的部下，虽然有一半让他说中了。

两人拿着从总务科半强迫地借来的钥匙开门入内。穿过前室，打开正面的门，出现在眼前的是一个约有中等规模的会议室大小的房间。

中央有一张长桌。桌面上散落着烧杯、陌生的玻璃器材、奇妙的方形器械、橡胶手套，和装有纸巾的小盒等。

房间的门旁是药品柜。左右的墙边有用围墙围住的状似水池的设备——正面还有一道似乎能上下滑动的透明拉门。

"这里是实验室？"

药品的味道扑鼻而来。高中时因超过化学报告的提交期限而被留下做实验的噩梦又一次复苏。"涟，你有没有看出什么？"

"似乎是做有机合成的实验室。"

涟隔着透明拉门打量着水池。"局部排气装置里设有回流装置和转盘式蒸发装置，大概是用来进行素体——正确说来是构成素体的聚合物——的合成实验吧。"

"你的意思是'技术开发部自带的素体'，就是在这里制造的？"

在被围墙围住的水池——似乎叫通风装置——的角落，堆着装有碎片且写有日期的小盒。大概是素体的样本吧。

"以制造那种尺寸的素体来说，这些设备的规模实在太小了。他们应该是在这里确定合成方法之后，把实际制造工作委托给外包商。"

需要调查制造素体的外包商，还要对样本进行回收分析。这几项要优先处理。真是的，工作多到要令人开心地流泪了。

玛利亚按顺序打量着药品柜，其中一个药瓶吸引了她的目光。

"氰化钠？"

"是氰化钾的亲戚。毒性方面应该没什么差别。无论是氰化氢还是这东西，都像它们的名字一样含有氰基。我想，他们应该是在检验能否用这种固态物质取代难以保存的气体，使素体硬化。"

先是毒气又是毒药？水母船的开发可真是搏命的工作。仔细一看，药品柜的门上安了个大锁头，应该是为了防盗。

"其他呢？"

"没有了。如果其他房间留有资料,或许能找出他们研究内容的细节。"

"了解。"

玛利亚点点头,把手搭在实验室的门上——然后回头看向室内。

长桌、实验器材、药品柜、安设在墙边的水池。

毫无疑点的实验室。至少在玛利亚眼中没有什么特别奇怪的地方。

照理说是这样……

"怎么了,玛利亚?"

"啊?嗯,没什么。"

玛利亚摇了摇头,和涟一起走出实验室。

在二楼的办公室里,理所当然地没有任何人影。

以屏风隔开的座位有七八个,其中几张桌子似乎是空的。

墙边的白板上写着潦草的算式与化学公式。垃圾桶里装满了揉成团的纸屑,房间深处的公用厨房的炉子上则放了个茶壶。

往眼前的座位一看,桌子底下堆着几本标题有些难懂的专业书籍和磨损严重的笔记本。桌子两端堆着几摞纸,靠玛利亚这边则摆着一个有点脏的杯子和几支笔。

仿佛把上班后的一刻直接冻结一般的随处可见的职场风景,平凡得令人难以相信。这里就是水母船开发的最前端——而且所有职员都死于非命,谁都不会再回到这里。

办公室左边深处有一道门。打开这扇写着"部长室"的门,映入眼帘的景象与刚才那个房间大相径庭,应该很难说是"平凡"。

"这是什么情况?"

地上到处都滚着空酒罐、空酒瓶。

墙边的垃圾桶也被瓶瓶罐罐填满,散发出强烈的酒臭味。仔细一看,在房间深处的桌子上也堆满了同样的瓶瓶罐罐。

让人无法想象这里是研究所里的一个房间——不,甚至不像是工作的场所。

"这是——"涟也皱起了眉头,仿佛失去了语言,"真没想到,这种地方居然会有玛利亚的同类。"

"我才不会在工作时喝成这样呢。虽然也不是从来没喝过。"

话又说回来……

玛利亚又看向门上那个写着"部长室"的牌子。在技术开发部里面,拥有部长头衔的人只有一个。

费弗教授?为什么?虽然不知道这些空瓶空罐是从什么时候开始堆积起来的,但房间主人的酒精摄取量显然已经到了酗酒的地步。水母船的生父,为什么会变成了酒鬼?

"不知道。单纯想来,应该是成名带来的压力吧。"

需要在公司内外调查费弗教授的身体状况,包括就医记录。工作滚滚而来。

"这里以后再说,先搜查办公室吧。这个房间里实在不像是有次世代机种情报的样子。"

"同感。"

玛利亚把办公室靠里那半边交给涟,自己搜查靠门口的区域。她将文件一张张过目,挑出觉得可疑的部分——

"涟!这事要做到什么时候啊?!我已经受够了!"

才五分钟就投降了。

"你在撒什么娇啊?"

又来了——涟开口。

"是谁曾经得意扬扬地对我说'脚踏实地的工作乃是调查的基础'啊?"

"因为我完全不知道哪个重要,哪个不重要啊。"

要从满是专业术语和记号的堆成山的文件里挑出需要的东西,就跟从一摞用火星文编写的文件中挑出用金星文编写的一样。

"请你把似乎可以读懂的挑出来,其他的先放着无妨。"

"了解。"

玛利亚快速翻阅纸张,只要一觉得好像看不懂就立刻换下一份。多亏涟的建议,至少作业速度有了显著提升。

快速解决完那摞纸后,她正准备拉开抽屉,却看见桌子底下有一沓用塑胶绳捆起来的笔记本,似乎是原本准备丢弃,结果就放在了这里的。

她拿起附近的剪刀剪开绳子,抽出了最上面的一本。《1981.10.01 ~ \Neville Crawford》——封面上这行字的笔迹与其说工整,不如说是神经质。翻开笔记本,里面的文章内容类似按日划分的值班日志。

1981 年 11 月 10 日 样本 10/ 合成实验 (3)

原料:丙烯腈 10 克 催化剂:A 10 毫克 合成开始温度:50 度 搅拌速度:每分钟 60 次

10:00 合成开始→10:45 发生突沸,合成中断

【考察】虽然延长了突沸发生之前的时间,但还是以失败而告终。是生成热量的问题?

1981 年 11 月 12 日 样本 10/ 合成实验 (4)

原料：丙烯腈5克 其他条件与上次相同

10:00 合成开始→13:20 合成结束

【考察】通过将原料用量减半来抑制突沸。果然是生成热量的问题？有机合成受非本质部分影响的地方太多了。

这似乎是实验笔记。翻了翻其他页，发现除了文章以外还有化学公式与手绘图。尽管超过一半的内容都是物质名称与温度等情报的罗列，但也有很多可辨读的正常的人类语言。

这应该算是中奖了吧。玛利亚内心雀跃地翻阅起来。

1981年11月13日 样本10/硬化实验

原料：合成完毕的样本10号100毫克、氰化钠10毫克 溶剂：水 催化剂：C-04，5毫克

10:00 反应开始→16:00 取出，不见硬化迹象

【考察】失败。需要探讨是否能通过变更条件解决。

· 反应温度太低？→加热重新实验

· 用盐无法产生反应？→在实验室使用氰化氢的危险性很大。R是怎么确认的？应该在R死前问出来的。

翻页的手停住了。

……"应该在R死前问出来"？

这句话与单纯的实验记录格格不入，令人感到毛骨悚然。前面那句"R是怎么确认的"也很不明所以。不过从上下文来看，这个"R"应该不是某种物质，而是某个人物。

应该在R死前，问出R采用的确认方法——

在窗户对面的墙壁上，有一块看似成员日程表的黑板，上

面贴着几张用磁胶片制作的名牌。"Philip Phifer"（菲利普·费弗）、"Neville Crawford"（内维尔·克劳福德）、"Christopher Brian"（克里斯托弗·布莱恩）……哪里都找不到开头是"R"的名字。

这是怎么回事？"R"是谁？"应该在 R 死前问出来的"……既然要问的是有关实验的事，为什么会出现这么惊悚的一句？

玛利亚感到背上起了鸡皮疙瘩，继续往后翻下去。一边读，一边下意识地用右手食指抵住了下巴。

里面的内容总的来说，就是悲惨的失败记录。

"失败""不可""中断"——大量负面词语出现在笔记的各个角落。尽管偶尔能发现看似成功的记述，到了下一个日子却还是出现"气囊硬化探讨……失败。制造部在干什么啊"这种混着抱怨的潦草笔迹。越翻到后面，记录者的焦躁就越明显，到了最后一页，甚至露骨地用"探讨气囊硬化……失败。这个没用的东西"这种愤怒的话语收尾。

而在这些话语之间，也出现了关于"R"的记述。

> 需要对 R 的实验资料进行再度询问→全员都不记得
> 电话联络不到 R 的双亲 →考虑派遣有空的 W
> W 传来消息 R 的双亲已于四年前去世，住家原址已成加油站该死！

从"R 的双亲"这个说法来看，"R"果然是个人名。"W"同样也是人名，应该就是指在黑板上贴有名牌的"Willaim Chapman（威廉·查普曼）"吧。可以看出，这份笔记的作者——内维尔·克劳福德——对于"R"拥有的知识的渴望日益强烈。

可是，为什么呢？处于水母船开发最前端的内维尔·克劳福德，为什么要这样执着于他人的知识，甚至还派"W"前往"R"的老家？

"R"是什么人？这人和内维尔以及其他技术开发部成员之间，究竟有怎样的关系？

笔记的最后一页是"1982年7月27日"，结束时间在半年前左右。尽管玛利亚也翻阅了其他笔记，但日期全都比这本更早。她还翻看了文件堆和抽屉，却没有找到比这个日期更晚的笔记。

根据柯提斯在孵化屋提供的信息，他们成功开发出新材质真空气囊是在大约两个月前，而到处都找不到记录了这段时期实验的笔记。

玛利亚起先还想"怎么可能会有这种事"，随即立刻发现了自己的纰漏。如果他们做航行测试时带了实验笔记，那么最新的笔记会在那架事故机里，不可能在这种地方。

而事故机已经被军方回收。

在整个吊舱都化为焦炭的火灾中，笔记本实在不太可能幸免。然而，如果还剩下一页，不，哪怕只剩某页中的一部分——现在就连确认这种微乎其微的可能性都办不到。

那些可恶的军人。就算大打出手也应该阻止他们回收的。

感到十分后悔的玛利亚转向下一个座位。她刚把手伸向桌上的书挡，便看见了一张略微褪色的照片，夹在无框相框的两块透明玻璃之间。

这应该是一张纪念照。在明亮的阳光下，六名男女站在红土荒野上。

在照片中央，有一名个子略高，看上去年过五十的男子。玛利亚隐约记得曾在报纸和电视等处看过他。他就是真空气囊的生父：菲利普·费弗教授。那副脸颊凹陷的阴沉模样，与其说是航空工程学界的权威，不如说更像是漫画里的邪恶秘密组织中的科学家。

在教授周围围着四名男性和一名女性，每个人都很年轻，大概都才二十出头，甚至有的看上去只有十几岁。

而在他们背后的远处，浮着一个巨大的白色物体。

物体下端连接着吊舱，以及状似水母触手的支架。支架前端的螺旋桨浮在空中，吊舱的正下方垂着状似绳索的东西，绑在被钉在地里的金属上。

右下角的日期是"1973年6月28日"——费弗教授发表真空气囊的隔年。

玛利亚慢了一拍才明白照片的意义。这是样品机的完成纪念照。和教授一同入镜的男女，无疑就是教授当时的研究生。

这就是人类史上第一艘水母船啊。

在遥远的将来，这张照片即使登上历史教科书也不足为奇。不知道它能卖多少钱呢？玛利亚一边抱着这种不该有的邪念，一边顺手将相框翻面——随即不由自主地停住了手。

里面还有另一张照片。

在正面这张真空气囊纪念照的背后，还叠着一张照片。隔着透明的玻璃背板，可以清楚地看见照片全貌。

这也是一张团体照。在充满绿意的群山与湖的背景之下，六名男女站在一起。画面好似露营中的一景，气氛和乐融融。

原来是双面的，真有情趣。玛利亚感叹地看着照片——她将相框翻回正面，又翻过去。

背面那张露营照里的成员和正面纪念照里的成员几乎一样。

但露营照里没有教授。

——取而代之的，是一名陌生的少女。

那是一名戴着圆眼镜，把黑色长发绑成两条辫子垂在左右两侧的娇小少女。她的长相纤细，但给人聪明伶俐的印象。胸前的隆起柔软而富有少女气息，包在牛仔裤里的双腿十分苗条。尽管不知道她的准确年龄，但只看外表，年轻得仿佛才刚上高中。

另一位女性——一名明显散发出成熟魅力的金发女子——在正面的纪念照里也有，但是这位眼镜少女只存在于背面的露营照。

是研究室成员的亲戚吗？与成员们一起旅行时，带着年纪尚小的家人同行也并非不可能——

玛利亚又看向行动预定表。那几张名牌里，女性的名字就只有"Linda Hamilton（琳达·汉密尔顿）"这一个——金发女子大概就是她了。照片的日期是"1970年4月30日"，拍摄于正面那张照片的三年前。

玛利亚拧开相框四角的螺丝，把两张照片抽出，把露营的照片翻了过来。在看到写在左下的那行字时，玛利亚的背脊当场冻结。

　　摄于露营联谊活动　与实验室成员，和R

"和R"？！

——R是怎么确认的？应该在R死前问出来的。

难道说……

这名戴眼镜的少女，就是内维尔·克劳福德笔下的"R"？

等等，怎么可能。既然内维尔·克劳福德想要"R"的知识，那么"R"在真空气囊方面至少积累了比内维尔更多的经验与知识……这名少女有那个本事？

当然，玛利亚也是踢开众多男性竞争对手，以破例的年轻岁数升上警部的人，她也知道不该拿身为女性或是年纪轻轻之类的理由来判断一个人的能力。但就连玛利亚，也在一瞬间难以排除潜意识里对"R"抱有的既定印象。

这名少女就是"R"？

没有证据。或许她单纯只是研究室里某位成员的熟人，恰好名字开头同样也是"R"而已。

可是——如果真是如此，为什么要把这张照片藏在这种地方呢？在座位格挡的屏风上，有得是贴照片的空间，根本没必要特意把它放在其他照片的背面来掩人耳目。

照片里的背景，不过是年轻男女一起开心地上山游玩而已，其中也没出现什么明显的疑点。如果要找出在真空气囊的纪念照里没有，在露营照里却存在的事物，除去背景的差异，就只剩下这名戴眼镜的少女……

"玛利亚，有空吗？"玛利亚刚要呼唤涟，对方抢先向玛利亚招手。

"怎么啦？"

玛利亚跑过去，涟指着正面说"你看这个"。

一个乳白色的方形箱子，上面放着一个外形近似电视的硬邦邦的显示器。另有一个板状物体，上面有许多奇妙按钮，通过电线与箱子连接。

"电……脑？"

在没有任何东西的桌面上孤零零地摆放着一台电脑。和其他摆放着文件、文具的座位相比，这里单调得有些冷清。

玛利亚不是第一次看到电脑——在去预支薪水时，她曾在警局办公室见到过几次——然而，作为工作用的机器，这东西仍然是个稀罕物。

"航行测试计划书上写有'新增自动航行系统'这一项。"涟边说边翻阅着从ＵＦＡ的总务科获得的资料，"就我的推测，这应该是用来制作航行程序的吧。"

"涟，你会用电脑？"

"多少懂一点。"

"画面上什么都没有啊？"

荧幕的指示灯亮着，但画面却是一片漆黑。

"所以才奇怪。这台机器——里面全都被清空了。"

"咦？"

"别说资料，就连作业系统都没有。这里有启动盘，我用它开机检查，却发现内置的硬盘全都被格式化了。从找不到保存资料用的磁盘这点来看，只能得出是某人刻意——"

"涟，拜托你，说人话。"

"总的来说就是'理应存在于这台电脑里的情报，全都被人删除了'——应该是自动航行系统的程序吧。"

玛利亚花费了一点时间才理解涟的这一席话。

"自动航行系统程序被删了？"

"毕竟从测试计划书来看，我想不出技术开发部还能在什么地方用到电脑。"

"等等，你凭什么这么肯定？也许是用在别的地方呢？比如，用来寻找真空气囊的材料之类的。"

把所需条件输入电脑,由电脑算出答案,再由人类验证。总觉得电脑在研究中应该扮演这样的角色。

"现实的电脑和漫画、科幻小说不一样。"涟用一句话便打发了玛利亚的疑问,"电脑没有灵活能干到可以回答'有这种新材料吗'这种空泛的问题。就算真的做得到,那也是在人类先知道答案的基础上,再让电脑模仿作答。"

沉默降临。

涟想表达的意思,逐渐渗透进玛利亚的脑中。

次世代机种并非是坠毁,而只是迫降——这是目前从现场和遗体状况推出的结论。然而,水母船为什么会迫降,目前还找不出原因。

如果正如涟所说,这台电脑曾经被用来制作自动航行系统。

那么电脑内部的资料消失,也就意味着——

这时,玛利亚的耳朵捕捉到了一个微小的声音。

就在两人刚才上来的台阶下方——是门的推挤声和脚步声。

玛利亚与涟互看一眼,在停顿片刻后采取行动。他们蹑手蹑脚地离开放有电脑的座位,背靠在办公室的门后。

脚步声缓缓逼近,登上台阶。鞋底与地板的摩擦声非常、非常的小。步履缓慢,仿佛在冰上行走一般的慎重。

什么人?

是UFA的员工吗?可是,这栋建筑里只有技术开发部,而且与其他部门之间隔着一段距离。

更何况——这样的脚步,怎么看都不像是单纯的迷路者或好奇的路人。

玛利亚把气息压低到极限,静静等待。

入侵者的气息来到门前,与玛利亚他们近在咫尺。脚步声停住了。无止境的漫长沉默,一秒,又一秒地过去。

在不知过了几拍的沉默过后,入侵者以惊人的速度冲进室内。

——玛利亚用尽浑身力气朝来人的腿踹过去。

连零点一秒的差错都没有。入侵者的头部画出优美的弧线,脸部重重撞到地上。

涟扑过去,骑到入侵者的背上扭住他的手。玛利亚从腋下的枪套中拔出手枪,将枪口抵住入侵者的头顶。

"你是谁?老实交代。要不然,头上就要多出一块斑秃了。"

"你这家伙——"

入侵者不甘心地呻吟,抬头将玛利亚的枪往上顶。这是个看似三十出头的精悍男性。从那张红肿的脸上,能看见愤怒的火焰在他眼中摇晃。

"别小看我。谁……谁会任你们摆布,该死的共产主义者!"

"咦?"

玛利亚发出傻眼的声音。

不是因为被人称为共产主义者,而是因为对方的脸与声音刺激了玛利亚的记忆。"你——"男子同样盯着玛利亚看,脸上表情转为呆滞。

"真是的。"

"哎呀呀,"涟无奈地离开男子身上,"您到这种地方来有何贵干啊,指挥官阁下?"

男人身上穿的是 U 国空军军服。

在坠毁现场夺走水母船的空军指挥官,就在这里。

幕间（Ⅱ）

后来我才知道，那时的她刚开始在购物中心打工。当我惊慌失措地表示我在寻找模型店之后，她笑得更加开心了。

——就是这里哦，客人。

她指向自己背后。

各种在故乡从未见过的色彩鲜艳的船舰模型与飞机模型，就在店头展示。

从此以后，她和我，就成了模型店的打工店员与熟客的关系。

我们聊了很多事。虽然在其他客人面前不常交谈，而且我没什么钱，不能每天上门买模型，但即使是这样，我依旧一点一滴地累积着与瑞贝卡相处的时间。

——你喜欢飞机对吧？

在那场对我来说十分丢脸的相遇之后过了一段时间，她向我问道。

到了这时候，她已经会在没有其他客人时，和我用朋友般的口吻交谈。她大概也注意到了我总是在观看和购买飞机模型。听到我回答"没错"，她开心地说自己也是。

喜欢飞机的女孩子，在当时的 U 国应该是很罕见的。我十分惊讶地回问她喜欢怎样的飞机，瑞贝卡便仰头往天花板看了一会儿。

——像这种的吧?

然后指向店头的一个展示用模型。

那和我想象的不太一样。没有主翼,后方有个螺旋桨。机体只有个状似小吊篮的箱子,而一个有如巨大鸡蛋的气囊占了整体的大部分。

那是飞船。

当我回应"这和飞机不一样吧"时,正好有其他客人上门,结果当天的对话就到这里结束。

过了几天我才听到下文。

——虽然和用发动机飞行的飞机不同,但从浮在空中的交通工具这点来看是一样的,对吧?

——和天空融为一体,仿佛只要有风就能到任何地方……我喜欢这种感觉。

——要问我为什么喜欢,我自己也不太清楚就是了……你呢?

瑞贝卡有些害羞地露出微笑。

她最后的问题,我不太记得自己是怎么回答的。若说有什么能肯定的,就是那一天,我的钱包里少了价值一盒飞船模型的钱。

所以,在知道瑞贝卡念的不是航空工程,甚至不是工学院,而是理学院的化学系时,我又一次感到惊讶。

据说,她的祖父是位有名的化学家,在自家甚至有类似简易实验室的地方。瑞贝卡从小就在祖父家模仿做实验玩。她告诉我她之所以在模型店工作,也是因为知道祖父的专业领域合成树脂会被用在模型材料上。

——这个模型,如果能就这样浮在空中,你不觉得很棒吗?

一天,瑞贝卡就在飞船模型前这样问我。

我猜不出她这样问的意图,只能歪头表示疑惑。气囊部分大概要填充氢气吧?这样不是很危险吗?真要说的话,以重量来看真的能浮起来吗——对于我的疑问,她摇了摇头。

——所以说,不要用什么危险的气体……

但是,那个男人的造访打断了她的说明。

——瑞贝卡,还没结束吗?

有如发自老式留声机一般的模糊声音,从店门口传来。

一名浅褐色头发、绿眼睛,令人感到捉摸不透的男子,安静地伫立在那里。他似乎没注意到站在架子后面的我。

——嗯,稍微等我一下,西蒙。

瑞贝卡将目光从我身上移开,对男子展现笑容。

这就是我和那个男人——西蒙·阿特伍德的初次相遇。

第 5 章 水母船（Ⅲ）
一九八三年二月八日 18:30—

威廉将岩钉抵在岩壁上，拿铁锤敲打。在猛敲数十次，确认岩钉已经打得够深之后，他把缆绳绑了上去。

"克里斯，行了吗？"他以嘶哑的声音喊道。

"好啦！"威廉把克里斯的声音当成信号，用尽浑身的力气扯动缆绳。机体稍微靠近了些。他迅速把变松的缆绳缠上岩钉。

水母船实际的重量与外观相反，非常的轻。由于真空气囊的浮力会抵消机体重量，所以只靠一个人也能轻易让它移动。

所以，现在威廉等人被迫做苦工不是因为机体的重量，而是因为强风。

如果控制推力的螺旋桨不转动，则水母船就像是巨大的风帆。虽说扁球状的形态能在某种程度上降低气流影响，但真空气囊的广大表面积所承受的风力，光靠一个成年人的臂力依旧无法支撑下去。现在的风势和刚才比其实已经变弱不少。必须趁早弄完才行。

——该死。

寒气仿佛会刮掉一层皮。下半身埋在雪堆里。渗进防寒衣的汗是冷的,简直就像泡在冰水里一样。尽管如此,头部却感到非常的热。威廉喘着粗气,再度握紧缆绳。

状况只能用"无法理解"形容。

当水母船突然改变方向进入H山脉,极速接近山壁,到了差点撞上去的距离时,威廉脑中满是对死亡的恐惧。

然而,在那之后水母船的走向,却大幅偏离了他的想象。

机体重新升高,仿佛在覆雪山地上滑行般地冲入山脉深处。

不知飞了多远,水母船突然降低速度,滑进这片凹陷的雪原——之后,就此停住不动。

威廉从恍惚中醒来,花了至少十分钟。

这是一片被悬崖峭壁环绕的约有一两公里见方的平坦洼地。在夏季大概会变成一片美丽的草原吧。然而现在,窗外延伸的就只有残酷的苍白冰雪。

岩壁又高又险,应该是高度为二十多米的水母船的两三倍。而且岩壁上段向外凸出,如果没有特殊装备,明显不可能爬上去。就视野所及,也没有看似小路的空隙。

而且,水母船没有起飞的迹象。

使机体晃动的只有偶尔吹过的雪风。除了吊舱零件的摩擦声与风的呼啸声之外,只有无比深沉的寂静。

"——廉、威廉,听得到吗?没事的话就大声回答!"

混着噪声的紧绷喊声响起,威廉慌张地捡起无线对讲机。

"啊啊,还好——"

"哦哦,还活着啊!总之,这么一来大家都得救了呢。"

得救?

……不对，我们没有得救。

我们是被困住了。被困在这座冰雪的监狱里。

※

结束激烈的体力劳动，坐到餐厅椅子上的瞬间，一股强烈的疲倦感袭击威廉。克里斯也不再是平常那副爱开玩笑的样子，无言地趴在桌上。

"快点去换衣服……今晚可不只是冷的程度。"

内维尔的声音和表情也带着浓浓的倦意。在另一张桌子旁，坐在椅子上的爱德华则是累瘫了似的看着地板。

"喂。"

琳达喃喃地开口。尽管只有她没参与力气活，但不知是因为不安还是恐惧，她的声音听来比内维尔更沙哑。"我们……什么时候能回去？"

没有回答。

"喂，你们回答一下啊！"

"没办法吧……至少没法只靠自己的力量回去。"克里斯一边阴沉地回应一边起身，"那之后我在操舵室弄了半天，但无论是切换成手动航行或者重启都完全不管用。我可以发誓，一定是整个系统被改写了……而且，两张预备磁盘也都没用。老实说，现在的我们根本无计可施。"

"怎么会……"琳达表情僵硬，接着歇斯底里地对爱德华大叫，"都是你！要怎么办啊！要怎么办啊！是你对吧，是你干的好事对吧！自动航行程序什么的，不都是你负责的吗！"

"先等一下。"爱德华出声反驳,"确实,建立自动航行系统和设定航线的人都是我,但是因为这样就怪我,我无法接受。只要碰得到办公室的电脑,谁都能窜改程序。

"更何况,紧急停止开关又怎么说?那跟自动航行系统是分开的。熟知水母船机械构造的你们,不是远比我更可疑吗?"

"不——不是我。我连电脑都没接触过!"

"你要怎么证明你不是'假装不懂'?"

"别闹了,你们两个。"威廉受不了这种险恶的气氛,插嘴制止,"是谁做的,之后再找就好。现在应该先思考怎么离开这里吧?"

"应该说要怎么活到救援抵达吧。"克里斯接过话头,"这边方圆数公里都被悬崖峭壁包围。就算从气囊顶端往上爬,也没办法爬到悬崖上面。即使爬得上去,没有登山装备与登山经验的我们,要强行从严冬的雪山走下去也等于是自杀。"

"那、那么——"

"刚才不是说过了。要等待,等救援来。这已经不是管什么企业机密的时候了。无论是其他水母船还是飞机,总之只要有人看见我们就好。即使悲惨到没人发现,只要我们没回去,照理说公司还是会报案才对。"

"这……这样啊,说得也是呢。"

琳达露出笑容。那是强行将不安压下去的扭曲笑容。

"克里斯,联络过赞助人了吗?"

"——大约一小时前吧。"克里斯回答前停顿了一下,"虽然说不能大张旗鼓地行动,不过嘛,总不会比警察展开搜索还要晚吧。"

"这样啊。"

爱德华松了口气。内维尔与克里斯的嘴角也舒缓了些——可是，他们的眼睛里完全没有笑意。

"这么一来，该假定救援什么时候到呢？"

"以克里斯刚刚说的来推算，快的话大概后天吧。为了避免结冻与确保热源，要尽可能维持动力运转，但是燃料能否撑到救援抵达却很难说。尽量避免使用空调，懂了吗？"

回到三号房之后，威廉锁上门，颤抖着换好衣服。

手表指针指着十九点三十分。晚餐在一小时的休息之后。虽然要等一会儿，不过这样反而更好。如果不消除疲劳，食物大概无法下咽。

然而，就算躺到床上试着闭起眼睛，意识仍旧再三从深眠中被拖回来。

这不只是寒意的影响。应该已经修复的安心感，却在离开大家独处时，立刻像沙一样崩塌。

快的话后天就会有人来，内维尔这么说。可是——真的来得及吗？

费弗教授痛苦扭曲的死相，从记忆之门的阴影中爬出。

——那真的，只是单纯病发吗？

刚刚大家就像约好了一般对教授的死只字不提，但是就像爱德华所说，如果那真的既不是意外也不是病故——而且，自动航行系统和紧急停止开关的异常也不是什么故障，而是有人动了手脚。

那家伙在这之后，打算做什么呢？

在救援抵达之前，那家伙会老实地等待吗？

原本已经闭上的眼睛，不知不觉间凝视着房门。躺在床上的威廉，因为寒冷之外的理由发抖。

到头来，他根本没能好好睡觉。

一小时后，威廉回到餐厅，另外四人已经围着圆桌坐下。看到没发生什么事，威廉松了口气坐到空椅子上。

每个人的面前都有罐头和叉子。一个冒着热气的铝质茶壶放在桌子中央，茶壶旁边则有五个叠在一起的纸杯。

"就这些？真是冷清的晚餐呢。"

"不要挑剔，这已经丰富到过头的地步了。"

对于内维尔的训斥，克里斯"我知道，别总是啰唆了"地苦着一张脸。

从测试机迫降起已经过了将近半天。深冬的白天很短，就连正午时分都显得有如黄昏的窗外，已经被深沉的黑暗吞没。

根据当初的计划，威廉等人应该在今天回到ＵＦＡ公司。昨天之前在检查点买的食材已经所剩无几。异常状况接连发生让他们没办法追加采购。艇内常备的两天份紧急粮食，就是威廉等人剩下的所有食物。

"那个茶壶是？"

"单纯的热水。"

爱德华脸上连微笑都没有。"我用发动机的高温加了热。必要的话也能用雪水，所以水的问题目前不用愁……前提是动力还在。"

生活用水的管线并没有保温功能。一旦切掉空调，艇内气温就会下降，用不了多久水便会结冻。热源停止就相当于他们有生命危险。而且，时限绝对算不上宽裕。

"管他热水还是什么都好，我已经快冻僵了。"

琳达伸手拿起纸杯，先后在内维尔和自己面前各放了一个。

其他三人也拿起了纸杯。琳达抓起茶壶，将壶嘴拿到内维尔的纸杯上方，内维尔却以冷冷的一声"不用"制止了她。琳达有些受伤地蹙眉，替自己的纸杯注入热水。她将茶壶交给克里斯，仿佛要好好感受暖意似的用手包住自己的杯子。克里斯、爱德华、威廉也依序将热水倒入纸杯，把手贴了上去。

"内维尔，你不喝吗？"

"想死就自己喝，我可不管。"

"啊？"

"我既不大意也不傻，不会主动把那种来路不明的液体喝下肚。"

紧张的气氛在桌上流窜。琳达与克里斯盯着杯子里面看，然后面无血色地凝视爱德华。

——糟糕。

威廉的心脏重重地跳了一下。

因为内维尔刚刚所说的那些，是绝对不能说出口的台词。这壶热水有毒，他想把我们全部杀掉——这否定了今天早上他自己那句"毒杀什么的不过是臆测"，等于扣下了让成员不信任彼此的扳机。

"内维尔，这话是什么意思？"爱德华的声音失去了抑扬顿挫，"你想说我在这里加了东西？"

"哦？是这样吗？"

"知道了，我先喝。这样就行了吧。"

爱德华将纸杯拿到嘴边，内维尔则以轻蔑的眼神看着他。

"随你的便。如果你真的认为那些水安全的话。"

爱德华突然停下动作。他面无表情地看向纸杯。

威廉感觉到汗珠从背上流过。

水母船的饮用水,是从储水槽用管线拉到厨房的。爱德华所煮沸的开水,应该也是从那个储水槽装的……他是想说有人直接把毒下在储水槽里吗?

"慢着,不可能。因为,大家不是一直都在喝这些水吗?"

"毒这种东西,之后再加就好。"

琳达倒抽一口气。

直到不久前,这艘水母船还处于严重的混乱之中。这段时间,谁在哪里做了什么,威廉无法完全掌握。

"怎么啦?快喝。"内维尔下令。

爱德华盯着手中纸杯,接着用充满冰冷怒意的目光瞪向内维尔——

他一口气把水喝光,重重地将纸杯敲在桌上。随即是漫长的沉默。

一分钟、两分钟、三分钟——五分钟过去了。爱德华的身体没有产生异状。

"看起来没问题呢。"克里斯战战兢兢地开口。

琳达放松了下来,表情既像哭又像笑。威廉也吐出了郁结在胸中的气。当事者爱德华依然沉默,只是把身体沉进椅子里,像玩具的发条断了一般。

内维尔冷哼一声站起身,在片刻之后拿了一瓶酒和开瓶器回来。似乎是拿出了放在厨房的存货。

"什么嘛,居然不喝热水?都让人帮你试毒了。"

"想喝你们自己喝。要暖身子的话喝酒要有效多了。"

克里斯不爽地"哼"了一声,内维尔没有丝毫介意的模样,拔出瓶塞将浓紫色的液体倒入纸杯。

威廉将已经变温的水喝下肚。依旧是这几天已经喝惯的微微的金属味。他再度将热水倒进空纸杯。毕竟他的脸皮实在没有厚到能向内维尔讨酒喝。

"哎,接下来该怎么办?"

"我刚才不是说了。等救援到达,仅此而已。"

"不是这个意思。我们接下来要睡在哪里?"

"你问睡哪里,那当然……除了客房还有别的选择吗?"

"所以说——"

"琳达,你是想说'所有人都该待在同一个房间'吗?"

如果要为了节省燃料而少用空调,最合理的选择就是大家挤在同一个地方。虽然每间客房里只有一张双层床,但是剩余空间要让其他三人打地铺绰绰有余。

然而,琳达的回答出乎威廉意料。

"不是啦,笨蛋。我才不要大家待在一起。我可不想跟杀人凶手睡在同一个房间。"

餐厅的气氛瞬间冻结。

"为什么?为什么谁都不说话?教授的死法诡异,我们又在这种地方遇难——这太不正常了,一定是有人干的好事!"

"冷静下来,琳达。你说的那个人是谁。还不能肯定凶手就在我们之中——"

"不管是自动航行系统,还是紧急停止开关,外人怎么可能动手脚呢!是谁,是谁做出这种事,快点报上名来!"

没有人回应。

这就是刚才威廉怀有的不安——想必除了嫌犯之外,每个人都感受到了同样的恐惧。

究竟是谁做的?我们接下来会怎么样?

真的能平安地活到救援抵达吗?

"那么琳达，你认为该怎么做才好？"爱德华抛出问题，"这个吊舱里只有三间客房。厨房没有锁。轮机室只能从外侧上锁。若说还有哪里能从内上锁，就只剩操舵室了。你是要把剩下那个人丢在没法上锁的地方吗？"

"这——"

琳达把目光移向窗外。在深沉的暮色里，细碎的雪花在飞舞的同时发出诡异的呢喃声。

不行。在这种猛烈的暴风雪中过夜，根本就是自杀。

"我觉得大家分开行动反而更危险。无论逼我们待在这里的是谁，都不能保证那人没办法打开房间的锁。"

这个吊舱采取的是让家庭或亲密同伴共用的设计，门锁是只从内侧转一下的简单构造。不能保证能够窜改自动航行系统的人没有准备房门的备用钥匙。

更何况，虽然爱德华似乎故意不提，但琳达的提案还有另一道心理上的障碍。教授的遗体在客房里。若要让全员分别在安全的地方休息，必定得有人和教授遗体待在一起。虽然可以把遗体放在外面，但教授死在那里造成的排斥感无法简单抹消。

"那么……你认为该怎么做？"

"全员待在同一间客房，每次轮流让一人或两人休息。只要清醒的人有三个以上，凶手应该就无法轻易下手才对。"

这是个好主意。克里斯和看起来依旧不太情愿的琳达，都点头赞成了爱德华的建议。

"内维尔，你也同意——"克里斯往旁边一看，表情顿时僵住，"内维尔？"

没有回应。

内维尔趴在桌上，脸色苍白，全身发抖。汗水布满了他的额头。他双眼圆睁，嘴里吐出粗气。

"内维尔？""内维尔——""喂……内维尔，你怎么啦？""喂，内维尔？！"

连让大家把话说完的时间都没有。

内维尔就像断了线的人偶一般，摔下椅子。

他在地板上剧烈痉挛，两次、三次，发出犹如脖子被掐住的呻吟。倒地时的冲击让眼镜产生裂痕，镜片后的双眼逐渐失去光芒。

"内维尔！"

四人立刻离开椅子。内维尔没有回应，他只是不断地颤抖，反复发出微弱的喘息与呻吟。

"等等……这、这是怎么回事……什么啊……这到底是怎么回事！"

"喂……别开玩笑。痫疾发作吗？！"

不可能。从没听说内维尔有这种痫疾。

——毒？！

难道说，是刚才的红酒？

"你们在干什么啊？快让他吐出来！"

爱德华的声音重击鼓膜。"还有拿水来，如果不清洗他的胃——"

克里斯就像被打了一巴掌似的睁开眼睛，以惊人的速度抓起茶壶。琳达依然铁青着脸，重复嘀咕着："骗……骗人……"

面对这些景象，威廉只是傻眼地旁观。

爱德华等人的努力无疾而终。

一小时后，内维尔的心脏永远停止了跳动。

※

令人窒息的沉默裹住整个餐厅。

克里斯、琳达、爱德华,每个人都精疲力竭地瘫在椅子上。

时钟已经走过十二点。没有任何人开口。失去内维尔的冲击——以及让人感到阴郁的恐惧,夺走了威廉起身的力气。

没错。已经没法再掩饰下去了。

有人想要我们的命。凶手杀了教授,把我们关在这座雪山里——想把我们全部杀光。

是谁?为什么?确实,我们有被人盯上的可能。然而,到底哪个才是真正的理由,直到现在依旧不明。真的有什么敌国间谍想抢走我们的研究成果吗?还是说——

"够了……我已经,受够了……"琳达摇摇头,用已经哭累的声音说道,"拜托,饶了我。我想回家。我不想死,我还不想死——"

"琳达,冷静一点儿。"就连爱德华的声音,此刻也带有浓浓的疲倦,"还不能确定凶手就在我们之中。就连凶手是否就在这艘水母船里,也还不能肯定。"

内维尔喝的酒里究竟有没有毒,到头来还是不知道。

真要说起来,那瓶酒似乎是出发时内维尔自己准备的。只在宴席上喝酒的内维尔居然会带酒参加航行测试,这点让威廉有些在意——假如,酒早在搬进艇内时就已被下了毒,那么正如爱德华所言,"凶手就在水母船里"这个前提就变得无法确定了。

可是——

"既然如此,那家伙现在在哪里啊?"琳达激动地喊道,"为什么我们会在这种地方?为什么自动航行系统被动了手脚?如果那家伙只是要用毒酒把我们全杀光，哪有必要特地把我们关在雪山里啊！"

这回轮到爱德华闭嘴了。威廉一时之间也无法反驳，看向克里斯。"骗人的吧……这是怎么回事？"克里斯似乎没将琳达他们的争执听进耳里，只是用撑在桌上的左手顶着头，脸色铁青地喃喃自语。

"大家都懂了吧。教授死了，我们被关在这种地方，内维尔也死了——事情不可能到此结束的！

"因为，没错，这是她的……瑞贝卡的——"

"琳达！"

她的身体抖了一下。

尽管被自己的吼声吓到，威廉依旧从口中挤出话语："安静一点……还是说，要我代替凶手堵住你的嘴？"

琳达的眼神因为恐惧而瞪大。"……开玩笑的。"威廉不高兴地补充，同时心脏开始狂跳。

糟糕——应该没被听到吧？

但是，上天没回应他的祈祷。

"瑞贝卡？"

爱德华以惊讶却倍感怀疑的眼神看着三人。

"等一下——'瑞贝卡'是谁？"

第6章 地面（Ⅲ）

一九八三年二月十二日 15：30——

"原来如此。"涟重新看向眼前的军人，"也就是说，你来到这里的理由和我们一样，都是为了调查费弗教授他们的办公室？"

"是。另外，还要监视有没有间谍入侵。"

U国第十二航空队少校——约翰·尼森，完全不掩饰声音中的不悦。

他有着剃成平头的铜褐色短发，身高远超一米八的体格。那双深灰色的双眼，有如盯上猎物的猛兽般锐利。尽管这个男人散发出符合军人身份的精悍气息，但与其说他像个浑身肌肉的壮汉，倒不如说比较接近一头洗练到极限的敏捷猎豹。

他身为军人的实力大概也是一等一的。从这点看来，被虽是警官但力气明显不如自己的玛利亚彻底摆了一道，对他而言无疑是个巨大的屈辱。

——这里是F局的会客室。

在技术开发部办公室那场冲突过了数小时。玛利亚与涟以交换情报的名义，向这名军人打听详情。

办公室的搜索虽以意料之外的形式中断，不过玛利亚已经向局里申请了支援继续负责那边的搜索工作,再过数小时应该就能告一段落。

"UFA公司保有的气囊式飞艇制造技术,从国防观点来看也极为重要。一旦落到R国手中,对于我们U国会是非常大的威胁。

"尤其是这一次,气囊式飞艇的开发者费弗教授本人不幸丧生。保护教授等人的研究成果,对于我们空军来说是第一要务。"

"事故机被空军回收,也是同样的理由吗?"

"教授他们一直在以UFA员工的身份研究水母船,这点我们也知道。无论那是怎样的东西,我们都得避免真空气囊的最新技术外流到敌国,即使只是一小片残骸也不行。"

"那也要和警察说一声啊。"玛利亚也是一脸不悦,"你知道我们费了多大力气吗?毕竟证物几乎都被带走了。别说事故的全貌,就连搜查方针也毫无头绪。我真想拽住你的腿再摔你一次。"

即使现场被原封不动地保存下来,玛利亚热心工作的可能性大概也等于零,不过涟并未当场说出口。

"保护机密为第一优先,这点希望你们能理解。"

约翰的太阳穴有些抽动。"更何况,我们并非是轻视你们。在那个时间点,交出遗体已经是我们所能做到的最大让步了。"

原来把遗体留下不是"因为不需要所以丢下",而是姑且还考虑到了警察的立场。真是令人难懂的体贴。

"不过,你们的主张也是理所当然。从结果来看,这么做妨碍了警察办案,哪怕只有一时。请允许我借这个场合谢罪。我方应该考虑到,出现在费弗教授办公室的可能是你们。"

约翰一副压抑着不满的样子,老实地前倾上半身。原先担心他会因为玛利亚的挑衅而强硬起来,不过这人似乎意外地很有绅士风度。玛利亚大概也没料到对方会这么老实地道歉，"哼"的一声尴尬地别过头去。

"你们回收的遗物，能让我们这边检视一下吗？"

"办理手续吧。机体残骸等物理上无法转移的东西，将由我方继续保管，但我们不会拒绝让你们搜查。这次事故对我国来说是个重大损失。如果在查清真相上有所需要，我们也不会吝惜提供协助。"

一百八十度大反转般的合作态度……以军方的考量来说，大概会希望早点儿和警察联手，好在与运输安全委员会争夺主导权时取得上风吧。

说起来，本来应该在军方没插手的情况下检视证物的，不过事到如今再说这个也没用。"谢谢。"涟郑重地道了谢。

"真的只有这些？"

玛利亚冷冷地看着约翰。

"'只有这些'是指——"

"我是说，你们还有事瞒着我们吧？"玛利亚美丽的嘴角向上扬起，"——那架机体，不是你们空军要教授他们制造的吗？"

约翰的表情瞬间僵硬了一下，而涟——恐怕玛利亚也一样——并未漏看这一点。

"最早的坠毁通知是昨天凌晨，你们回收事故机则是在数小时之后，但知道遗体身份就是费弗教授等人，还要在那之后。"

"你刚刚说'为了保护费弗教授的研究成果'对吧……为什么在那个时间点，你们就已经知道那是费弗教授的测试机？"

约翰的脸颊，这次确实僵住了。

"水母船光在U国就已经出货上百艘。你们总不会在数小时内就确认了每一艘的所在位置吧？"

"说起来，说是'数小时'，其中还包括搜救队赶到现场后向军方要求协助所花费的时间，实质上应该只有两三个小时才对。这么短的时间内，你们就确认那是教授的测试机，并且安排了回收用的水母船与人员……动作未免太快了点儿吧？

"教授他们的文件，大致都在警察手中。如果想看就从实招来。你们也不想在和运输安全委员会打架时还跟我们起争执吧。不过嘛，如果不想说倒也没关系就是了。"

涟假装面无表情，同时悄悄地调整呼吸。

真是的……好可怕的女人。

涟也注意到空军形迹可疑，同时也意识到他们和教授等人的死必定有某种关联，但是没有证据。

玛利亚居然瞬间发现了证据——藏在约翰简短说明中的破绽，并用这么大胆的方式还击。涟似乎理解了平常粗枝大叶又几乎没有生活自理能力的她，却能够这么年轻就升上警部的原因。

漫长的沉默降临。

玛利亚始终以冰冷的眼神看着军人……过了一会儿，约翰的嘴角逸出了不知是自嘲还是认命的叹息。

"接下来要说的话，能否请你们保密呢？虽然不至于只限你们两人知道，但我们也不希望情报轻易扩散。希望能控制在最低限度。"

"我答应你。我会对局长保密。"

约翰回以苦笑。

"我们空军，也没有从一开始就肯定那架事故机是教授等人的机体。只不过，我们判断那种可能性很高。"

"因为无法与教授他们取得联系，是吗？"

是的——约翰点头。

"教授他们接受了我们开发新型气囊式飞艇的委托——你们对此事的推测无误。我们和ＵＦＡ，早在以前就在军用机制造等方面有所往来。通过这层关系委托教授他们制造新型水母船，对于我们来说并非难事。"

正所谓没有不能转用到军事上的技术。真空气囊的开发者们，对于军方的委托有何看法，已经永远没机会知道了。

"制造部那边，好像完全不知道有空军参与啊。"

"ＵＦＡ方面知道这件事的人，只有极少数的高层与教授等人。毕竟让与研究开发没有直接关系的人知道这件事，只会徒增情报泄露的危险。不过，教授他们似乎也在开发上吃了不少苦头。"

——不知道他们是从哪里弄来的。

——在有紧急情况时也不知道应该联系哪里，令人很头疼。

教授等人对柯提斯他们隐瞒材料出处的理由，这下子真相大白了。既然是军事机密，就不能轻易地走漏消息。

"你说他们吃了不少苦头，那你们到底是什么时候委托教授的？"

"五年前……军事技术想要实用化没那么简单，这点我也很清楚，更别说水母船本身就是问世不久的新技术。依我看，五年的开发期绝对不算长。听说已经发展到航行测试阶段时，我都觉得有些惊讶了。不过——

"就在即将实施航行测试之前，他们突然失去了联络。"

"咦？"

玛利亚当场傻眼。即使是涟也慢了一拍才回答。

"请等一下。你说实施航行测试之前？不是在预计结束那天之后？"

从原先所知的情况来看，教授他们与外界失去联络，应该是在他们遇上事故的时候——具体来说就是在航行测试中，而且还是在尾声。在这之前就失去联络是怎么回事？

然而，约翰接下来说的话，更让玛利亚与涟感到一头雾水。

"是之前，具体来说，大概是三天前吧。就在失联前一天——也就是四天前，他们的代表还传话表示'进展顺利'，可是……我们完全掉以轻心了。"

三天前？

教授他们动身进行测试，是在二月六日。应该是六天前才对。

约翰却说是三天前——二月九日？怪了。时间对不上。

"就在我们准备要追踪教授等人去向时，却接到了出事的消息……我们预想过最糟糕的发展，而实际情况也接近我们的预期。"

"他们提交过测试计划书吗？请给我们一份。"

"我来安排。"

事有蹊跷。而且比想象中更加复杂。

"关于追踪教授等人去向这点，你们难道没有时刻掌握他们的动向吗？"

"没有进行三百六十五天二十四小时监视。接受我们委托参与军事技术开发的研究人员，在 U 国除了教授他们以外还有数万人。我们的人力和预算，没有充裕到能够随时监视每一个人。

"当然，我们做过身家调查与思想调查，在研究开始时也会签保密协定。说白了，虽然他们掌握着军事机密，但他们本身只是有爱国之心的平民百姓。如果让世间知道军方把他们当成危险人物看待，会影响军队的信用。

"更何况，要保住这种机密的最上策，并非'做好防止外泄的措施'，而是'不让人注意到机密存在'。为了监视而派出人手，这么做本身就等于告诉敌国那里有机密。"

之所以前往费弗教授他们办公室的空军相关人士只有约翰一人，理由大概也出于此。反过来，也可以说事故之后他们急急忙忙回收测试机的举动，代表他们已经到了十分慌张的地步。

"可是，约翰。"面对精悍的青年军人，玛利亚摆出高高在上的态度直呼其名，"原本费弗教授在那个领域就是享誉国内外的人物，不是也有被你们说的敌国盯上的可能吗？关于这点你怎么看？"

"实际上，我们曾再三向教授他们表示希望派人护卫，不过他们以'无法专心研究'为由拒绝了。"

拒绝了？

"在最近这几个月——他们成功开发出新型机以后，也是一样吗？"

"嗯。说是'因为还剩下收尾工作'。"

即使研究接近完成，依然拒绝了军方护卫……

"所以，教授他们开发出了满载军事机密的新型机，而你们在他们的航行测试过程中也完全没有提供护卫，就放着不管？"

"我刚才不是解释过，我们察觉情况不对是在航行测试之前。原本我们的计划是在航行测试开始之后，在各个检查点安排人手保护他们。"

没错。警察与空军对于航行测试的日程认知有差异。

为什么会这样？

"更何况，我们也没有袖手旁观。我们提供了军用通信器材，告诉他们一旦有事就要联系我们。"

"当然,既然事情演变至此,我们也只能老实接受'警备应该做到万无一失'的批判了。"

约翰的声音中含着苦涩。至于这是对费弗教授的哀悼,还是对军方丢脸的哀叹,就不得而知了。

"既然教授他们的研究以这种形式失败,新型气囊式飞艇的开发计划也就不得不从头来过……不过,虽然讲这种话很现实,但我们已经投入不少资金,不能让这一切白费。至少要找出这次事故的原因,否则计划不但无法重启,教授他们也会死不瞑目。

"——之所以全都告诉你们,也是为了尽早查明真相。在此郑重地请求你们协助。"

约翰再度低下头。玛利亚尴尬地别过头去,但过了一会儿她还是重重地叹了口气。"约翰,在这之前先告诉我,你们对这次的事了解到什么程度?我想你们应该已经发现,它并不是单纯的事故。"

空军少校回答之前,稍微停顿了一下。

"……以目前来说,我们手边的情报还不足以下结论,高层也都持不同意见。不过——就我个人的看法,那不是坠毁事故。教授他们死在迫降之后。"

涟和玛利亚互看一眼。

"为什么你会这样想?"

"机体损伤太少。"

约翰说得简单明了,语气坚定。

"假如是坠毁,吊舱……至少支撑控制升力的螺旋桨的支架应该会有严重损伤。但是回收的机体尽管被烧得一干二净,骨架本身却很完好。

"教授他们搭乘的测试机，恐怕是基于某种理由不得不迫降在那里。然后——虽然不晓得发生了什么事——机体起火燃烧，教授他们也不幸丧生……从现阶段来说，这种程度的推测就是我的极限了。"

这位青年军人从不同方向得出了几乎与涟他们一致的见解。

"对于所谓'某种理由'，你有何看法？是否有敌国介入的可能性？"

——自相残杀。

在迫降后的船内，成员彼此厮杀。这是目前涟他们的推论。然而，具体的全貌还连个轮廓都没有。

假如，是有人盯上了费弗教授他们的研究成果而下了毒手……

自动航行系统照理说是通过办公室里的电脑制作而成，动手清除它的想必也是那个"某人"。

"老实说，军方内部担心这点的声音也很大。有人认为是R国那些家伙趁机介入，试图抢夺机体，导致机体不幸坠毁。

"不过，这也是我个人的看法——我认为这种可能性很小。"

"为什么？"

"敌国没有这种动静。如果他们要抢夺次世代机种，那么无论航线为何，最后都要往国境线或海洋移动。水母船和气球不一样，没办法折叠起来塞进箱子里。如果要将长达数十米的物体运出去，必定需要相当程度的掩护。但是就算加上陆海军与联邦调查局的情报，至少在这几天，国境和邻近海域都没确认到疑似敌国的机体。"

"他们的目标不一定是夺取测试机啊，或许只要收拾掉教授就达到了目的。只要问出水母船的制造方法，也就不必非要抢走实物了。"

"即便如此，地点依旧是个问题。为什么挑在那种雪山深处？这个季节，H山脉的气候往往不佳。根据观测所的资料，在教授他们失去联络前后的那几天，山麓一带似乎还有大风雪。水母船本来就很怕风，让它在这种山脉上空飞行，对于间谍来说等于自杀。"

确实，涟也觉得这一点很可疑。

假设，教授他们是在某人的刻意引导下来到雪山。那么，这人在杀害教授他们之后，自己打算怎么办？

如果纯粹只是迫降的测试机，不可能自己起火。如果是敌国间谍下的手，那么该人在工作结束后，必须离开雪山——离开这个天候恶劣，周围都是悬崖峭壁，而且连条登山道都没有的冬季雪山。

现场附近没有发现教授他们之外的遗体或幸存者。间谍要怎么翻过那道峭壁？难道他做好了周全的登山准备吗？

可是为什么要这么做？如果只是要把教授他们隔离到没人能看见的地点，根本不需要冒着生命危险移动到山脉深处，只要在山麓的森林地带就绰绰有余。

"说到底，间谍是何时，又是如何登上教授他们的水母船也是个问题。吊舱的窗户是嵌死的。出入口的门只要从内侧锁上，就无法从外面开启。要在飞行期间接近也很难。外面的人想要入侵，照理说只能利用水母船停在地上的短暂时间才对。"

而且，教授他们应该也会防范外来者入侵。就算想使蛮力开门，无论是从物理层面还是心理层面，都有相当大的压力。根据约翰所言，空军给教授他们提供了紧急联络用的无线对讲机。难以想象他们会在没用无线电向军方求援的情况下任凭间谍摆布。

"那么约翰，如果不是间谍做的，你觉得实情会是怎样的？"

"我说过详情我不清楚了吧。你们不就是为了调查这件事才去 UFA 吗？"

玛利亚的俏脸明显扭曲。

"我已经说出我的情报，现在轮到你们了。身为空军的事故调查员，我希望你们警察能提供情报。这次的事，你们了解到什么程度？"

沉默再度造访。

玛利亚皱着眉头，手抵下巴过了好一阵子，最后才煞有介事地吐出一口气。"——OK，约翰。"

"你说得也有道理。我知道了，那就公平交换吧。不过先再告诉我一件事，然后我们就提供情报。"

"什么事……"

"你们要教授他们开发的新型水母船，有什么新功能？"

约翰的脸再度紧绷。

"不行，现在还不能公开到这种程度……"

"我知道那东西和新材质真空气囊有关哦。"玛利亚大胆地出牌，"为了开发那东西，教授他们一再失败，唯一的成功案例是在两个月前，这些我们都知道。对于制造素体的外包商，我们接下来也会开始调查。你们要教授制造的新材料的真面目，迟早会揭晓，现在隐瞒也只是浪费时间。所以趁现在说出来，既能让搜查顺利进行，也是为彼此好，不是吗？"

真是的，这个人实在不简单。

第三次的长时间沉默。玛利亚脸上漾起恶魔般的笑容，约翰则是很不爽地瞪着她——最后玛利亚赢了。

"既然要讲到这个地步，你们应该会把搜查状况全部告诉我吧？"

"女人说一不二。我们之后取得的情报也会全部和你们分享。"

这种局长听到大概会昏倒的台词，玛利亚倒是讲得若无其事。约翰仿佛泄了气似的放松嘴角。

"知道了，我就相信你们。我们委托教授他们开发的是——雷达无法侦测的气囊式飞艇，也就是所谓的隐形水母船。"

※

"雷达无法侦测？"

原来如此，居然是这么一回事，难怪空军脸色大变。

"要从开发新材料着手，说明要采用吸收电磁波法？"

"嗯。就性质而言，真空气囊很难使用调整形状法，这点我们也想到了。"

"先、先等一下啦。"玛利亚似乎十分困惑，"不要突然讲外星语言。那是什么意思？用能让人听懂的方式解释一下。"

"玛利亚，你好歹该知道军事用语中的'隐形'是什么意思吧。"

"咦……啊，呃、嗯，这点小事我知道啊。"

"看来是不知道，那我来解释一下吧。"

真是的——涟夸张地摇头。"在战争电影之类的作品中，经常出现用雷达捕捉敌方行踪的场景。所谓隐形就是指让雷达侦测失效，以便穿过敌方守备范围的性能。如果要用你也能简单理解的教小孩子的语言，就是'透明人般的性能'吧……如何，搞清楚了吗？"

"非常清楚！你这人总爱加些多余的话！"

"'透明'这个词，可能会造成一些误解。"

青年军人嘴边浮出苦笑。

"雷达所用的并非可见光，而是波长更长的电磁波。将这种电磁波往周围发射，会使范围内的物体反射电磁波，再侦测这种反射波，进而从反射波的来向与接收时间算出物体的位置，这是雷达的基本原理。那么，基于上述原理，如果不想让物体被雷达侦测到，该怎么做才好呢？"

约翰的口气像个试探学生的教师。玛利亚露骨地皱眉，接着以右手食指抵住下巴。

"也就是说……不让电磁波反射，或者即使反射，也不要回到侦测地点就可以，是吗？"

"就是这样。只要侦测不到反射波，那个物体对于雷达而言就等于不存在。要做到这点的方法大致分成两种。'一开始就使用能像海绵那样吸收电磁波的材料'，或者'采用能让反射波转向后方的构造设计'。

"不过后面那种'调整形状法'难以用在真空气囊上。为了抵消大气压力，真空气囊必须做成球形或类似的形状。因此——"

"新型水母船的开发方针，就是利用前面那种'吸收电磁波法'——寻找能吸收电磁波的材料。"

教授等人之所以要花上五年来开发的理由，涟似乎明白了。真空气囊原本的材料与制造方法，恐怕没什么替换的余地。要在这种情况下找出兼具隐形功能的材料，即使是开发者本人来做，想必也极为困难。

"关于隐形材料,我们另外也有开发出用于战斗机的材料。只要把它贴上去,其实也可以只靠手边的技术就制造出隐形水母船。

"可是,水母船——特别是真空气囊的表面积非常大。如果全都贴上隐形材料,工作量、预算、重量都不容小觑。相比之下,从一开始就让真空气囊具备隐形性质要有效率多了。"

"嗯?你刚刚说'全都贴上',像是吊舱、支架这些真空气囊以外的部分呢?"

"目前,我们还是沿用刚才所说的战斗机用隐形材料。毕竟若要让教授他们将与真空气囊无关的部分的素材也一并开发,明显缺乏效率。

"关于这次的测试机,则是我方私下提供战斗机用隐形材料,由他们自己贴上去的。"

——会被技术开发部的人先拿走。

——外面贴着类似橡胶的奇怪材料。

原来是这么回事。空军之所以不顾一切地回收事故机,也是因为事故机上使用了用在战斗机上的隐形材料。

"从军用机的角度来看,水母船最大的优点就在于它的安静。如果再加上隐形功能,在夜间补给与步兵调动上就能发挥极大的优势——照理说是这样。只不过,一切都泡汤了。"

尽管看见约翰握紧拳头,涟依旧只能说出"我很遗憾"这种客套话,无法有其他的同情表现。

开发强力军事兵器,也就是创造能杀死更多敌人的技术。约翰刚才那番话,不过就是将"变得难以杀死敌人"换个方式说出来,不知他本人对这点自觉到什么程度。

然而,这不是现在该讨论的话题。约翰身为职业军人,对于这种事或许早就一清二楚。查出教授等人死亡的真相——这应该才是彼此当前的共同目标。

"我要说的就到这里。让我听听你们的。"

讨价还价的阶段已经结束。在听到涟说出教授他们办公室的电脑已被格式化的事时,约翰睁大了眼睛。

"意思是——间谍早就已经混进 UFA 内部了吗?!"

"这倒不尽然。从先前你说的那些来看,我认为情况刚好相反。"

"相反?"

没错——涟瞄了玛利亚一眼,视线重新回到约翰身上。

"打从一开始就没有什么外来的间谍——我想,嫌犯很可能是教授他们技术开发部内部的人。"

听到遗体的状况——没有坠毁的痕迹,且一具遗体的头和手脚被砍断——之后,约翰脸上满是惊愕神情。

"被……砍断?!"

"你不知道吗?"

"遗体我们完全没碰,全交给你们警察处理。虽然听说过有他杀的可能性……这件事的确很诡异。这不是他们的作风……不,可是这么一来——"

"就因为水母船遗骸全被你们带走,详情目前还完全没有头绪。不过呢,唯有这点我可以说,虽然是我的直觉,但可以打赌。这个案子,绝对不只是关于军事技术的问题,还有更深的内情——而且,与费弗教授他们本身有关。"

青年军人表情僵硬,一动也不动。一会儿后——

"关于遗物的部分,我会尽快安排。"

约翰以低沉的声音说道,同时将手伸进怀里,将数张照片摊在涟与玛利亚面前。

"我本来觉得没必要在这时让你们看,不过情况似乎有变。"

"这是……"

"遗物的一部分。在一个烧剩的行李箱之中——我想应该是费弗教授的。我之所以造访UFA,也是为了调查教授他们办公室里有没有留下和这个一样的东西。"

照片里是状似笔记本的纸片。

一张照片是封面,另一张照片是画有格线的内页之一。至于其他照片,则是将之前的内容分成数次微距摄影的成果。

"实验笔记?!还留着啊!"

玛利亚兴奋地探出身子,没多久却皱起眉头。

"什么啊,只是复印件而已嘛。"

照片中的物体,正确说来并非笔记本身,而是一张"影印了笔记本封面的纸"和一张"影印了笔记本其中一页的纸"。

"尼森少校,这究竟是……"

"不,这不是我们复印的。"空军少校回答了两人的疑问,"这个'笔记的复印件'就是遗物。在遗物中没有正本——至少没有留下原形。"

笔记的复印件,出现在了费弗教授的行李箱中?

他们重新打量起照片。画有格线的内页上,挤满了日期、化学反应式、数字、看似某种说明图的手绘图。尽管如此,却不会产生杂乱的印象,大概是拜纤细又漂亮的字迹所赐。

再一次从头看起。尽管不知是光没调好还是影印时没弄好,不少地方难以解读,但还是认得出"$NaCN+??$""混合催化剂""硬度:??"等记述。另外还有"鼓起后灌入"的字句,以及箭头指向倒卧的C字开口处的图案等。

没有错，这是真空气囊的实验笔记。

以笔迹来推测，书写者似乎是女性——但是，她的笔迹明显与先前在技术开发部办公室看到的"内维尔·克劳福德"所写的笔记不同。到底是谁写的呢？

页面上的日期是"1970年3月23日"。相当旧。十三年前的笔记，为什么要特地复印下来带在身上呢——

"复印件只有这两张吗？其他内页或其他笔记本的封面呢？"

"没有。烧剩的行李箱虽然还有好几个，但完全没有发现同样的东西。"

"你们擅自翻动了那些遗物？"

"这是为了寻找教授他们的实验笔记。我们判断即使教授他们丧命，只要笔记还在就能够继续研究下去，所以才这么做。我们有留下必要的记录，应该不会对警方搜查造成影响才是。"

"那么……找到笔记了吗？"

"有看似炭化纸片的东西，但无法辨识文字。"

"这样啊……"

玛利亚垮下肩膀。她无力地拿起一张照片说道："换句话说，这玩意儿就是留在那艘水母船里的贵重线索……"

她的话音突然停住。涟看向身旁的上司——接着吃了一惊。

玛利亚的样子突然产生了很大变化。

"骗人……难道说……这个！"

她拿着照片的手微微颤抖，发出近似喊叫的声音。

玛利亚瞪着写有"Rebecca Fordham（瑞贝卡·弗登）1970.01—"的封面复印件。

幕间（Ⅲ）

从西蒙出现的那一天起，在模型店遇不到瑞贝卡的日子变多了。

忧郁的日子一直持续。

虽然她应该还会好好去学校，但我又不能到正门或化学系大楼前等她。

真要说起来，我根本没有在大学校园里叫住她的勇气——更别说当面质问她有关那个男人的事。

——那家伙是谁？

——他和你是什么关系？

我怀着丑陋污浊的疑问，任凭时间流逝。

那天，我刚好有点事，因此踏进模型店的时间比平常晚，瑞贝卡却"哎呀"一声从架子后面现身。

我已经很久没和瑞贝卡在店里碰面了。不知怎的我觉得有点尴尬，于是暧昧地点点头，转身背对她拿起新出的一盒模型……就在这时——

怎么啦？

她探头打量我的表情。你好像没什么精神呢。

没什么，别在意。我不由得加重语气并且跟她保持距离，瑞贝卡看见我这种反应，露出有点受伤的表情说"这样啊"，然后重新开始检查陈列架。

强烈的罪恶感涌上心头。我犹豫再三，最后说出"我才想问呢，你看起来好像很忙"这种酸溜溜的台词。

心跳瞬时冻结。又一次失态了。要被讨厌了——阴暗的绝望感蹿上背脊。

然而，她的反应出乎意料。

瑞贝卡眨眨眼睛，接着脸上绽放出花一般的笑容。

——难道说，你在担心我？

不是。我因为意料外的回答而惊慌失措，她则是隔着镜片用温柔的眼神看着我，对我说了声"谢谢"。

——因为实验变忙，我就请老板把排班时间往后挪了。所以，不用担心我哦。

虽然不知道不用担心什么，但在听到她这句话的瞬间，我原先积在心中的郁闷一下子得以纾解。原来是这样啊。我总算露出笑容，而瑞贝卡的微笑也变得更加温暖。

她告诉我，西蒙·阿特伍德是她的高中学长，那天她通过这层关系，去西蒙熟人的研究室打了招呼。

——现在呢，正好是非常有趣的阶段哦。

谈起研究时，她总是像个天真无邪的孩子。

她说的事情很难懂。我知道她是为了与外行人没两样的我才细心说明，对她说的内容也大致能有个模糊的印象，但偶尔她讲到兴起时还是会接连冒出专业术语，所以当时的我实在无法百分之百理解她说的内容。

尽管如此，听她说话依旧很快乐。

那讲解复杂理论时的知性眼神，说起实验成败时充满喜怒哀乐的声音。光是看见她万花筒般多变的表情，我就觉得自己仿佛与她分享了她口中那个研究世界的美好。

我可以充分体会到，对她来说，研究——重要到让她无暇将心思放在某个特定对象身上。

相反地，我能谈的话题则少得可怜。

我没有朋友，爱好也只有模型，以及由它衍生的机械与电子零件制作。虽然瑞贝卡愿意笑着聆听底子尚浅的我谈这些话题，但我不可能聊得像她那样深入，话题很快就用完了。

——因为，我就像水母一样。

某天我因为提供不了什么话题而感到羞耻万分，便对瑞贝卡说出了这种话。尽管我的自我意识原形毕露，她脸上却没有半点排斥的样子。

——你知道吗？水母啊，即使在冰点以下的海里也能游泳哦。

她反而这样对我讲道。

——而且就算冻结，变暖之后还是能复活。

——所以，不会因为是水母就感觉没用哦。

我可没有这么说。看见我如此害羞地回应，她调皮地歪头说"是吗"并露出笑容。那是让人不禁要流下泪来的温柔笑脸。

可是——她这张笑脸，绝对不只展现给我一个人。

一旦店里出现其他客人，瑞贝卡的微笑便会随之转移，我和她短暂的二人时光也随之结束。

她的温柔,对任何人都没有分别。

而我对她来说虽然是熟人,却绝不是什么特别的存在。

第 7 章 水母船（Ⅳ）
一九八三年二月八日 22∶40—

"谁是'瑞贝卡'？"

对于爱德华冰刃般的声音，威廉只能回以沉默。

无论是克里斯，还是说漏嘴的琳达本人，全都铁青着脸闭口不语。

被听到了——那个绝对不能被别人知道的名字，被人知道了。

"'因为瑞贝卡，之后还会有坏事发生。'你刚刚的意思就是这个，对吗？这话是什么意思？你们和那个叫'瑞贝卡'的有什么仇吗？回答我，那个叫'瑞贝卡'的到底是——"

"别说了，爱德华。"克里斯打破沉默，"我们根本不认识那种女人。琳达说错了，你也听错了。"

"拜托别敷衍我。你以为那种借口能管用吗——"

"闭嘴！"

怒吼声震撼餐厅……那不是对下属的斥责，而是心里有鬼，声音里带着颤抖的难看的威胁。

"别吵了，你们两个。"在陷入僵局前，威廉从一旁插嘴，"现在不是争这种事的时候吧？起内讧就正好顺了凶手的意。你们想死吗？"

爱德华闭上嘴。眉毛依旧扭曲的克里斯靠到了椅背上。

一阵令人难受的沉默。

糟透了……

刚才克里斯的反应，是所能想到的回答中最糟糕的。爱德华对于"瑞贝卡"的怀疑只会更深，绝对不会消失。

"——所以呢，接下来要怎么办？"不知过了多久，爱德华开口，"要在这里等待救援抵达吗？"

虽然不是针对"瑞贝卡"的发问，但他只是将问题暂时搁置，这一点从他带有寒意的眼神就看得出来。

"不。就算要等，也不可能一直待在餐厅吧。"无论是肉体还是精神，威廉的疲惫都已濒临极限，"就像你刚才说的，我们找个房间进去，一个一个轮流休息。剩下的三人负责监视……总之先这样如何，各位？"

"我不要。"

从琳达口中发出坚定拒绝的声音。"我才不要……一个人睡觉……如果在睡觉的时候被杀要怎么办啊！"

"琳达……所以说，就是为了不要变成这样，才让剩下三人监视。"

"你凭什么断定凶手只有一个啊！如果那三个都是凶手……不，就算只有两个也一样，只要剩下那一个被杀……不就完蛋了吗！"

威廉哑口无言。

凶手不见得只有一个。完全找不到可以否定这种可能性的证据。

"那么，你说该怎么办？"

"大家一起睡也不行，一个人睡也不行……你是要我们所有人都一直保持清醒吗?"

"这……"

这根本不可能。既然是人类,精神和体力就迟早会到达极限。

如果只撑一天,或许还能维持清醒。如果风雪停止,救援能够赶来,那么一如内维尔所说的,有希望后天获救。

可是……如果没人来呢?

如果风雪不停,公司和亲友们都决定继续观察,军人也放弃了他们——过了一整天却没有任何救援呢?在这种情况下,有什么能保证他们继续存活?

不,更重要的是,谁能保证凶手真的会优哉地等候?

"暂时先把这点摆在一边吧。毕竟不管凶手是一人还是多人,我们同样不可能一直保持清醒。问题反倒在于'如果都不是'的情况。"

"都不是?"

"凶手不在我们四人里——我是指这种情况。

"我们认为,外人无法对航行系统与紧急停止开关动手脚,但结果真的是这样吗?

"我们能够确信,UFA 的戒备完美得没有半分空隙,就连一个能够让外来者入侵的小漏洞都没有吗?

"不,不只是外人。凭什么能肯定'有办法窜改自动航行系统与紧急停止开关的人,只有包含教授与内维尔在内的我们六人'?"

现场一片安静。

"慢着。你的意思是有我们之外的人溜进这里吗?"

这已经不是"还有谁"的问题了。

"西蒙吗？！"

威廉的声音，让琳达吓了一跳。

怎么可能——那家伙？

不，这反倒是应该首先提出来的选项。假如这次事态的起因是瑞贝卡的死，那么那家伙有充分的理由杀掉我们。

"只是一种推测，但不是完全不可能。更何况，教授和内维尔都是被毒杀，我们困在这里则是因为自动航行程序出了异常。说得极端一点，即使破坏者没有搭上水母船，也有可能做到这些行为。"

威廉在遭受冲击的同时，也理解了爱德华想表达什么。

"凶手事先到这里埋伏？！"

"我们并未彻底调查过这片雪原的每个角落。光是这一圈山崖就长达五六公里，为什么能肯定凶手无处躲藏呢？真要说起来，现在我们并没有能确认山崖上面情况的手段。如果凶手不是躲在洼地里，而是藏在外侧呢？下方的人没工具就无法爬上去，但是从上方有可能用工具下来，对吧？"

一阵冻结般的沉默。四人嘴边断断续续冒出微弱的水汽。

"那么，你说该怎么办？"

"只能将可能性一一消除。大家一起巡视水母船内部，确认是否有外人的痕迹。"

※

四人决定先将有进出可能的场所巡视一圈，从船头的操舵室开始，然后是餐厅、厨房、客房、盥洗室、浴室，连轮机室也包含在内。

对于检查房间一事,琳达虽然强烈抗拒,但最终还是屈服在爱德华"你在窝藏凶手吗"的质问之下。这名青年甚至提议检查随身行李,不过这引来了其他三人的激烈反对。对于"有趁着打开行李箱时放入假证据的危险"这种论点,爱德华终究无法反驳。

三间客房之中,二号房里放着教授与内维尔的遗体。虽然要再次目睹他们的死状令人难以忍受,可是以目前状况而言,实在无法断定凶手不会躲在那里。

就这样搜索完一遍后,四人回到餐厅。

"什么都没有呢。"

"是啊。"

威廉拍掉肩上的雪。别说人影,就连气息或看似有人待过的痕迹都没找到。

无论是天花板上还是地板下,只要是能掀开的地方他们都看了,但里面只塞满了各种管线,实在没有容纳人的空隙。

如果凶手想逃出吊舱,路线只有两条。位于餐厅与厨房之间的正规出入口,以及轮机室后面的逃生门。

可是,正规出入口必须先从内侧手动操作门闩。虽然外壁的开关也能开门,但前提是内侧的锁先被解除。刚才他们确认时,这个吊舱的出入口的握把是朝下锁着的。

另外,轮机室后方的逃生门,与前室算在一起相当于有两道门,但这两道门都从内部锁住。鉴于外侧没有钥匙孔,所以也不能在逃出去之后再上锁。

另外,窗户全都是封死的。

此刻,这个吊舱里头,除了死者之外仅有威廉他们四人——

只能下这样的结论。

"等等……这是怎么回事，爱德华？"

"'有外面的人溜进来'顶多只是假设。能消除这种可能性，我觉得已经算是个进步了。"

琳达苦着一张脸闭上嘴。

进步……吗？

这一步，不见得真的能让他们更安全。这次搜索能够确认的，充其量不过是"没有躲在吊舱中的外来者，也没有逃出去的外来者"这个事实。是不是剩下的四人中的某人把大家逼到这个地方，并且夺走了教授与内维尔的性命，最重要的部分完全没有得到解答。

而且，这样实际上并未完全否定凶手来自外面的可能性。

因为即使知道现在吊舱内没有外人，也无法保证之后不会有外人进来。

举例来说，如果等到大家都睡熟以后，那家伙打破窗户跳进吊舱里。

到了那时，自己——究竟会怎么样呢？

"这样啊……什么嘛，是这么回事啊。"

突然间，克里斯发出不像他的干笑。

"克里斯？"

"抱歉，我突然想到忘了点儿东西，我去拿一下。"

"忘了东西？"

爱德华的声音里带着怀疑。"在这种状况下擅自行动——"

"你这人很啰唆耶。是去拿烟啦，拿烟。至少让我抽根烟吧。"

"慢着！一个人出去会——"

"'这里只有我们四人'对吧？只要你们三个人待在一起，我就很安全。"

"不是这个问题。"琳达以满怀恐惧的眼神看着威廉与爱德华，然后以求助似的视线望向克里斯，"我是说不要丢下我一个人！"

——凭什么断定凶手只有一个啊！

威廉感到胃部一阵绞痛。刚才的搜索，到头来似乎只助长了琳达的疑心病。

难道真的是这样吗？

琳达的恐惧，真的只是因为疑惑与怀疑吗？

"那，所有人一起去吧。"

"太夸张了。不过四五分钟就要人陪，当我小孩子啊？琳达，要是这么担心就打开无线电。这样就能知道彼此的情况了吧？"

克里斯仿佛要抛弃琳达似的扔下这句话，消失在餐厅外，连制止他的时间都没有。

剩下的三人，就像磁铁的同极相斥一样，各自坐到椅子上并保持距离。

琳达仿佛被和凶猛的狗关在同一个笼子里一般，神情惊恐地紧握无线对讲机。

爱德华用怀疑、认命，却似乎少了些情感的眼睛，随意地打量着周围。

一阵阴郁的沉默。假如试着随便攀谈，说不定又会刺激到琳达。虽然威廉没打算在这种时候拿她怎么样，但如果又闹起来，就真的会完全失去对彼此的信任。

不过，凶手到底是谁呢？

克里斯吗？琳达吗？爱德华吗？

克里斯——无论是平常的工作、创业时期的财政，还是这次的航行测试，实际上他都等于是技术开发部的第二号人物。这次的状况绝非偶然，下手者应该很早就拟订了计划。在内维尔已死的现在，他处于能综观、控制整个航行测试的立场，就这点来说他是四人里最可疑的。

琳达——她刚好相反，看起来最不像凶手。现在那心惊胆战的样子自不用说，她平常的言行也与这种极度异常的状况完全不相称。

不过，这真的是琳达的全部吗？怎么能肯定自己所见到的她就是真实的她呢？真要说起来，如果内维尔与克里斯是技术开发部实质上的核心，那么最容易接近这两人的也是她。

爱德华——处于技术开发部的最底层，限期雇用的外来者。如果这次的状况源自她——瑞贝卡那件事，代表爱德华不过是遭到牵连才被困在这里的受害者。

然而，真的是这样吗？

最有机会窜改自动航行程序的人就是他。更何况，威廉不晓得这人的来历，也不知道内维尔是从哪里把他带过来的，凭什么能保证他真的与瑞贝卡无关呢？

不，追根究底，这次事件的起因真的是瑞贝卡吗……

"威尔。"

爱德华平板的声音，让威廉回过神。

"怎么了？你是在想也许我是凶手吗？"

一语中的，让威廉不知如何回答。爱德华嘴角稍微放松了点儿。

"没关系，会这样想也是理所当然。毕竟剩下四人里面，应该只有我与'瑞贝卡'的死无关。"

"不,我没想到那里——"

"威尔!"

琳达惨叫一声。

糟糕!

威廉面无血色。他察觉到了自己的失言。

"原来是这样啊。"

爱德华的嘴角,变成了无法判断是笑容还是愤怒的形状。

"你们杀了那个叫'瑞贝卡'的人,对吧?"

威廉感到漆黑的幕布从眼前降下。

"不——不是!我根本没说过那种——"

"掩饰也没用。"

爱德华将戴着手套的右手伸进防寒衣口袋,把掏出的东西摊在桌上。在看到那两张状似复印件的纸片时,威廉的心脏似乎瞬间为之冻结。

那是上面写着"Rebecca Fordham(瑞贝卡·弗登)1970.01—"的笔记本封面。

以及挤满化学式、数字、图的笔记本内页。

"这东西放在教授房间桌上。起先我不明白是什么意思……但对你们来说似乎很重要。"爱德华来回打量着威廉与脸色苍白的琳达,声音极其冰冷,"就算隐瞒'瑞贝卡'这个人的事,我也不认为凶手会感激地放过你们。反过来说,如果凶手的动机和这个'瑞贝卡'有关,隐瞒事实就等于阻碍找出凶手身份。我可不想在一无所知的情况下被拖下水而丧命。请你们告诉我。这个'瑞贝卡'是谁?这人和你们有什么关系——还有,你们为什么要杀掉'瑞贝卡'?"

完蛋了。

已经没办法隐瞒下去了。这相当于我们的罪行全部被揭发。
"那是——"

"没有说的必要,威廉。"

不知何时,克里斯已经回来,站在餐厅入口。
"克里斯——"
话说到一半就停住了。
克里斯的模样不对劲。他刘海滴着水,面无血色,眼中漾着诡异的光芒。
而且,他手里握着什么东西。
"克里斯?喂,你到底……"
"因为就算你说出来,他也会马上忘记。"
克里斯的双手动了。他手上是带有扳机的长管——霰弹枪。
"克里斯,你!!"
"别恨我。"克里斯举起霰弹枪,愉快地说道,"放心,痛苦只有一瞬间。我会好好地把你们所有人都送到另一个世界。"

第 8 章 地面（IV）
一九八三年二月十二日 16：40—

瑞贝卡——"R"？！

"等一下约翰，这是什么！一开始就应该快点儿拿出来啊，你这个烂军人！"

"什——"

约翰一脸茫然，涟也露出意外的表情。

"玛利亚，冷静一点儿。出了什么事吗？"

"还问出了什么事？！"

玛利亚向两人说明了内维尔·克劳福德的实验笔记，以及露营照上的"R"这两件事后，得到了部下用"冷淡"形容都嫌客气的责备。

"玛利亚，我才想问你，为什么隐瞒这么重大的事实？真是的，简直令人难以相信你居然是警部。"

"我刚要说就被你们叫过来啦！"

"等等——不，先等等。"空军少校显然也慌了，"也就是说，你所提到的照片上的少女，就是这个封面上的'瑞贝卡·弗登'？！如果是这样，你刚才说的内维尔·克劳福德的笔记里那些记述……该不会是……"

"无法断定。至少现在还不行。"

涟静静地看着笔记复印件里的一张将格线内页放大的照片。"……然而，如果这是事实，一切都会有很大的改变。无论是这次事件的样貌，还是这份复印件的意义。尼森少校，这两张复印件，具体来说是以什么形式发现的？您刚刚说是在行李箱内？"

"一个没有署名和其他文字的信封，与行李一起放在箱中。这两张照片是在那个信封里找到的，信封里没有其他东西。"

"这样啊。"涟点点头，"少校，我们要重新提出我们的要求。包括这份复印件在内，请立刻将所有能够搬运的遗物送来我们这里。还有，建议你一定要对此事保密。一旦公之于世，可能会损害 UFA、你们空军，甚至是整个 U 国的威信。"

※

约翰一脸憔悴地离去，会客室只剩玛利亚和涟两人。

"我问你，涟……"不知不觉间，呓语般的疑问从玛利亚口中溢出，"那份复印件，你怎么看？还有'R'的事，以及内维尔·克劳福德那些话的含意。教授他们为什么会死，还有其他许许多多……"

涟没有回答。镜片后的锐利双眼，将同样的问题反丢回给玛利亚。

真是的，我的部下还真优秀呢。

"知道的话就干脆说出来啊，毕竟我也没办法轻易相信——创造真空气囊的不是费弗教授他们，那位照片上的少女'瑞贝卡'才是真正的发明者。"

影印下来的笔记封面上的字迹和画有格线的内页中的一样。

以客观角度来说，这只不过代表"瑞贝卡·弗登"曾在一九七〇年进行过和真空气囊有关的实验。

还有，这意味着"瑞贝卡·弗登"曾是费弗教授研究室的一员——种种迹象表明是这样。

但是，技术开发部办公室里，找不到"瑞贝卡·弗登"的名牌和文字。

无论是涟取得的测试计划书，还是教授等人的论文中，全都看不到她的名字。而且……

——R是怎么确认的？应该在R死前问出来的。

还有一个事实是理应走在真空气囊研究最前线的内维尔·克劳福德，在开发新材质真空气囊时碰上瓶颈，十分渴望"R"的知识。

如果这个"R"就是"瑞贝卡·弗登"，那位照片上的少女……

——摄于露营联谊活动与实验室成员，和R。

"R"不是费弗教授研究室的成员。这意味着——

从玛利亚自己的角度来看，到现在依然难以相信，那个不管怎么看都还只是个青少年的眼镜少女，居然创造出彻底改变航空器历史的大发明。

"就现阶段而言，充其量还只是臆测。"严格的部下严谨地先说了这句，"但是，这样想便能得到一个合理的解释。说起来，真空气囊为什么会由并不属于那一领域的航空工程学者发表呢？"

"不属于那一领域？"

"UFA公司制造部的普利德摩尔先生也说过，教授他们最大的研究成果，是真空气囊的制作方法——说得更详细一点，就是用作原料的有机高分子，以及用来反应的无机系催化剂、反应生成物的结晶构造和反应机制。

"然而，这些严格说起来并不是'真空气囊'，而是'用来制造真空气囊的材料以及合成方法'。这些被看作教授等人的工作成果的内容，与其说是'航空工程'，不如说比较接近'合成化学'的领域。

"另外，所谓的航空工程，说得简单点就是开发'航空器'的学问，而不是开发'用在航空器上的材料'的学问。如果以纸飞机举例，研究让纸飞机飞得更远的形状、折法、投掷法才叫作航空工程，造纸本身并不是他们的本职工作。"

——他们的研究实在很神秘——
——就像让机械工程师去读化学合成的实验报告一样。

"尽管如此，费弗教授他们依旧造出了'纸'，还是一种无比坚固的纸。为什么？"

因为造纸专家就在他们身旁。

那人正是那位照片上的少女，"瑞贝卡·弗登"。

"'瑞贝卡'与教授等人是什么关系尚且是个未知数。从她的年纪与教授那群学生似乎相差不远来看，也有可能是与其中某人有私交。总之，教授是以她创造的新材料为基础，对外发表了'真空气囊'。然而在那背后，发生了一个悲剧。"

"瑞贝卡"死了——根据内维尔·克劳福德的记述。

为什么她会丧命？事故、疾病……还是说——

目前还什么都不知道。唯一能肯定的，就是从"应该在R死前问出来的"这句话里，看不见半点对她的哀悼之意。

"不管她和教授等人是什么关系，如果他们对'瑞贝卡'还抱有些许敬意,那么为了她的名誉,从一开始发表时,就该声明自己并非真空气囊真正的发明者才对。可是,就我阅读的资料,完全找不到他们有任何类似的发言。"

教授等人将"瑞贝卡"埋葬在黑暗里,之后更将她的研究成果当成自己的发表。

他们成为时代的宠儿。真空气囊改变了航空器的历史,知名航空器制造公司ＵＦＡ招揽他们加入——再后来连空军也盯上了他们的技术。

如果空军的需求只停留在涟所谓"纸飞机的折法"的范围,大概他们还能有办法应付。然而,空军的委托需要将"纸"本身进行重制,否则就绝对无法实现。

内维尔·克劳福德在实验笔记中变得越来越焦躁的真正理由,现在显而易见——连造纸方法都不知道的人,非得做出透明的纸不可,而且,面对的还是国家权力。

在搜查技术开发部实验室时感受到的突兀,此刻玛利亚已经十分清楚。实验台、洗手台,都不像学校化学实验室那样打从一开始就设置在里面,而都是后来才搬进来的设备——如果他们真的是真空气囊材料的开发者,照理说从一开始就该引进这些设备才对。

恐怕是在接到军方委托之后,才慌张地整顿了一番吧。他们八成认为,就算需要对水母船的机体进行改良,真要从头开发真空气囊材料,应该也是很久以后的事。因果报应这句话说得真好。

这么说来,他们之所以自相残杀——大概是因为开发新材料产生冲突,也就是所谓的内讧了?

开发陷入瓶颈,又找不出突破僵局的眉目,日子一天天过去,引来空军怀疑的可能性也越来越大,于是有人主张应该干脆说出真相，与认为该继续隐瞒下去的人形成严重对立——不对。

"无论如何，教授他们还是成功开发出新材料了，对吧？如果不是这样，不可能发展到航行测试的地步。"

照理说他们已经克服眼前的危机。至少，应该失去了坦白真相的理由才对，前述的对立也变得几乎不可能存在——

"那可就难说了。我觉得这么想或许还太早。"

"咦？"

"陷入瓶颈的研究在某个契机下有了突破性进展，这种案例确实很多。可是，假设真空气囊不是教授他们的发明，那么在开发材料上照理说完全是外行人的他们，面对'开发具有隐形性能的真空气囊'这道对他们而言有双重难关的课题，我不认为他们能在内维尔·克劳福德的实验笔记的最后日期——去年的七月二十七日之后的短暂期间内顺利解决。外行人靠突发奇想打破僵局，这种事情只会出现在小说里。"

"你的意思是，教授他们其实没有开发成功？！等一下，那那架测试机又是怎么回事？难道它其实没有什么新功能，只是将原本的水母船换了个颜色？"

"它追加了自动航行系统，吊舱内部装潢也有改变，姑且能说是保住了'次世代机种'的面子吧。先抛开军用机不谈，毕竟民用的水母船也不可能采用具备隐形功能的真空气囊。

"不过，他们是否真的开发出了关键的隐形性真空气囊，老实说目前还完全没有证据。"

——啊，不过最后那个素体的颜色就和平常用的素体一样。

不仅"和平常用的一样"，或许根本就是原来的素体？

可是为什么？如果涟的推测正确，他们为什么要做出"将本质上和过去没两样的机体伪装成新型测试机"这种蠢事呢？他们的交易对象是空军，恐怕不是能轻易骗过的对象。为何要做出这种自杀般的行为——

注意到自己陷入了思维陷阱后，玛利亚连忙甩甩头。没有他们开发成功的确切证据，但也找不到失败的证据。真要说起来，就连"瑞贝卡"是不是真空气囊真正的发明者——进一步来说，笔记复印件上的"瑞贝卡·弗登"这个名字，内维尔·克劳福德实验笔记上的"R"，玛利亚所发现那张照片上的少女，这些是否真的是同一人，都还没有确切证据。

"涟，把接下来必须做的事列出来。给局长的报告可以先无视。"

"找出'瑞贝卡·弗登'的来历，确认她和费弗教授等人的关系；调查接受教授他们的委托制造素体的外包商；确认教授等人直到'事故'发生之前的行踪；确认所有遗体的身份并确认死因、死亡时间；向空军领取并检查遗物；前往空军基地调查机体；详细调查留在技术开发部办公室的各种文件；分析留在实验室的样本……重要的大概就是这些吧。"

真是的，要做的事情多到让人快哭出来了。

"将'瑞贝卡'的身份调查放在第一位。然后，实验室的样本交给约翰。与其由警察处理，不如交给军方更快。"

涟说声"了解"后走出会客室。独自一人的玛利亚用力往后倒在椅子上，仰望满是污渍的天花板，然后猛抓那头火红的秀发大叫："啊啊真是的！"

※

"知道'瑞贝卡'的来历了？！"

隔天早上，如往常一样被电话叫醒，并且在涟的副驾驶座将三明治塞进胃里的玛利亚，在听到部下的报告后发出夸张的怪叫声。

"等一下，涟，你用了什么魔法啊？把灵魂卖给恶魔了吗？"

"怎么可能，我又不是你。"涟口吐狂言就像呼吸一般自然，"我锁定了从那份复印件上的日期——一九七〇年三月二十三日到真空气囊发表为止这段时间，对 A 州近郊的死亡报道进行了排查。"

涟一只手握着方向盘，另一只手从胸前口袋里掏出报道的复印件。"如果你看到的那名照片上的少女就是'瑞贝卡'，那么她的健康状况应该良好到足以参加露营。如果她会去世，能想到的原因不是严重的急病，就是事故或自杀……再不然就是他杀。"

车内瞬间一阵沉默。

"无论如何，我猜想如果一个青春年华的少女死于非命，多多少少有机会上新闻——而我赌中了。"

报道的日期是一九七〇年七月十八日，实验笔记上日期的几个月后。

A 州立大学女学生死亡 是实验事故？

17日晚，在 A 州立大学理学院的实验室内，有学生发现瑞贝卡·弗登同学（19）倒在地上，在救护车接到通报赶到现场时已经死亡。

弗登同学是该校该学院的一年级学生。警方从现场留有实验器材与氰化钠的瓶子判断，应是弗登同学在实验中操作失误，导致产生氰化氢气体而中毒死亡，详细调查正在进行中……

瑞贝卡·弗登——和笔记封面复印件上的名字一样。

再加上，那是用到氰化钠的实验。没错，就是真空气囊材料的合成实验。而且说到 A 州立大学，记得就是——

"费弗教授他们曾经在籍的大学。报道中的这名少女，应该可以判定是那份笔记的作者。"

十九岁——虽然还没确定这篇报道中的少女就是那张照片上的少女，但她居然真的才刚高中毕业。

"话说回来，玛利亚，你对这个报道有印象吗？十多岁的大学女生意外死亡，我不知道这种新闻在当时的 U 国影响会有多大。"

"这么说来，我似乎看过类似的新闻，但老实说我不记得了。"

有些事在当警察后就会明白。在这个国家，几乎每天都有很多年轻人因为事故，或者扯进犯罪里而丧命。他们的死很少引起骚动，即使偶尔引人注目，隔天也会被其他新闻盖过。

"说起来，十三年前我可还是小学生啊。至于受害者的名字和现场在哪里，这么详细的情报我根本不会去记啊。"

"从那时起留级了三十次？看起来你在学业上还真是受尽了苦头呢。"

"我从来没有留级或重考过！"

虽然不及格补考是家常便饭。"追根究底，A 州立大学是在我们 F 局的管辖范围之外，与其问我，不如问那边辖区的警局比较快吧？"

"已经安排好了。当时的负责人似乎要明天下午才回来，在那之前我们就先去 A 州立大学吧。"

"了解。"

真是的,这个部下办事还真利落。

不过,话又说回来——实验事故?

"喂,涟。我不太了解理工科,可是大一女生,可以实施那种一不小心就会危及生命的实验吗?"

"虽然不是不可能,但以常理来说这不太自然。至少在我的母国是这样。学生要想自由使用实验室,必须得到实验室负责人许可。入学还不到一年的学生,通常不会被获准进行有危险的实验。

"那么,瑞贝卡是擅自进行了实验吗?这又有点难以理解。因为就算没有其他人看到,在那种时间实验室应该是锁门的。

"追根究底,知识丰富到会被内维尔·克劳福德盯上的这个女孩,会是轻率到冒这种危险——而且没准备好应付突发状况的对策的人吗?"

玛利亚感到背上起了鸡皮疙瘩……也就是说——

"那不是单纯的事故?!等等,那片辖区的家伙在干什么啊!"

"不知道。可能就如你所说,调查十分草率;否则,就是有什么让人不会觉得不自然的理由。无论如何,没有找到这篇报道的后续。根据我电话联络辖区警员的结果,对外似乎就这样当成了意外死亡处理。还说详情要去问当时的负责人。"

希望当时的调查资料足够可靠,要不然玛利亚他们还要重新对瑞贝卡的事故进行调查。在感到愤恨的同时,玛利亚也感到昨天的预感正以最糟糕的形式化为现实。

※

"啊啊，那场意外啊？我记得很清楚。"

又过了一天的周一——A州立大学，行政大楼一层的学生科。

玛利亚他们一问有没有关于瑞贝卡·弗登的资料，体态圆滚滚的女性职员便感慨地叹了口气。

"我已经在这里工作了几十年，但校园里的死亡事件就只有那一次……而且还是一年级的女孩子对吧？人生明明还很长，真是可怜啊。"

对于玛利亚来说，那不过是每天有如浪潮般涌上来的新闻之一；但对于相关人员而言，那无疑是令人一生难以忘怀的事件。在与人的死亡无缘的和平校园里，就更是如此了。

"那么，你们想要怎样的资料？选课单之类没什么用的东西已经扔掉了。"

"有她的证件照吗？像是办理入学手续的文件之类，只要能知道她的长相的文件都行。"

虽然辖区警署应该也有瑞贝卡的照片，但现在玛利亚只想尽快确认关于那张照片的推测是否正确。职员说声"等一下哦"之后便消失在办公室外，片刻之后抱回一份厚厚的档案。

"这是从宣传部借来的——这样可以吗？"

职员摊开档案，指着某处。

这是一份过期的校园报纸。一九七〇年七月二十日，是事故的三天后，似乎是在暑假期间紧急发行的一期。"理学院一年级女生，实验中意外死亡"——远比新闻报道大得多的头条标题跳了出来。

而职员所指的地方，则刊载着她的照片。

圆眼镜，绑成左右两条辫子的黑发，聪明伶俐的五官。
UFA公司办公室那张照片中的少女，就在这里。
"瑞贝卡·弗登同学（19·理学院）"。照片正下方有简短的说明。

疑惑转为事实。

已经毋庸置疑，这名少女就是"R"。她就是内维尔·克劳福德实验笔记中所写的"R"，是那张露营照里的少女，也是从测试机残骸中发现的那份笔记的作者。

再看向报道的其他部分。对于事故本身的记述与新闻报道中写的没什么差别，而瑞贝卡的个人情报等与学校有关的部分则占据了大半版面。

对祖父的憧憬

瑞贝卡同学之所以就读本校理学院，是受到曾担任该校教授的祖父——尼古拉斯·弗登（已故）的影响。弗登教授在强化塑胶的合成与催化剂活性相关的研究领域留下了许多成绩。据瑞贝卡同学高中时的学长，西蒙·阿特伍德同学（21·工学院）回忆，她从小便很崇拜这样的祖父……

才能导致的悲剧

受到祖父影响而从小熟悉化学实验，高中时代的化学成绩也十分出众（友人谈）的瑞贝卡同学，在入学第一年就加入了研究室，除了听讲之外，也进行与化学合成有关的研究。一般认为，她是在相关人士不在场的情况下，在实验中发生了意外。在许多人哀叹失去了一名年轻有为的学生时，也有批判的声音，质疑所属研究室的管理指导体制有所欠缺，放任才华横溢的学生而疏于指导……

"我还记得，她当时所待的那间研究室的指导教授好像是她祖父的朋友。那位教授代替去世的好友照顾她，将她当成自己的孙女一般疼爱。不过，这次意外导致研究室关闭，那位教授似乎也在遭到解雇后自杀……真是的，一想到这些就让人难过啊。"

——否则，就是有什么让人不会觉得不自然的理由。

这"理由"原来真的存在。瑞贝卡在化学合成方面具备的知识与经验，恐怕远远超出了大学一年级的水准。并且实验室负责人还与瑞贝卡有私交。特别的理由有两个。

更何况，那位负责人——瑞贝卡所属研究室的指导教授，似乎相当溺爱她。这么一来，她能自由进出实验室也不足为奇。

可是——

"她所在的研究室应该还有其他学生才对，那些学生怎么样了？"

"那里似乎是个小研究室，据说他们被分到别的研究室了。"

"我想听听当年待在那间研究室的人怎么说，您知道他们的名字与去向吗？"

"这么详细的事我就……毕竟我们的事务文件没有细分到以研究室为单位，要问谁在哪间研究室可就不清楚了。"

"是这样啊。"

涟的表情虽然没变，声音中却透出少许失望。

瑞贝卡所做的"化学合成相关研究"，几乎可以肯定与真空气囊材料的合成有关。涟想确定周围有多少人知道这件事。不过，其他成员的联络方式只能问辖区警局了。要做的事就像滚雪球一样不断增加。

"哎，阿姨。"玛利亚指着校园报纸文章中的一处，"那么，你知道这个人——瑞贝卡的熟人'西蒙·阿特伍德'的事吗？"

※

向女职员又问出一些情报后，玛利亚与涟前往瑞贝卡发生意外的现场——理学院化学系大楼。

路过的学生接连向两人投以好奇的目光。在众多穿着便服的年轻学生里，西装二人组走在一起实在引人注目。

真是个苦差事。算了，反正别人怎么看也无所谓。

"理学院三号馆五楼，五〇七实验室——是这里吧。"

两人穿过冰冷的建筑玄关，搭乘电梯上楼，站在了曾经是瑞贝卡生前所属的梅根研究室的实验室前。

他们隔着门口的玻璃往里打量。设在两侧墙边的排气柜，厚重的实验台。到处都看不见十三年前那场悲剧的痕迹。一名身穿防水围裙的看似学生的青年正在一脸紧张地倾斜玻璃器材。在他背后，有个看上去三十多岁的满脸胡楂的男子正盘着双臂。大概是照顾生涩新手的指导教师吧。

这时，那个满脸胡楂的男人注意到了两人。他向年轻男性交代了几句话，然后来到走廊上。

"不好意思，两位有何贵干？你们似乎不是学校的人。"男子用怀疑的眼神从玛利亚的头打量到脚，随即问道。

"真是抱歉。"涟彬彬有礼地弯腰致意，拿出身份证件，"其实我们是Ｆ局的人。基于某些理由，我们前来调查十三年前发生在这里的女生死亡事故。"

瞬间,男子脸色一变。

"瑞贝卡的事?"

他轻声咕哝,盯着涟的身份证件看。玛利亚和涟不由得面面相觑。

"难道说,你认识她吗?"

"是的。"

不一会儿,男子深深地叹了一口气。"我曾在梅根教授的研究室待过……两位说来调查,具体来说是怎样的调查?"

"瑞贝卡真是个好孩子。"

A州立大学理学院化学系助教米海尔·邓里维,以寂寥的表情说出这句话。

这里是位于化学系大楼一角的小会议室。玛利亚与涟面前放着两个马克杯,而米海尔面前则是一个装了琥珀色液体的烧杯,正在冒着热气。原来化学家的确会用烧杯喝咖啡啊——玛利亚有种奇妙的感动。

"好孩子?其他人没有产生过'一个小女孩竟敢如此放肆''教授就只对她偏心'的情绪吗?"

"怎么可能。"米海尔一副"说什么傻话"的模样瞪大眼睛,"确实,一开始倒也不是没有这种声音,但很快就消失了。如果你和她接触过,应该马上就会明白,她是很难让人对她持续抱有恶意的那种人。"

"你的意思是,她不是那种会令人怀恨在心的少女?"

"嗯。"米海尔点了点头,"她是个开朗又善解人意的温柔女孩。对研究抱有热情,却也能冷静地分析——踏入科学领域的人，脑袋不太正常的不在少数，但她不一样。她兼具身为人类的魅力与身为科学家的才能。像她这样的人物，我至今还没见过第二个。"

他平静的语调里，带有超出了怀念范畴的情感。

"你爱她？"

"问得还真直接。"米海尔看起来并没有介意地露出微笑，"这个嘛，包括我在内，研究室里应该没有人不爱她吧。不过，这多半和恋爱的感情不同。真要说的话，或许比较接近对妹妹——对家人的关爱吧。那个严格的老爹……梅根教授一碰上她就会突然变得和蔼可亲，两人互动起来甚至像真正的祖孙一样，让人看了就觉得温馨。"

"你说家人，那么你私底下也和她有来往吗？"

"很遗憾。"米海尔面露苦笑，"毕竟梅根教授曾经用恐怖的表情警告我们'不准对我好友的孙女出手'。如果随便来往，可能真的会被赶出研究室呢。更何况，我们也不太想对'妹妹'发动攻势。当然我们会在老爹家里开派对，但除了这种机会之外，我们研究室里应该没人在校外和她有来往才对。"

"有关私下交往，或者说得更广泛一点，关于在你们研究室以外的地方的瑞贝卡小姐，你们不太清楚，是这个意思吗？"涟提出的问题直指核心。

"这个嘛，"米海尔说道，"我知道她离开老家一个人住在这里，还有老爹在那段期间相当照顾她，这些瑞贝卡本人曾经对我们说过。可是，至于她平常在研究室以外的地方做些什么，很遗憾我不太清楚。我们认为有老爹照顾她应该没问题，所以就没怎么管她，这也是事实。"

"她和你们研究室成员以外的人有没有可能交往？"

"无法否定。实际上,印象中我曾经听研究室的人提过这种传闻。说是看见她和男生一起走进了工学院的建筑什么的。"

航空工程学科……

肯定是去费弗教授的研究室。和她在一起的男生大概是费弗教授的学生之一,恐怕就是——

"不过,这虽然只是我的感觉,但那时的瑞贝卡不管是在研究室里还是研究室外,应该都没有特别亲密的恋人。"

"你的依据是?"

"虽然瑞贝卡是个温柔又善良的女孩,但那时的她比起恋爱,不如说对研究投入的热情更多。更何况,如果交了男友,她应该会自己说出来,至少也会告诉老爹,因为她不会对'家人'隐瞒这种事——可是,老爹也不像是知道瑞贝卡有恋人的样子。"

"那么,在你们研究室里,瑞贝卡每天的生活是怎样的?"

"当时的她还只是一年级,所以不会像我们这样几乎每天从早到晚都泡在研究室或实验室。在上完课、打完工之后,她会优哉地出现在实验室,和大家聊天、做实验、整理数据,等到了时间就回去。这就是我对研究室里的瑞贝卡的全部记忆。

"可是……话虽如此,有瑞贝卡在的那段时间真的很快乐。因为在当时,理工科系的女生比现在还要稀有。光是有她在,研究室就像充满阳光一般明亮——直到她发生那种事为止。"

米海尔的声调变了。在弥漫的沉默中,涟开口说道:

"根据当时的新闻报道,瑞贝卡小姐是不慎吸入氰化氢身亡,具体来说是怎样的情况呢?"

"这——实际上,有关她丧生前后的状况,我们知道的并不比报纸和校报多。那时她在做什么实验,发生了怎样的意外,其实到现在我们都不清楚。"

"咦？等等，你刚刚不是说自己'每天从早到晚都泡在实验室里'吗？发现她的难道不是你们？"

"发现她的的确是我们，但'事故当天瑞贝卡在那里做实验'这点，研究室里没有人知道。"

"怎么回事？"

"学术研讨会。"米海尔以平板的声音回应，"当时 M 州正在举行国际学术研讨会，包含老爹在内，除了她以外的成员，全都有大约一周的时间不在研究室。"

从 A 州搭飞机前往 M 州，单程要大约五六个小时。它在 U 国的最东边。

"瑞贝卡错过了研讨会的报名时间，打工的班又排不开，所以留在了 A 州。事故正好发生在我们回来的那一天……当天晚上在抵达机场后，包括我在内，好几个工作没做完的人回到学校——然后，我们发现了她。"

助理教授的脸上失去了血色。尽管知道这么做很残酷，玛利亚依旧继续问了下去。

"能不能告诉我们那时的详情？"

"当时夜色已深……大约是二十二点左右吧，我们一回到研究室就发现门没锁。灯是关的，也没有人影，可是，五〇七号房间——实验室的钥匙不在原来的地方。我们觉得很可疑，便一起前往实验室……然后隔着门上的玻璃，看见瑞贝卡倒在里面。

"尽管房间里很暗，看不清脸，但我们立刻从身材分辨出是她。由于有股奇怪的气味，大家觉得不妙，便戴上防毒面具试图开门……门把手转了，门却不知为何几乎纹丝不动。虽然事后弄清了原因，但那时的我们根本没有思考原因的余地，一心只想着一定要救她，不顾一切地踹开了门，慌慌张张地将她抱了出来。

之后打开窗户，叫了救护车——

"可是……到头来还是太迟了。"

周围一片沉默。米海尔一直没说下去，咖啡也没碰，只是静静地盯着液体表面。

"门几乎纹丝不动是怎么回事？"

"有一块塑料片卡在了地板和门之间。我们研究室专门研究功能性有机高分子，也就是所谓的多功能塑胶，所以经常会产生很多塑料碎片，像是合成后多出来的样本之类。而当时用来盛放那些垃圾的垃圾桶翻倒在地，垃圾撒得满地都是——其中一块似乎卡住了门。我想，大概是瑞贝卡倒下时碰倒垃圾桶了吧。"

塑料碎片散落一地，卡住了门？

"窗户锁着吗？"

"我记得很清楚，因为开窗的人是我。"

"你们发现她的时候，只有她一个人吗，没有看见其他倒地的人？"

"那时大家眼里只有瑞贝卡……不过应该没有其他人才对。由于气体有残留的可能性，因此将瑞贝卡搬出实验室之后，我们至少留下了两个人在走廊里看着，以避免有人接近实验室。如果有别人爬出实验室，照理说应该会注意到。"

"关于可能会有毒气这点，你还真清楚呢。"

"有人倒在化学实验室里，又能闻到异臭，首先就该怀疑有有毒气体。"

门内侧有塑料片卡着，窗户全部锁住。房间内只有瑞贝卡一个人。

这么一来，简直就是——

"你刚刚说，不知道瑞贝卡当时在做什么实验，那排气柜里是什么样子呢？既然让人判断是'实验中'，应该留有什么实验器材或药品才对，难道不能从这点做出某种程度的推测吗？"

"我的话说得不太准确。当时我们一眼就看出来她'在做什么实验'了。是酸碱中和滴定。因为那里摆着滴定管，底下还有个装了液体的烧杯。"

"酸碱中和滴定？"

"在浓度未知的液体中，滴入浓度已知的其他液体，测量需要加入几毫升的液体才能达到酸碱中和的实验。这是测量液体浓度的基本方法，高中的化学实验里基本上都会出现吧。"

米海尔用"你不知道吗"的眼神看了过来……玛利亚完全不记得。

"瑞贝卡那时——事后我们才知道那是什么药品——是在用盐酸滴定氰化钠水溶液。警方认为，她大概是在测量氰化钠水溶液的浓度。

"我之所以说'不知道'，是指我不知道瑞贝卡为什么要做这种事。

"氰盐加强酸会产生氰化氢气体，这对于有化学知识的人来说是常识。就算操作是在排气柜里进行，我也无法相信，那个瑞贝卡会为了知道氰化钠水溶液的浓度而去做这种危险的事。照理说只要在制作水溶液之前，先测量氰化钠的重量就可以了。

"而且，居然还是在我们都不在的时候。就算我们将研究室的钥匙给了她，瑞贝卡也不该做出这么愚蠢的——"

米海尔的表情因为怀疑，更因为苦涩而扭曲。

"你是指，以她所做的实验来说未免太过草率？"

"当时的校报质疑我们疏于指导，但实际完全不是这么一回事。瑞贝卡在化学实验方面的知识与经验，可比当时身为研究生的我还要丰富。尽管大家会讨论彼此的研究主题，但一直是我们从她那里获得提示与灵感。虽然她会谦虚地说'没这种事，我也受益良多'。那样的瑞贝卡，居然会——"

米海尔不断重复着同一句话。

——实际上，到现在都还没弄清楚。

警方的见解不过是臆测，真相依旧埋没在黑暗之中——对他来说，恐怕这就是现实。在这位助教的心中，瑞贝卡的案件绝对还没结束。

"容我倒回去问个问题。你刚刚说你们会讨论彼此的研究主题，那么你对当时瑞贝卡小姐的研究内容了解多少呢？"

"到了大学研究室这个层面，每个人都会深入钻研各自不同的课题，老实说，对隔壁的人的研究不甚了解，是很常有的事。换句话说，我对于瑞贝卡所做研究的理解与记忆，也就只到这种程度——我只记得她的研究主题是强化塑胶合成。由于她用到的催化剂反应理论太难，所以我能理解的部分连一半都不到……不过我记得氰化钠是原料之一。也正因为如此，警察才会判断是实验中发生的意外吧。"

果然是真空气囊。这与柯提斯的说明吻合。

"在她去世的时候，研究进展到了什么程度？"

"我听她说过，有很大的进展，但具体不太清楚。哪怕还有实验笔记在，说不定就能继承瑞贝卡的事业了。"

一股电流蹿过脊背。

"实验笔记……不见了？！"

"我们在研究室整理遗物时，发现笔记不翼而飞。剩下的只有两三天前刚买来，里面还什么都没写的新笔记本；之前的旧笔记,怎么找都找不到……我们也问过警方,但无论是现场留下的东西,还是她的包包或家里,都没找到过类似的笔记。"

瑞贝卡实验笔记的复印件,留在了费弗教授的行李箱中。而笔记的正本,却在她死亡前后消失无踪?!

"我就直接问了。"涟的声音过于平板,仿佛带着一股寒气,"关于瑞贝卡发生的意外,你个人有什么看法?你认为那是一场不幸的意外吗?"

"不。"米海尔回答前停顿了一会儿,"不可能。她不会因为那种实在不像她会做的实验而丧命,更何况连笔记都不知下落——不可能只是不幸的意外。那是——"

话说到一半就停了。米海尔无法说出后面的话。

但是玛利亚知道他想说什么,涟大概也知道。

瑞贝卡的死不是意外,而是他杀。

"虽然由我们来问这种话有点奇怪,当时的搜查官都说过什么?他没有认真对待你的怀疑吗?"

"他姑且还是听了。不过,现场在发现时的情况就是那样。'根据验证结果,只能认为那块塑胶片是从实验室内卡住的门。在有这种物理性证据的情况下,也只能认定确实是她独自进行实验而遇到了意外'——他是这么说的。"

塑胶片无法从实验室外面插进去。也就是说,这个事实盖过了其他细小的不自然之处。

"到头来,我们的研究室被迫解散。我们让她自由进出实验室,而她死于那间实验室。无论真相如何,只要有这些事实,就已经足够让老爹被解雇。大家散落各处,老爹也像变了个人一样,憔悴得让人看不下去……最后选择了自我了断——而我还恋恋不舍地留在这里,事情就是这样。"

在露出充满自嘲意味的笑容后,米海尔突然正色道:

"话说回来,我还没请教两位到访的理由呢。为什么在时隔十三年的现在,你们会跑来调查她的事?"

"非常抱歉,现阶段我们还不能回答这个问题。"

"没关系,我告诉你。"

玛利亚把手伸进胸前口袋。"玛利亚?!这——"她无视涟的制止,将两张照片——拍下瑞贝卡笔记复印件的照片,放在米海尔面前。

"如何?有印象吗?"

米海尔讶异地看向照片,接着一脸惊愕。他呼吸紊乱,拿着照片的手不停颤抖。

"这些字——这些字是……NaCN……铜氧化物系催化剂……一九七〇年三月——没错,这、这是!刑警小姐,你是从哪里弄到的!"

"现在还不能说。能说的,就只有'因为出现了这个,我们才来到了这里'。不过你放心,我一定会消除你的遗憾,以及梅根教授与瑞贝卡本人的遗憾。对于那些破坏你们人生的家伙,我会把他们的所作所为全部查清楚。所以请你再等一下,拜托了。"

※

"真是的,你们的好奇心还真是强烈呢。"

P市警局搜查科的多米尼克·布洛斯刑警那睡意蒙眬的眼里浮现出好奇的神色。"居然会把十三年前的死亡事故又挖出来,出了什么事吗?"

"这和国家机密有关,所以抱歉目前还无法回答。"

涟先发制人。多米尼克回了句"什么嘛,真冷淡",随即露出愉快的笑容。

在意外获得了米海尔的证言之后,玛利亚与涟造访了P市警局。

多米尼克·布洛斯刑警——当年负责瑞贝卡那场意外的人,是一名看起来年近五十的银发中年男性。虽然口气没什么礼貌,但他在面对从其他辖区来到自己地盘的玛利亚等人时,没有什么排斥的样子就迎接他们进门。从这点来看,或许他是一个很会照顾人的好男人。

"所以,你们想从哪里问起?对这件事你们知道多少?"

"我们刚去听了邓里维先生的说法。以单纯的意外来说,可疑之处太多——这点我们刚刚也已经了解了。"

"什么嘛,已经了解到那种程度啦?那么能告诉你们的就不多了。

"被害人瑞贝卡·弗登,当时十九岁。从C州M高中毕业后,就读A州立大学理学院化学系。家人只有双亲。她在就读大学时离开家,一个人住在公寓。

"死亡推定时间为发现尸体的三小时到五小时前——介于下午五点与七点。死因是氰化氢中毒。胃里并未验出有毒物质。从验尸的结果,也可以确定她死于吸入毒气。

"被发现时的随身物品有手表和钱包,口袋里还有实验室钥匙。"

"下午六点前后,也就是傍晚。没有目击者吗?"

"那时可是暑假啊。只有白天有暑期班。在那个时间还留在化学系大楼的,只有不到十个为赶论文做实验的学生而已。而他们连自己的实验都忙不过来了,根本不会注意到其他实验室有没有人出入。"

"有关在那之前瑞贝卡的行踪——"

"最后一次目击是当天上午九点左右,有人看见她从公寓出来。瑞贝卡似乎没报名暑期班,没有当天在校内的目击情报。大概是在离开公寓后,在上午的暑期班开课前前往研究室,一个人做实验……这是对外公开的说法。"

玛利亚正要问"没人看见她出入正门吗",但转念一想又把话咽了回去。她也是今天才知道,A州立大学的正门出入相当自由。只要亮出通行证,就连汽车也能轻易通过。尽管有一名警卫,不过虽说是暑假,可能光暑期班就有上千名学生出入,要找到瑞贝卡的目击情报无疑难如登天。

"关于意外的几个疑点,你们有什么看法呢?包括瑞贝卡·弗登当时所做的实验和她的知识与经验相比未免太过拙劣,以及她的实验笔记不翼而飞的事——而且不仅如此……

"首先是发现尸体时,实验室的灯没开。"

——房间内很暗,看不清脸——

"虽说当时是七月,但到了黄昏时分,周围应该还是会变暗才对,很难想象瑞贝卡会连灯都不开就继续做实验。既然如此,为什么实验室的灯是关着的呢?

"另外——同样是关于发现尸体时的状况。当时排气柜还在运作吗?"

"没有。电源关着。排气柜的门则是敞开的。"

"那么,这点也很不自然。所谓的排气柜,是避免内部产生的气体外泄到实验室的设备。即使内部产生了氰化氢,只要排气柜正常运作,就能透过专属的管线将气体排到室外,如果柜门关着,气体也不会流入实验室。实验者吸入氰化氢的危险应该很小才对。尽管如此，瑞贝卡·弗登不但没启动排气柜，就连柜门也没关上。为什么呢？"

笑容从多米尼克脸上消失。"真是的……"他抓了抓银发，把档案扔给两人。

"我们又不是没注意到这点。仔细看看验尸结果吧。"

两人依他所说翻开档案。玛利亚看着验尸结果那一页，感觉自己的脸紧绷起来。

"包含头部在内，上半身多处挫伤……性器有撕裂伤？！"

"不是好几天前的哦。应该是死亡当天，最多就是前一天造成的。这是当时验尸官的见解。瑞贝卡·弗登在死前曾与人性交……不，不对。是强奸。"

室内一片寂静。

强奸？！怎么会——

"到底是怎么回事？米海尔完全没提过这种事啊！"

"这叫作搜查中的秘密，我们连相关人士都没说。这是因为如果真的是强奸，需要让那家伙露出破绽。"

"确定对方是谁了吗？"

多米尼克摇摇头。

"对方做事似乎很小心，我们没有检出他的体液。不过，就算检验出来，顶多也只能把血型范围缩小到四分之一吧。

"总之，不管对方是谁，如果瑞贝卡是遭到强奸，刚才你们提到的疑点也就姑且可以得到解释了，懂了吧？"

多米尼克的回答有如谜语般，但玛利亚却像呼吸一般立刻会意。

"自杀……"

"无论是拙劣的实验，还是没启动的排气柜，如果她一开始就打算求死，也就没什么不可思议了吧。实验室的灯之所以没开，恐怕是为了避免在死前被人发现。会特地弄得像是实验事故，也是因为不想让亲如家人的研究室成员们，知道自己寻死的真正理由吧。"

看似意外的自杀——乍看之下确实合乎逻辑。可是——

"实验笔记不翼而飞要怎么解释？更何况，瑞贝卡为什么不锁门，而是用塑胶片将门固定？如果只是不想让人妨碍自杀，从内侧锁上门不是更牢靠吗？

"真要说起来，就算不想让人知道自杀的理由，在实验室弄得像事故死亡也会给研究室的大家添麻烦——最糟的情况下，还可能让研究室关闭，这点她应该很清楚才对！"

"所以我才加了'姑且'不是吗？我们也知道无法解答所有的疑问啊。

"笔记呢，或许是因为她自己已经不再需要而丢掉了。塑胶片呢，也可能是为了不让之后赶来的米海尔他们突然吸入毒气。死亡地点选择实验室，也可能是因为打击强烈得让她无法多想。解释要多少有多少，至少比当成单纯的意外合理。

"更何况，我们也不是笨蛋。要想让那扇门像米海尔他们的证言那样固定得死死的，塑胶片必须从房间内侧卡得很深才行，这点已经用实验证明过了。

"关键的塑胶片——这是从地板与门的摩擦痕迹辨别出来的——形状像是将 L 形积木用力压平后的样子。比较薄的那一边，也就是 L 的底边卡在了门缝里，这玩意儿的厚度与门和地板之间的空隙刚好一致，虽然我不晓得这是怎样的偶然。

"这个'刚好一致'就是麻烦的地方。地板和门的边缘有微妙的凹凸，因此很难嵌进去。而这个塑胶片又非常硬，光是从外面用棒子戳或用绳子拉，根本卡不进去。

"若不是跌倒时正好以微妙的角度嵌进去，就是从室内用力敲进去——总而言之，这块塑胶片只能从实验室里塞进门缝。塑胶片在实验室地板上弄出的痕迹也很明显，卡进门缝的深度要能弄出那种痕迹，从外面是办不到的——这是我们的结论。

"不是意外就是自杀，至少我们只能判定是这样了。"

沉默降临。

"那为什么——"

"哪有可能说得出口啊。"

多米尼克有些尴尬地撂下这句话。"你要是看见那时他们的样子就知道了。他们失去了自己当作妹妹疼爱的女孩，都沮丧得像死人一样……谁说得出'其实她可能是遭人强奸，也可能是因此自杀。但我们不知道是谁干的，也没有逮捕他的把握'这种只是在伤口上撒盐的话啊。

"说穿了，也没有确切证据能说她遭人强奸而自杀。只是'这么想比较合理'，不过是臆测罢了。或许她真的只是前一晚与恋人秘密共度，隔天真的是因为事故身亡的也说不定。头和身体的挫伤，也可能只是摔倒时撞到地板造成的。实验内容、排气柜、照明也是，解释要多少有多少……而且，最终搜查会议也把此事定为意外。"

多米尼克最后那句话，带有明显的苦涩。

原来是这么回事。

银发的中年刑警虽然没讲明，然而瑞贝卡的案件最后会定调为意外，恐怕是因为面子问题。如果是强奸导致自杀，就得先找出强奸者才行，但是没有明确的证据。即使能找出那个人，只要对方坚持是你情我愿，在被害人无法做证的情况下，也没有定罪的手段。

就算多此一举，也只会让警察丢脸——为了这种无聊的面子问题，P局高层那些家伙，硬是压下了多米尼克的意见，选择当成没有强奸这回事。

不过——

"哎，多米尼克。那块卡住门的塑胶片，还保存着吗？"

※

无尽的辽阔旷野暴露在夕阳之下，染上了橙红色。玛利亚在副驾驶座用力往后倒，以半躺着的姿势一直看着手账。

"涟，我问你哦。对瑞贝卡下手的家伙，是不是已经查不出来了？"

"假设——是强奸犯——如果当时提取并保存了体液或皮肤细胞等物证，或许还有可能。"涟握着汽车方向盘，连看都没看玛利亚一眼地回答，"据说生物的遗传情报，是由细胞核内一种叫去氧核糖核酸的物质记录的。等到哪天技术发达，变得能够分析这种DNA时，大概就能像指纹一样找出特定人物，精确度远比血型更精细——我曾经听人家这样说过。"

意思是现在还只是做梦吗？

更何况，从多米尼克的口气听来，强奸者的体细胞似乎也没有采集到。

"我啊，直到今天早上都还以为只是单纯的内斗。觉得可能只是教授等人为了新型水母船的开发起了内讧之类。"

涟没有回答。玛利亚自顾自地说下去。

"可是今天到许多地方问过之后——我才知道自己有多愚蠢。

我在想,我可能忘了一种更为单纯、更为根本,却强烈得多的动机。"

到现在才察觉自己的愚蠢?真是无药可救啊——部下并未将恶言恶语说出口,只是平静地回答道:

"复仇,是吗?"

"嗯。"

玷污瑞贝卡,逼她走上绝路,并且夺走了她的研究成果的人,就是费弗教授研究室的人——如果深爱瑞贝卡的人,知道了这件事。

"这项推论有个重大缺陷。"涟的声音一如既往的冷静,"如果是为了替瑞贝卡复仇而杀害费弗教授他们,那么凶手至少得确定是教授他们害死了瑞贝卡。凶手要怎么做到这点呢?瑞贝卡遭到强奸——先假设是这样——这点应该连相关人士都不知道才是。单纯靠直觉得出这种结论,能成为犯下连续命案的动机吗?"

"那还用说。因为瑞贝卡的实验笔记啊。"

车内一片寂静。

"多米尼克说'可能是瑞贝卡本人丢掉的',但这根本不可能。因为,教授的行李箱里留着她的笔记复印件。既然有复印件,就代表正本应该存在,而且有人把正本拿去影印。这人是谁?正本在谁手上?只会是教授他们,对吧?教授他们趁着瑞贝卡的死夺去笔记,借此造出真空气囊。这样想才正常吧?

"那么,放在教授行李箱中的为什么不是正本?内维尔·克劳福德又是为什么拼命想得到瑞贝卡的知识?答案只有一个,因为笔记落在了凶手手里。"

涟沉默不语。仰躺着的玛利亚几乎看不见部下的表情,只能够从座椅后方看见他的侧脸微微动了一下。

"具体的情况还不清楚。可是,得到瑞贝卡笔记的凶手,发现了里面的内容就是费弗教授的真空气囊技术。"

如果是这样——在教授等人的论文和著作里完全找不到瑞贝卡的名字,本该是瑞贝卡的名誉则由他们不正当地享有。看见这种状况——即使是小学生也联想得到,逼死瑞贝卡的就是教授他们。

就算案子被警方当作意外处理也一样。

"发现尸体时的状况要怎么解释?如果瑞贝卡的死是教授他们下的手,那么他们就必须在杀害瑞贝卡并伪装现场后,从实验室外将塑胶片塞进去。方才布洛斯刑警应该也说过,这种事做不到。"

"若是他们,就做得到。"

"哎?"

"素体呀,真空气囊的素体。内维尔他们将垃圾桶里的塑胶片撒在地上,弄好酸碱中和滴定的机关后,立刻走出实验室,将一小块素体塞进门缝,并且涂上了催化剂。"

硬化前的素体不过是一片柔软的树脂。即使在关门的同时放上,或者是从门外塞进去,要卡进门缝里都不困难。只要让素体在这种状况下与氰化氢反应,它就会牢牢地卡在门缝里代替门挡。

这样一来,"瑞贝卡在实验中吸入氰化氢倒地不起,散落的塑胶片卡进门缝"的状况便完成了。

"换句话说,用酸碱中和滴定产生氰化氢是为了……"

"不是为了杀死瑞贝卡,而是为了固定门缝里的素体。"

那块关键的塑胶片是压扁的 L 形,较薄处的厚度与门缝一致——这是多米尼克说的。那根本不是什么偶然,只是卡在门缝里的部分和伸进房间的部分产生了厚度差，并且正好在这种状态下像石膏定型一样硬化而已。

"布洛斯刑警他们没注意到这个机关吗？"

"怎么可能注意到啊，你明明也很清楚。

"这个案件发生时，真空气囊还没公之于世啊。和氰化氢反应之后会变硬的树脂——我也是在之前问话时才知道有这种东西，当时的多米尼克他们根本不可能想象得到。"

没有回答。一会儿后，涟无奈地叹口气。

"这推测的漏洞还真多呢。"

"怎么，有意见吗？"

"那倒不是。大致情况应该就和你说的一样吧。

"不过，关于瑞贝卡的实验笔记这点，最先拿到手的不见得是费弗教授他们。如果曾经听过瑞贝卡本人详细说明——而且弄到了真空气囊材料与催化剂等东西的样本——即使没有笔记，要制造真空气囊也不是不可能。

"我反倒认为，或许该笔记从一开始就在凶手手里。

"瑞贝卡死后，教授等人试图取得她的笔记。但在这个时候，笔记已经失踪。虽然他们根据瑞贝卡过去提供的知识勉强完成了真空气囊，但实际上并未真的理解研究内容……

"如果瑞贝卡的笔记曾落在他们手中，内维尔·克劳福德就该这么写——'应该仔细阅读瑞贝卡的笔记'之类。但他没有这样写，而是写'该在她死前问出来的'，这就说明他们并没有机会看到瑞贝卡的笔记。"

这么说来，的确如此。与其认为瑞贝卡的笔记从教授等人处转移到了凶手手里，倒不如看成一开始就在凶手手中比较自然。

可是……

"留在教授行李箱里的复印件又是怎么回事？如果没有正本，就算想影印也——"

玛利亚说到一半就停了。

"应该是恐吓吧。可能是凶手送去的。"涟接在她后面说下去，"那两张复印件似乎是放在信封里，但如果单纯是以备不时之需或用来代替备忘录，用信封保管又显得不太自然。不如认为是某人放进信封后送去给他们的比较合理。"

一张是有瑞贝卡署名的封面，另一张是作为样本的任意内页。以恐吓材料来说已经绰绰有余。

"凶手影印了瑞贝卡的笔记，送给费弗教授——或者教授和其他人那里，表示'我知道你们的罪行'。

"这种恐吓行为的真正用意目前还不明，但不难想象教授他们收到信后会陷入恐慌。一旦瑞贝卡笔记的存在公开，对他们来说无异于身败名裂。"

"慢着……如果教授他们坚持对此毫不知情，凶手又该怎么办？说得极端一点，真空气囊技术是窃取瑞贝卡的主意，这点充其量只是从目前的状态中做出的推测，并没有实质的证据啊？凶手就不怕他们用一句'纯粹只是巧合'应付过去吗？"

"不怕。光是瑞贝卡笔记的存在，就可以在法律上威胁到他们的社会地位。"

"什么意思？"

"专利啊。虽然我对 U 国并不是完全了解，但我听说这个国家的专利制度是'先发明主义'，规定'无论哪一方先向国家机关提出申请，都会将专利权赋予实际上最早发明的人'。

"瑞贝卡的笔记的日期是一九七〇年，比费弗教授他们的发表早了两年。'巧合'这种借口应付不了专利的审查与裁判。换句话说，瑞贝卡的笔记，就是在专利法上能够保证使她成为真空气囊真正发明者的确凿证据。"

这些无机催化剂、有机高分子与反应生成物的结晶构造、反应机制，以及气囊的制作方法，正是费弗教授的研究成果，也是水母船相关专利的根基。

一旦瑞贝卡笔记的存在被公之于世，教授他们的专利就会失效。换句话说，也就相当于推倒了ＵＦＡ公司水母船事业的支柱。教授他们不但会被打上剽窃者的烙印，也将面临高额的赔偿问题。

瑞贝卡在那之前就丧命，对他们而言搞不好是不幸中的万幸——

"不过到头来，教授他们——这个嘛，虽然还没有确认——还是被得到瑞贝卡笔记的凶手杀害。既然如此，凶手为什么要在下手前送去恐吓信呢？我总觉得这样只会让目标产生不必要的戒心啊。"

"刚才也说过，用意现在还不明。不知道单纯只是为了折磨教授他们，还是有什么合乎逻辑的理由。

"真要说起来，如果凶手不在费弗教授他们之中，就会产生和前天讨论时同样的疑问。凶手是怎么混进测试机里的？在成功复仇后又打算怎么做？要是凶手自己也没打算活下去——"

"等一下……凶手不见得不在教授他们之中吧？强奸瑞贝卡并逼死她的，确实可能是费弗教授研究室里的人。不过，不见得每个人都参与了这件事呀。或许犯下罪行的只有一部分，有人可能完全不知情。

"比如——虽然米海尔予以否认——瑞贝卡和费弗研究室的某人交往，将笔记本忘在那人家里，后来别人又对瑞贝卡出手……之类的。何况在那之后，费弗教授他们开发真空气囊时，恐怕也不是每个人都做同样的事。"

——每个人都会深入钻研各自不同的课题，老实说，对隔壁的人的研究不甚了解，是很常有的事。

"你不是也说过吗？'造纸本身并不是航空工程部的本职工作'。也可能是教授他们的研究室新成立了'造纸'团队，瞒着本来的'折纸'团队做的坏事。"

如果在瑞贝卡死后，凶手看到了教授的论文，注意到论文内容与瑞贝卡的笔记完全一样……

假使凶手就在教授他们之中，"怎么躲进测试机"这个问题从一开始就不存在。而凶手由于没能拯救瑞贝卡，也没能阻止瑞贝卡的研究被抢走，从而受自责的念头驱使——或许根本就没有考虑在完成复仇后独自苟活。

"不管怎么说，在那六具遗体中，应该会有一个明显并非他杀的才对。那人毫无疑问就是凶手。"

"再向鲍勃确认一下吧。差不多全员的验尸结果都该出来了。"

涟静静地转动方向盘。车子穿过缓缓的弯道，在甩开左侧那些暴露着褐色肌理的小丘之后，视野瞬间变得开阔，红色荒野一路延续至地平线的彼方。

干道一直向前延伸，在左侧遥远的地方，能看见状似加油站的建筑。在那建筑旁，一个扁球状的白色物体——水母船被夕阳染成红色。

荒野中的加油站，对长距离驾驶司机来说犹如救生索，这点对于在空中往来的飞船似乎也一样。这几年，玛利亚经常看到航程途中的水母船像眼前那艘一样，为了补给降落在加油站附近。

"顺带一提，A州民用水母船的保有数量似乎是最多的。并不是因为这里有UFA，而是因为A州的民居稀少，气候安定，适合水母船飞行。来自其他州的访客似乎也很多。"

"哦——"

这个J国人，为什么比自己这个土生土长的U国人还要知识丰富啊？让人有点不爽。

就在两人闲聊时，涟的车已经抵达加油站。

远望时只有黄豆大小的水母船，此刻就在距离玛利亚他们一百米的地方，让它那需要抬头仰望的巨大身躯得以歇息。在涟拨打公共电话时，玛利亚也下车呼吸外面的空气，看着那不知道属于谁的机体。

在那美丽的巨大躯体前，她吐出混着愁思的气息。

这东西，居然是出自一名年仅十九岁的少女啊。

而且，她的研究成果与生命还被费弗教授等人夺去——

费弗研究室里的某人，以素体代替门挡，将瑞贝卡的死伪装成意外——目前来说，这不过是玛利亚的推测。不过幸运的是，塑胶碎片仍然由F局保管。想必是多米尼克做了安排，不让证物遭到处理吧。虽然当事人对此笑而不语。

玛利亚和多米尼克进行了交涉，对方说好会把那块关键的碎片送到他们这里。只要对碎片进行分析，应该就能证实玛利亚的想法。

"是，麻烦了……啊，鲍勃。我是九条，百忙之中打扰你真是不好意思……嗯……所以说，验尸的进展……是。你说什么？"

部下的口气变了。

"那是真的吗？误认的可能性——这样啊……知道了，我们这就赶回去。正式的报告到时候再说。"

涟挂下话筒，神情严肃地回来。

"涟，怎么了？出了什么事？"

"玛利亚，天大的好消息。六名被害人的验尸结果都出来了。全员都是他杀。"

"哈？！"玛利亚拔高了声音，"给、给我等一下。他杀？全员都是？！"

"详情等回到局里后，鲍勃应该会解释……不过就我刚才在电话里所听到的，那六具遗体之中，能够判定为自杀的似乎连一具都没有。"

涟的报告让玛利亚大为惊愕。

费弗教授研究室里的某人，为了替瑞贝卡复仇而杀光其他人，然后自我了断。这是刚才玛利亚描绘的事件概要。如果六人之中无人自杀，就代表杀害他们的第七人待在那架测试机里。

但是，在他们的测试计划里，完全没出现第七人的名字。

"以上六名"——记得参加成员名单的最后是这样结尾的。

不该存在的第七人，就在测试机里——那家伙是什么人？他从哪里来，又去了哪里？

"该回去了，玛利亚。"涟出声催促，"要从头开始调查。如果飞船里无人自杀，就得将包含敌国间谍在内的外来者的可能性重新检视一遍才行。"

幕间（Ⅳ）——独白

把他们除掉之后，自己该躲在哪里——这是计划最后的难关。

即使计划如预期进行，也无法保证永远不会穿帮。至少在达到最后的目的之前，我必须让自己和伙伴躲过当局的耳目。

在调查之后，我在邻国 C 国的某个州里一座森林围绕的大湖湖畔，找到了一座廉价出售的旧小屋。

那里远离市中心，没有打探别人隐私的邻居。更重要的是，因为同样目的而买下类似的小屋的好事者，近年在 C 国逐渐增加。

这间房子正合我意。我花了一半资金买下这个避难所。

问题在于，要怎么穿过边境的警备，不过对于这点我已经有某种程度的盘算。

C 国和 U 国关系良好。与南方邻接 M 国的边境不同，守卫不会对防范偷渡提高警觉。最糟糕的情况下，只要亮出护照就能通过。

——更何况，我有可靠的伙伴。

只要有她在，国境不过是一条画在沙地上的线。

第 9 章 水母船（Ⅴ）
一九八三年二月八日 23：50——

"那么，该——从——谁——开——始——呢——"

克里斯哼着走调的歌，把霰弹枪的枪口依次滑过琳达、爱德华和威廉。

"克里斯，你是认真的吗？"爱德华的声音中透露着焦躁，"冷静一点儿，你为什么要这样做？为什么非杀我们不可？拜托你把枪放下。"

"'为什么'？"克里斯嘲讽似的扬起嘴角，"到这时候就别装傻了。这种事就问你们自己吧，该死的杀人魔。"

——你们杀了那个叫"瑞贝卡"的人，对吧？

怎么会？

"克里斯……你——"

"所谓有备无患，对吧。我早就觉得这会是一次危险的旅程，却没料到这家伙会以这种形式派上用场。"

威廉呆呆望着克里斯带有疯狂神色的双眼。

难道——克里斯他……

"忘的东西"就是指那把霰弹枪吗？刚才搜索舱内时没看到，但像是天花板或地板下的管线空隙、床垫底下等，能藏东西的地方要多少有多少。这么说来，行李中似乎有高尔夫球袋。他是把枪藏在了那里？

"哎，算了。只要结局好就行。反正你们全都要相亲相爱地死在这里了。"

对于克里斯这句话里包含的决定性的意义，威廉的脑袋只能隐约地领会个大概。

什么啊？

这算什么？我是不知不觉走进戏剧或电影里了吗？

琳达脸色苍白地流着泪，一句话也说不出来，只有牙齿不停打战。

爱德华依旧保持从椅子上半起身的姿势，神情紧绷地盯着克里斯——接着双眼突然看向威廉。

视线瞬间交错，让威廉回到现实。

——白痴吗？我在发什么愣啊。

威廉以直觉读出了爱德华的意图。不要迷惘。只能这么做了。

数秒后，爱德华脚下一蹬——同时，威廉也全力往前冲出去。

他压低身子，沿着墙边迂回前进。反方向则是爱德华，他也压低身子贴着墙壁冲向克里斯。

克里斯的表情转为惊愕。

幸运的是威廉坐的位置离爱德华有一段距离。面对同时来自两侧的奇袭，克里斯无法瞄准，只得将枪口左右摇摆。

——就在这时，突然一阵风摇晃吊舱。克里斯失去了平衡。趁此机会，沉下身子的爱德华顺势扑向克里斯的腰。

克里斯勉强撑住身体，用枪托往尝试压制他的爱德华背上狠狠一敲，并且用膝盖朝爱德华腹部顶上去。威廉从旁边伸出手，用尽浑身力气把霰弹枪从克里斯手中抢走。

威廉立刻往后跳,爱德华也从克里斯身上跳开退后。

"克里斯,别动!"

威廉把霰弹枪指着克里斯。克里斯的脸上满是愤怒。

"拜托……求求你别动,拜托。"

威廉的哀求声凄厉而沙哑,枪口不停颤抖。

克里斯停下动作……然而,只有短短一瞬间。

他把右手伸到腰后,拔出了某种发出暗淡的光的物体。

一切看起来都像被定格一样。

克里斯发出不明所以的叫喊,挥舞着求生刀冲向威廉。

扣在扳机上的手指,动得比脑袋还要快。

有如劣质烟火般的枪声响起,同时克里斯的身体向后方飞去。

意料之外的强烈后坐力,使威廉不由得后仰。

克里斯仰天在地板上弹起,抽动了两三下。

黑色的血液在地板上扩散。硝烟与鲜血的气味侵蚀了餐厅。过了一会儿,克里斯的身体就像电池没电的玩具一样,动作越来越微弱,最后完全停止。

霰弹枪从威廉手中滑落,枪口冒出薄薄白烟。

漫长的沉默过去,克里斯没有动静,他的上半身只勉强保留了人形。

"不……"琳达口中迸出惨叫,"不,不,不要啊啊啊啊啊啊!"

威廉背对着惨叫声,看着自己的双手。

我杀人了。我杀了克里斯。

自己刚刚亲手射杀了同伴——杀了自从进研究室以来已经一

同走过十多年的盟友。

"不……不对,我——我……"

"冷静一点儿。"

一只手放在威廉的肩上。是爱德华。"不是你的错。没有人会责怪你……总之先坐下来,深呼吸。"

爱德华的声音虽然缺少抑扬顿挫,表情却带有浓浓的沉痛与疲倦。在他的带领下,威廉整个人沉进旁边的椅子里。

接着爱德华试图让琳达站起来,但她只是坐在地板上,害怕得缩起身子。爱德华认命地叹口气,捡起霰弹枪,拿出子弹扔掉。

窗外的强风仿佛在庆祝新祭品的到来一般,卷着大量白色冰片在黑暗中持续发出狂乱的吼叫。

"怎么会这样?"过了一会儿,微弱的声音自威廉口中滑落,"没想到,克里斯他——"

"不是你的错。如果夺枪的是我,我大概也会扣下扳机吧……这是正当防卫。"

克里斯右手还握着求生刀。他对威廉等人怀有杀意,这点已经无法否认。

凶手是克里斯——无论是毒杀教授和内维尔的人,还是把他们困在这个地方的人。

"结束了……吗?"

"还无法肯定。毕竟还不能确定是否有第二个凶手——比如,刚刚那一幕全都是你和克里斯安排好的戏,而你在关键时刻背叛了克里斯,把他收拾掉——这种可能性也不是没有。"

"喂、喂——"

"开玩笑的。"爱德华没有一丝笑意,"如果那全都是演技,你就能拿下最佳男演员奖了……更何况现场只有四人,如果其中两个是凶手还演那种戏,也很不自然啊。"

"真、的……已经……没事了……吗?"或许是冲击与恐惧开始缓和,琳达呆滞地咕哝道。

"嗯。"爱德华像安抚小孩一样,蹲在琳达面前,"之后只剩等待救援而已。安心地睡一觉,让身体好好休息吧。"

"嗯……"

琳达以犹如退化为幼儿般的口气与姿态,抓住了爱德华的衣袖。爱德华这次总算将琳达扶起来,带她离开了餐厅。

没过多久,爱德华一个人又回来了。

"她睡着了。待会儿请你去看看她的状况。我开了空调,应该暂时不必担心会有冻死的危险。"

"好。"

"还有……该怎么办呢?"

爱德华看向克里斯的尸体。威廉的心脏仿佛被人抓住般缩了一下。

"等血液凝固再说吧……在这么冷的情况下,用水清理地板也很辛苦。"

威廉曾听说,一旦温度降低,血液中酶的活性也会跟着降低,导致血液难以凝固。或许至少应该放到早上。

更何况——自己亲手射杀了这个十多年的同伴。这种罪恶感,即使是正当防卫也绝对不会消失。现在的威廉,没有面对这个事实的精力与体力。或许是察觉到了威廉的心情,爱德华只说了句"我知道了"。

就这样,寂静的时间流逝。

手表的指针已经到了深夜时分,风雪的吼叫仍未平息,疲倦涌上威廉的全身。虽然想抛下一切去睡一觉，但自己连从椅子上起身的劲都提不起来。

"为什么……"好不容易出口的，是与刚才相似的话语，"为什么，克里斯他……"

"我不知道。关于这一点，反倒是你应该更清楚，不是吗——包括'瑞贝卡'的事在内。"

与往常一样平板的台词。爱德华的声音中，已经连责难威廉的情绪都消失了。

"说得也是。"

凶手已然毙命，眼下的威胁暂时离去，现在即使再坦白他们的过去也没意义。然而，射杀克里斯的子弹，似乎同时破坏了沉睡在自己心中那份罪孽的封印。威廉挤出力气，站起身来。

"换个地方吧……这里好冷。"

※

"事情发生于我们还在费弗教授研究室的时候。"回到三号房，在椅子上坐下后，威廉开始说起过往的事，"当时费弗教授的专业，是研究、开发非动力式升力产生型航空器——也就是所谓的滑翔机、气球、飞船这类不靠发动机产生浮力的飞行物体。

"只不过，这些'软弱的类飞机物体'明显偏离了当时航空工程的主流。因为兴趣而进入教授研究室的人，大概只有西蒙那种真正的飞船爱好者吧。"

威廉提到了研究室学弟的名字。西蒙——他现在人在哪里，在做什么呢？

"你的意思是，他和其他人不一样？"

"克里斯和琳达与其说喜欢学问，不如说是不想进入社会……只是选了个看起来能玩儿久一点的地方，这是我后来听说的。

"内维尔和我，则是因为没能进第一志愿的研究室。虽然如此，内维尔没有一句怨言就投身于研究当中。但我说句实话，只觉得痛苦不已。

"就这样，某一天，她——瑞贝卡出现在研究室。"

初次见到她的情景，至今仍记忆鲜明。圆眼镜、绑成两条辫子的黑发，兼具理性与温柔的笑脸——这一切，都已成了遥远的回忆。

"这个叫瑞贝卡的人，不是费弗研究室的成员吗？"

"完全不是。我们是在工学院航空工程系制造飞船，她则是在理学院化学系研究氮化系强化塑胶的合成。虽然同是'A州立大学的理工科'，但在专业领域方向上，即使不至于相差一百八十度，大概也差个九十度直角吧。"

爱德华的双眼微微睁大。

"氮化系强化塑胶？"

"就跟你察觉的一样……真空气囊，其实并不是由费弗研究室单独创造出来的，而是和瑞贝卡共同研究的产物。"

出口的话语之流畅，令威廉自己都难掩惊讶。

过去一直隐瞒的真相，就这么干脆地说出了口。而且都到了这时，自己还毫不犹豫地在这段自白之中混进了部分虚构内容。

共同研究？连威廉自己听了都要哑然失笑。无论是真空气囊材料的合成法、用它代替飞船气囊的点子，还是将材料塑造成气囊形状的方法，全都出自瑞贝卡。自己和同伴们不过是将这些想法进行实践，并做了点小小的改良罢了。

"瑞贝卡和西蒙就读于同一所高中。西蒙是靠这一层关系把她带过来的。

"虽说是共同研究,但我自己也只在每月的几次例会上见得到她……尽管如此,她的为人依旧让大家没花多少时间就变得亲近起来。"

"意思是说,你们在私底下也有很深入的往来?"

"这倒不是。至少我没有……呃,研究室联谊露营时邀她参加,也就是这种程度而已。据我所知,瑞贝卡并未和费弗研究室的任何人交往。不过——"

"'也许有暗恋瑞贝卡的人',是吗?"

"现在回想起来是这样。虽然我没想过那人会是克里斯。"

"那你呢?"

"咦?"

"你自己爱上瑞贝卡了吗?"爱德华直直盯着威廉。

原先尘封在心底的感情,随着剧烈的痛楚渗出。"这种事……不应该当面问的。"威廉别开目光,仅仅如此回应。

"总而言之,我们一直与瑞贝卡在研究上进行交流,真空气囊也总算出现了完成的希望——就在这时,没想到瑞贝卡却结束了自己的生命。"

大概是内容出乎意料的缘故,爱德华倒抽了一口气。

"自杀?"

"你也知道吧?我们的工厂,地点就在那里。"

那个从他的学生时代一直到最近都用来试做大型素体的地方,在威廉脑中浮现。

"当我听到消息赶往现场时,除了教授以外的四人已经聚集在那里——瑞贝卡她……就在氰化氢的气瓶旁边,头上套着大塑胶袋,嘴巴咬着从气瓶伸出来的管子断了气。"

那一刻的情景鲜明地复苏，让威廉忍不住用手按住胸口。

"为什么……"

"真相到底如何，我不知道……我说的只是单纯的臆测。刚刚说瑞贝卡'自杀'，实际上也只是'大概是那样'而已。发现她时，她的头发与衣服凌乱得不自然，简直就像——被人侵犯过一样。"

爱德华缺乏感情的脸，唯独在这时紧绷了起来。

"强奸？！"

"至少在看得见的范围内，没有严重的外伤。"就连威廉自己都觉得声音欠缺情感，"之所以会认为瑞贝卡是自己咬住管子转开气瓶，也是因为看到的情况才这样推测。当时的我们，在追究瑞贝卡的死因前还有更迫切的问题。知道那个地方的人，从以前到现在都只有我们。如果瑞贝卡在那里被发现，警察必然会怀疑到我们身上。所以，我们将尸体搬到了别的地方。"

"别的地方？"

"大学的实验室——我们悄悄地将她搬到了她所念的理学院化学系实验室，布置成她好像是在实验中丧命的一样。"

爱德华的表情依旧僵硬，连一点声音都没出。

"话是这么说，但实际动手的人只有内维尔和克里斯。内维尔命令我们不准走漏半点风声，然后将瑞贝卡的遗体放进了汽车后备厢，和克里斯一起离开。至于他们俩到底做了什么，我们则是靠隔天的新闻才得知。"

只要亮出通行证，汽车就能轻易通过大学正门。当时是黄昏，化学系大楼里似乎只剩下几个学生。内维尔与克里斯没有让人发现，大概是从后门将瑞贝卡搬了进去，进行了现场伪装。实验室的钥匙，多半是从瑞贝卡所属的研究室弄来的吧。研究室的钥匙应该在瑞贝卡身上才对。

也不知是伪装得太巧妙，还是运气太好，最终瑞贝卡的死亡就这样被当成了意外处理。尽管警方一度找西蒙问话，但是到头来终究还是没怀疑到费弗研究室这边。

"在那之后，大致就和你想的一样。我们以瑞贝卡留下的技术资料与样本为基础，完成了真空气囊……虽然因为没有她而导致研究进度严重落后，直到两年后才做出像样的成果。"

入手催化剂的事相对简单，所以还好说。但是关键的素体合成，以及从素体制造出气囊的实际步骤，至少威廉完全不知该从何下手。虽然曾听瑞贝卡说过这些点子，但是对于不熟悉材料合成的费弗研究室的成员来说，理解她的想法比解读黏土板上的古代文字还要困难。

最终，"解读"工作由内维尔与西蒙负责，两人在苦战一番之后好不容易定下了流程。克里斯负责真空气囊的试做，威廉则负责设计飞船的整体结构。琳达虽然就像要逃避瑞贝卡的死一般拼命地玩儿，但在忙碌时还是会给大家帮忙。

"所以说这个也是那些技术资料的一部分？"

爱德华再度摊开方才在餐厅亮出来的笔记复印件。

"不。"威廉摇头，"内维尔与克里斯只找到了一本新买的笔记本，在哪里都没有找到关键的写有详细合成条件的旧笔记。在把瑞贝卡伪装成自杀前，他们两人曾用瑞贝卡的钥匙溜进她家里，但也没找到类似的笔记——就是这么回事。"

恐怕瑞贝卡在轻生之前，已经在整理私人物品时将笔记处理掉了吧。就算她交给了恋人或家人，外行人也不可能理解其中的内容——我们一直抱着这种名为乐观的愿望。

现在回想起来，或许那时，笔记就已经落在克里斯手中了。

"费弗教授都做了些什么?"

"什么也没做。他是那种从来不替学生出钱,只会把成果夺走的人……不过嘛,就算学生只知道玩乐,他也不怎么啰唆,所以对琳达那种学生来说,或许是值得庆幸的。"

"关于瑞贝卡的事,教授……"

"内维尔应该告诉过他才对……然而,到头来教授还是选择将瑞贝卡的名字从自己的功绩簿上抹消。毕竟他只有在这方面很灵光。"

这是谎言。

会选择抹去瑞贝卡的名字,绝对不是教授一个人的决定。

一旦真空气囊真正的发明者公之于世,就等于让她的死受到世人的关注。这么一来,好不容易被当成意外处理的瑞贝卡之死,可能会再度被警方挖出来。

我们是为了保全自己,才欢喜地接受了教授的神谕。

爱德华不发一语,只是盯着威廉。他眼中浮现的究竟是轻蔑、同情、怀疑,还是其他情感,威廉无法判断。

过了一会儿,爱德华开口。

"你知道是谁对瑞贝卡下的手吗?"

"不知道。"威廉忍耐着被掏挖内脏一般的感觉说道,"在我们之间……追究这件事成了禁忌。毕竟打从将瑞贝卡埋葬在黑暗中那一刻——不,在默认对瑞贝卡的死进行伪装的那一刻,我们就等于是共犯了。说到底,瑞贝卡是否真的在那个地方被我们之中的谁玷污,也没人能确定。我们只是搬运了瑞贝卡,选择死亡是她自己的意志——我们以此为借口,始终不肯去面对自己犯下的罪行。做不到这一点的——在我们之中,大概只有克里斯吧。"

这是谎言。

"始终不肯去面对"？说得真好听。你在说谎。都到了这个时候，你还在逃避自己的罪行，不是吗？

爱德华的眼神没变。威廉承受不了他目光中的沉重压力，低下头去。在嵌死的窗户外，风发出怨念般的叫喊。

"这样啊。"

也不知道过了多久，爱德华只说了一句话。这句话既不是非难也不是逼迫，带有奇妙的分量。

"你不责备我……责备我们吗？"

"即使在这里问你们的罪，也不会让现在的情况好转。不，不如说我的想法发生了改变。我原本乐观地认为只需要等待救援就好，但情况或许比我原先想得更严重。"

——为什么？

"本来我们认为，在最快的情况下，后天空军就会来救援，对吧。可是请你回想一下，负责和军方联络的人是谁？"

——克里斯，联络赞助人了吗？

一股冲击贯穿了威廉的脑袋。难道说——

"如果就像你所说，克里斯的暴行是对瑞贝卡一事的复仇，那么成功之后克里斯打算怎么办呢？你认为他会一个人活下来等待军方救援吗？真要说起来，你觉得凶手会特意做出'可能导致途中被人打扰'的愚蠢行为吗？"

克里斯根本没联络军方！

也就是说——对于他们到底被卷入了怎样的灾难，军方完全不知情？

"不……不，等等。就算真的是这样，我们应该把航行测试计划书提交给了军方才对。ＵＦＡ也知道航行测试的日程。如果我们没回去，最慢也该在几天后前来救援——"

"你凭什么肯定那份测试计划书跟交给我们的完全一样呢？"

威廉哑口无言。

他感到脚下的地板在崩塌，自己就此跌入了深渊。

"制作测试计划书的是内维尔与克里斯。如果克里斯瞒着内维尔，窜改交给高层与军方的测试计划书，换成完全不一样的日程，完全不一样的地点——公司与军方在几天内派出救援赶来这里的可能性，将会变得微乎其微。"

"爱德华！"威廉不禁站起身来，"喂，现在不是优哉游哉的时候了。不管是军方或哪里，立刻用无线电联络！"

"这办不到。"爱德华一边摇摇头一边把小型无线电对讲机递给威廉，"发给我们的这个，似乎只能收发特定频率的信息……我曾试着打开，但完全没收到任何外界的通信联络。"

威廉抓起自己的小型无线对讲机。他把电源打开，左右调整位于中央的旋钮，扩音器只传出刺耳的杂音。不管怎么转动，都听不到人声。

他感到全身僵硬。

在航行测试中，威廉曾有一次为了打发时间改变频率，想试试看能不能收听广播。虽然不出所料地什么也没听到，但那时的他单纯只觉得，大概是军用品被设置成了无法进入民间广播频段的模式。

然而，如果那不是什么设置，而是对硬件施加改造后的结果；如果是为了不让他们与外界通信，把能收发信息的频段调到连军用回路都不在范围之内的话……

依据内维尔的说明，无线电的通信范围是一百公里。H山脉周边的聚落也不多。究竟会有多少好事者，会故意调到这种远离民用范围的频段呢？

救援不会来了。从这里也无法呼救。剩下的希望，就只有等待路过的人发现。

不过，这里是天候恶劣的冬季雪山，位置又很偏，威廉实在不觉得会有登山客来到这里。其他水母船也不可能冒着危险飞过风雪大作的天空。

还是说，要等其他航空器飞过？但客机的航线高达一万两千米，远在云层之上。即使天气晴朗，四十米见方的水母船看起来也只像一颗豆子。真要说起来，就连这里有没有在航空器的航线上都很难讲。

"试试克里斯的无线电对讲机吧。"或许是读出了威廉的不安，爱德华发出生硬的声音，"如果改造无线电的人是克里斯，他有可能为了以防万一，没有对自己的对讲机动手脚。只要用他那台对讲机和空军取得联系——"

※

爱德华的期望，轻而易举地破灭了。

放在克里斯遗体上衣里的无线对讲机，被霰弹枪的子弹击中，连电源都开不了。

第10章 地面（V）
一九八三年二月十五日 13：30——

"听好了，无论真相如何，可能性只会有两种。

"凶手就在测试机里找到的六人之中。

"凶手不在测试机里找到的六人之中。"

在会议室的黑板前，玛利亚用力甩了甩她的红发。

听众很少，包括涟在内共有三人，每个人桌上都有数摞搜查资料。其他搜查人员都被派去搜索费弗教授等人的家，或是收集航行测试路线周边的目击情报了。

"因为是二选一，所以应该先考虑这两个中哪个才是正确的。谁想说说自己的意见吗？"

论点单纯明快，符合玛利亚的风格。对此真心感到赞叹的涟率先开口。

"倒也算不上什么意见，既然验尸结果为全员他杀，我想不可能会是前者。"

"我的意思就是，要重新确认一次这是不是真的。鲍勃，抱歉，能不能请你再说明一次验尸结果？"

"小事一桩。"鲍勃·杰拉德验尸官站起身来，"首先是菲利普·费弗教授。他的胃里验出了氰化钠，没有其他可见外伤，应该可以判定死于氰化物中毒。"

"如果只是吃下毒药，不见得是他杀吧？"

"哎，先别急。问题在于尸体的姿势。他虽然全身焦黑，但双腿直直并拢，双手也放在肚子上。如果是最后一个死的，姿势不可能保持得这么漂亮，多少应该看得出痛苦的样子才对。"

也就是说，教授死后有人整理了他的遗体，当时仍有其他生存者。

"当然，严格说来也不是没有丢下学生自杀的可能性，但是从状况看来恐怕这样的可能性很小，判断为有人对他下毒更加自然。

"下一个，内维尔·克劳福德。从他的胃里也检出了毒物，是亚砷酸。没有外伤，几乎和费弗教授一样。"

"判定为他杀的根据也和教授一样吗？"

"对，这家伙躺下的姿势也很漂亮。大概是别人把他放倒的吧。

"第三人，这具尸体是女性。身份尚待确认，不过教授他们之中明显是女性的只有琳达·汉密尔顿一个，身高也一致，几乎能肯定就是她。她是背后被人刺了一刀——漂亮地刺中心脏——应该是当场死亡。从位置与方向来看也不可能是她自己刺的。

"然后，接下来是身份还无法确认的——第四人，这家伙正面挨了一发霰弹枪。子弹陷进了他的上半身。"

"会不会这家伙才是自杀的那个？"

"问题在于中弹的位置。从子弹扩散的范围推测，是从距离两米处射击的。就算把手伸出去，这个距离也无法是自己扣下的扳机。

"第五人——头和手脚被砍断。根本不用考虑什么自杀。"

"直接的死因是什么？"

"不知道。没验出毒，也没发现其他明显外伤。嗯……应该是绞杀吧。

"最后，第六人。他的后脑勺上清楚地留下了殴打的痕迹，而且是被狠狠地重击了五六下，就连骨头都凹陷了。"

"自己敲……不可能吧。"玛利亚摸了摸后脑勺，"全员的死亡推定时间呢？"

"在验尸报告中写了，但老实说不太可靠。毕竟尸体不仅被烧成焦炭，还在雪山里被冻得很彻底。能够确定的，就只有在解剖时每个人至少都已经死了一天以上。"

无法找出被杀的顺序吗？

"六具尸体分别是在吊舱的什么地方发现的？"

"费弗教授与内维尔·克劳福德在二号房——那里似乎成了放遗体的地方——琳达·汉密尔顿在厨房入口，被人殴打致死的在走廊，另外两具则是在餐厅。"

"那么，某人在临死前反杀凶手的可能性呢？如果是这样，所有人看起来都会是他杀了吧？照刚才说的，尸体的发现地点似乎也是两人一组——"

"谁能反击？遗体被好好整理的两名，背后中刀当场死亡的一名，在两米外中枪的一名，头和四肢被砍下的一名，后脑勺被殴打到骨头凹陷的一名……我实在不觉得存在能够反击凶手的情况。"

对于涟的反驳，上司皱起眉，挠了挠头发。

凶手自杀说与反杀说都不能采用。只能判断六人死后还有其他生还者……可是——

"不，请等一下。"约翰·尼森空军少校有些困惑地举起手，"验尸结果姑且可以接受，可是，第七人躲在测试机里这个结论，我难以赞同。"

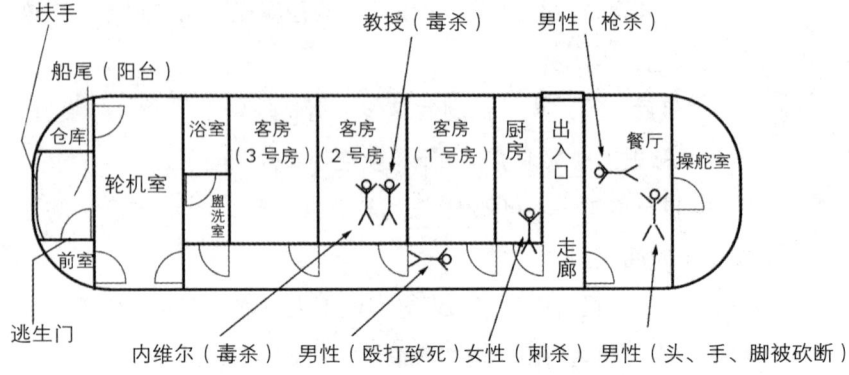

控制层平面图

"哦？"

鲍勃饶有兴味地看向这个青年军人。

"让我听听理由。"

"因为在密闭空间中多达六人的情况下，第七人要连续数日潜伏在舱内完全不被发现，几乎不可能做到。

"比方说进食，或者肮脏一点的话题，排泄物处理。无论多么熟练的间谍，只要是人类就无法避免这些行为。再怎么小心翼翼地对这些行为的痕迹收拾善后，仍然会留下气息。如果是户外还可以蒙混过关，但这次是在室内，还是在水母船狭窄的舱内。如果多达六人在里面度过数天，实在不太可能完全没人注意到此人的气息。

"真要说起来，船内存在第七人，等于凶手不在费弗教授他们之中——换一种说法，这表示全员都是当年瑞贝卡·弗登命案的共犯。在这种状况下同伴依序遭到杀害，剩下的人不可能没考虑到第七人的存在。大家至少会一起巡视吊舱才对。"

"嗯……以军人而言，你这家伙的脑袋转得还挺快啊。怎么样，要不要改行当警察，取代那边的红毛？"

"你这话是什么意思啊，鲍勃！话说回来，约翰，为什么你会在这种地方？"

"是你叫我来的吧，玛利亚·索尔兹伯里警部。"

玛利亚"嗯"了一声，苦着一张脸。

继玛利亚和约翰算是半私下交易地决定互换情报之后，已经过了三天。在接到全员都是他杀的通报后，案件调查的主体完全变成了警方。玛利亚用"说明回收机体的相关情形"以及"听取航空器专家的意见"这两个名义，大胆地将不是警官的约翰拉进了调查会议。

得到玛利亚承诺"会提供所有搜查情报"的空军少校，大概也没料到会落得要在搜查会议中开动脑筋当作回报的下场，此刻依旧难掩脸上的困惑。

其实，本来调查会议应该在其他调查人员到齐的情况下另行召开。玛利亚他们现在召开的会议，应该算是只有最低限度的成员参加的，讨论内容包含了不能公开的军事机密情报的内部调查会议。

当然，局长不知道这件事，全都是玛利亚的自作主张。目中无人也该有个限度啊。

"不过，少校阁下，你说的虽然也有道理，可是从刚刚说明的验尸结果来看，无论有多不合理，都该偏向有第七人存在不是吗？不是'不可能没人发现'，而是'不知道为什么，他成功地没让别人发现'。"

"水母船的吊舱里没有什么隐藏房间。航空器的制造，是在多人合作下共同完成的，而且在工程中会一再确认具体尺寸，不可能造出什么画面上没有的隐藏房间。照理说费弗教授他们也熟知水母船的构造，很难想象凶手能完全不让他们发现。

"而第一个问题，就是无法解释入侵路线。第七人究竟是什么时候、用什么方法混进船内的呢？"

"关于这一点……其余细节暂且不论，对入侵路线，我倒是有一个假设。"

"假设？"

"威胁呀。"

看见约翰瞪大眼睛，涟说出"那两张复印件或许是用来威胁"的推论。

"至于这个威胁有何意图，在昨天谈到时还不清楚。然而，如果凶手有可能是外部的人，事情又另当别论。

"换句话说——凶手有可能利用瑞贝卡的笔记，让教授他们之中的某人成为自己的帮手。"

约翰倒抽一口气。

"如果内部有人协助，就能在某个检查点找机会将凶手带上飞船；进一步来说，也可以帮助他在入侵后躲藏。"

青年军人盘起双臂，沉默一阵子后说了声"不"并摇头。

"这样不自然，九条刑警。你认为这名帮手会让入侵者乱来吗？

"对于入侵者来说，帮手是猎物之一。但从帮手的角度来看，为了保住他们几人的地位与生命，入侵者也是必须除掉的猎物。更何况航行测试的行程多半在空中，入侵者自己也相当于处于孤立无援的状态。帮手首先想的不会是服从入侵者的命令，而是反过来对付跳进牢笼里的入侵者吧？这么一来，反倒不会出现多人死亡的结果。"

"这一点我认同。刚刚的假设不过是提醒一下，入侵船内在物理上并非不可能。"

如果真像鲍勃所说，有第七人存在，就会产生一些不合理的地方。虽说真相往往不见得合理，但涟仍然无法接受。

"哎，我想问个问题。"难得保持沉默的玛利亚突然开口，"刚才你们一直讲第七人第七人，可是这个第七人具体来说究竟是谁？瑞贝卡的恋人，还是间谍？"

涟他们面面相觑。

"这……间谍的可能性还是得考虑进去吧？如果间谍弄到了瑞贝卡的笔记，就跟那边的黑头发讲的一样，要溜进船内也——"

"不对哦。"玛利亚一脚踢开鲍勃的回答，"如果是约翰口中的敌国间谍得到瑞贝卡的笔记，为什么非杀教授他们不可？

"对于取得瑞贝卡笔记的人来说，费弗教授他们就等于会生金蛋的鸡，杀掉他们根本没有意义，反倒该让他们继续活着，好长期榨取金钱与情报，这样的收获会大上好几倍才对。

"真要说起来，瑞贝卡的笔记就是机密情报。如果想取得水母船的关键技术，只要解读手上的笔记不就好了吗？这么一来就更没有把教授他们赶到那种地方杀害的理由了。

"尽管如此，凶手依旧夺走了教授他们的性命。而且手法几乎全都不同，说明是把他们一个一个地杀掉的，对吧？而且还是在封闭的雪山之中……简直是疯了，这是哪儿来的推理小说情节啊。如果不是对教授他们怀有相当的恨意，一般人根本连想都想不到。"

涟等人再度面面相觑。确实，若要当成间谍所为，疑点太多了。

可是——

"凶手是瑞贝卡的恋人,或者类似身份的人,这种说法我认为可能性颇高。从这种观点出发,有什么可疑的人选吗?"

"首先要提的就是米海尔·邓里维,以及当时在梅根研究室的学生们。他们是瑞贝卡那场意外的第一发现人,和瑞贝卡最为亲近,也最容易察觉费弗教授等人的罪行。

"而且对他们而言,费弗教授等人不仅害死了瑞贝卡,更是毁掉梅根教授与自己所属的研究室的仇人。要比费弗教授那群人先取得瑞贝卡的笔记,对他们来说应该也不难……不过——"

"有什么问题吗?"

"他们有不在场证明。首先是米海尔·邓里维,已经确认他从测试飞行开始到发现出事为止,都待在 A 州立大学讲课或对学生进行指导。而除了他以外的人——我们从邓里维先生那里取得了名单——全都已离开 A 州,分散到国内外各地。虽然幸运地确认到了所有人的消息,但从现场与他们居住地之间的距离来看,他们是否有充裕的时间能在 A 州 H 山脉杀害数人,是个很大的问题。"

"这样啊。"约翰皱起眉头,"那么,瑞贝卡的其他朋友呢?"

"据 P 市警局的布洛斯刑警的消息,校内似乎没有其他和她来往密切的人。就算是在校外,能算得上亲近的也只有高中时代的同学或打工处的同事,而且私底下好像都没发展成亲密关系。"

即使他们其中的某人得到了瑞贝卡的笔记,并能将她的研究内容与费弗教授的真空气囊联系起来,是否真的会产生对教授他们的强烈杀意也很难说。

"这么一来,只剩她的亲人了?"

"瑞贝卡的祖父在她进大学之前就已去世。双亲也和内维尔·克劳福德在笔记里写的一样,早在六年前便已亡故。她也没有兄弟姐妹或来往密切的亲戚。"

"简单来说,就是找不到合适的嫌疑人,对吧。"

越是思考,越是找不到适合当"第七人"的人物……而且——

"说起来,那个'第七人'杀光教授他们之后,又消失到哪里去了?凭一己之力下山?从那个被山崖包围、满是积雪的洼地走出来?简直就是自杀行为。"

在场全员都已经见过测试机坠落的现场。那里是连登山路都看不见的雪山深处,洼地四周都是峭壁。很显然,即使是准备周全的熟练登山客,要从那个地方回到山下也很不容易。就算能够下山,所需时间也不会只有一两天。这段时间的不在场证明,这个人打算怎么准备?

"不,慢着。这么一来,不就会得到'根本没有第七人'的结论吗?"

"总之,我们先来整理一下到目前为止的论点吧。"

涟拿起粉笔在黑板上书写起来。

● 假设1:凶手就在六人之中
【疑点】与验尸结果矛盾(全员他杀)
● 假设2-1:凶手不在六人之中——外来间谍
【疑点】入侵路线、犯案后的去向(自己下山?→很危险)
● 假设2-2:凶手不在六人之中——复仇者
【疑点】入侵路线、犯案后的去向、嫌疑人(缺乏可能的人选)

"呃……"玛利亚像在盯着数学考试题一样,"简单来说,只有六人中有人并非他杀,或者搞清楚第七人是怎么躲进测试机,又消失到了哪里,那么抛开动机不提,才可能得到物理性的解释,是这样吧?"

"是这样。首先是前者,毒杀的两名与分尸的一名,显然在死后被人动过。所以不管死因为何,都该先将他们排除。

"剩下就是刺杀、枪杀、殴打致死各一名——鲍勃,这些人的死因,真的不可能被自杀者伪装成他杀吗?"

"办不到……虽然想这样说,但状况演变成这样,也不能完全不考虑。我再试着重新检查一遍遗体吧。"

麻烦你了——涟低下头。

"那么,关于前者,我们再等等专家的意见。在此我想先考虑后者,也就是第七人的入侵路线,以及犯案后的去向。"

"第七人的存在,就物理上来说绝非不可能;只不过,关于入侵路线与犯案后的去向,有许多不合理之处……是吧?"约翰看着黑板,"反过来说,只要能替这些不合理找到解释,就什么问题都没有了。"

"要怎么溜进测试机,又消失到哪里呢?要怎么……"

玛利亚口中念念有词,背靠在折叠椅上,胸前那形状漂亮的隆起把上衣撑起。约翰轻咳一声别开目光。

窗外,遥远的蓝天里有一个飘浮的白点,是水母船。尽管费弗教授等人的坠毁事故仍在整个U国的新闻节目上闹得沸沸扬扬,但天空另一边的水母却毫不在意下界的骚乱,只是静静地浮游在风中。

玛利亚大概也注意到了水母船,目光不自觉地飘向窗户——突然,她就像挨了一记透明人的头槌一般,上半身整个弹起。

"水母船……"她发出喃喃的低语,"对啊,水母船。我是笨蛋吗?!为什么没注意到啊!"

"玛利亚,怎么了?"

"凶手也是利用了水母船啊,用除了教授他们那台测试机之外的另一艘!在听到教授他们被杀的地点是个连登山路都没有的雪山深处时,我们下意识地以为凶手也是和教授他们一起在测试机上。不过仔细一想,凶手根本不需要从一开始就紧跟着教授他们,只要用其他水母船前往教授等人的迫降地点就好了啊!"

面对难掩兴奋的玛利亚,涟、鲍勃、约翰以短暂的沉默回应。

"索尔兹伯里警部,你想表达的意思,是凶手搭乘另一艘水母船跟踪了教授他们的测试机?

"这就无法理解了。要是两艘水母船并排飞行,会增加被目击者记住的危险,也有被教授他们发现的可能啊。"

"完全不需要跟踪。教授他们为什么会迫降在那里?是因为自动航行系统被窜改了,对吧?将教授他们拖进那片洼地的就是凶手啊。所以凶手完全不需要跟在后面,只要在关键时刻直接前往现场不就好了吗?

"更何况如果是这样,凶手离开雪原的方法也能得到简单的解释。只要搭乘来时那艘水母船离开就好了啊。这不就一举两得了吗!"

玛利亚露出灿烂的笑容——可是,三人的反应又让她脸上出现阴霾。

"干吗,有意见吗?"

"玛利亚,你没注意到自己这番推理的矛盾之处吗?如果你的想法没错,凶手必须是能够窜改自动航行系统,又能将那台电脑格式化的人。这几乎等于凶手就在技术开发部里,哪有让凶手搭乘其他水母船的可能啊？"

"索尔兹伯里警部，我承认你的想象力很丰富，但是不是应该再慎重一点？先前也说过，在教授他们失去联络前后的那几天，H山脉的周边天候十分恶劣，凶手的水母船也难以避免强风侵袭。如果就像你说的，凶手也使用了水母船，那么凶手在作案期间该怎么停靠自己的水母船，又要停靠在哪里？

"光凭嫌犯一个人实在不可能做到。就算退一百步当作可能，如果嫌犯的作案现场被教授他们看到，又该怎么办？"

"就算嫌犯通过威胁教授他们之中的某人而躲进吊舱，在那种地方也会弄得满身是雪吧。我可不觉得其他人会注意不到雪的痕迹。"

"啊啊真是的！！"玛利亚甩乱了那头红毛，"你们到底想怎么样！话又说回来，涟，说格式化电脑是为了清除自动航行程序的人，不是你吗！"

"如果没出现'六人全为他杀'这种验尸结果，我大概到现在还是会这么想。可是状况不一样了。必须从头将各种疑点检讨一遍才行，包括弄清楚这些疑点是否真的与事件有关。"

"关于那个自动航行系统，要窜改程序真的有那么简单吗？"

"根据留在技术开发部办公室的资料，系统本身并非嵌入式，而是在既存的机体操纵杆上追加了自动操作单元与控制单元，也就是所谓的外接型。大概是考虑到要在已经卖出去的机体上也进行追加吧。他们曾把几组样品上交给技术开发部用作测试。

"然后关于程序的部分，则是先在其他电脑上制作好，再用控制单元里的硬盘读取。说穿了，只要有电脑和磁盘，就原理来说谁都有能力窜改。"

鲍勃发出奇妙的感叹声，也不知道他有没有理解。

"说到疑点……"约翰回头指向手边一份文件——是教授等人向ＵＦＡ公司提出的航行测试计划书，"这些内容是真的吗？日程与航线都和交给我们的不一样啊。"

"这点我们也很想问。"

涟重新翻开约翰提供的那份交给空军的试验计划书。

——"时间：1983年2月9日—12日"。

而交给ＵＦＡ公司的测试计划书上的日期则是"6日—9日"。提交给空军的版本晚了三天。在航线方面，相较于ＵＦＡ版偏向西海岸，空军版则涉及了靠近东海岸的几个州。

"我们会让其他搜查员前往计划书上的检查点询问，应该不用多久就能得到证实。我猜最终得到的证言应该会与ＵＦＡ版本一致吧。"

约翰用低沉的声音嘀咕着"可是，为什么"，困惑地皱起眉头。

这么一来，就能明白空军和警察对于日程认知有差异的理由。可是为什么两份测试计划书会产生差异，仍旧是个谜。就两者的提交时间来说，空军版本早了约一周。如果说是突然产生了变化，应该还有时间提交修正版才对。

玛利亚一脸不高兴地把手肘撑在桌上，将测试计划书拿到眼前，突然咕哝了一句——

"潜逃？"

"啊？"

"隐形型水母船的开发，也许最终还是以失败而告终——这是你说的吧，涟？如果这是真的，而且未来也没有成功的指望……就算想抛下一切逃走也不足为奇，不是吗？"

"所以，他们故意提供错误的日程与航线让空军大意，好趁着航行测试逃到国外？你以为他们是向讨债人虚报还款日之后躲起来的欠债的人啊？又不是你！"

"我从出生到现在从来没欠过钱！"

"不。这虽然是突发奇想，但绝非不可能。"

意外地，空军少校这次开口并不是反驳。

"在那种状况下，如果R国与费弗教授等人接触，试图挖角——教授他们有充分的理由接受。

"如果教授他们邀请了那边的人上船帮忙带路，那么关于'第七人'的入侵与潜伏的各种问题就解决了。可以假设在这种情况下出了某种突发状况，酿成惨剧，而唯一生还的人则因陷入错乱状态之类的原因消失在雪山之中。

"可是索尔兹伯里警部，我们并没有拿'如果开发不成功，你们的命也会不保'来威胁教授他们。在研究开发过程中，失败的情况占了大多数，这点我也很清楚。就算教授他们的努力没有取得成果，我们也没打算责怪他们。"

"就算你们没有这个打算，但教授他们会怎么想又另当别论了吧？而且你回想一下，教授他们已经遭到恐吓了啊——被那本瑞贝卡的笔记。想来，教授他们的走投无路感应该相当严重才对。"

涟回想起堆满罐子和酒瓶的部长室。根据在ＵＦＡ公司内外的问话结果，费弗教授从去年夏天左右便不再现身于公共场合。平常除了通勤之外——似乎是让部下担任司机——也都窝在自宅与职场，平常没什么人看到他。然而，从少数的证言与去医院看病的记录可以知道，教授最晚从去年年底就已开始酗酒。看样子可以判定，恐吓是从去年开始的。

"果然还是有笔记落入R国的可能性吗？那些人在背后用甜

言蜜语玩弄教授他们，试图把他们挖到自己的国家——"

"慢着慢着，我还有一点搞不懂。"鲍勃插嘴，"你们忘记被害人的死因了吗？有两个是毒杀呢。一定是有计划地犯案。至少不会是什么突发性状况。"

约翰回过神来似的重看了一遍文件，才像要感叹自己的大意一般抚额。

如果如他的推测所说，教授等人是接受了敌国的挖角，那么教授方与间谍方都没有事先计划杀人的理由。

每解决一个矛盾，都会产生一个新的疑问。涟感觉自己迷失在了永远不会放晴的浓雾里。

"稍微休息一下吧。"

玛利亚一边嚷嚷着"啊啊真是的"，一边倒在椅子上。她把腰向前滑，跷起双脚，裙子随之掀起。约翰一边咳嗽一边把脸转往玛利亚的反方向。

"怎么了，约翰，感冒了？可别传染给我哦。"

"索尔兹伯里警部，你是不是该学着稍微慎重一点儿？"

"哈？怎么，你还是想说我的假设只是突发奇想？"

"不，我不是这个意思——"

没有一个词比"旁若无人"更适合形容玛利亚·索尔兹伯里了。这不仅是指她言行上的霸道，也包括那身和她本人的社会地位完全不相称的服装。

在打听情报的这几天，尽管问话对象与路过的学生们都用难以言喻的表情盯着玛利亚毁灭性的穿着——特别是扣子没扣好的上衣胸口处——这位红发上司却一副完全没有注意到的样子。真会给人添麻烦。

根据以上的讨论，他们确认了今后搜查的补充方针——重新确认六人的死因，调查所有民用水母船持有者的动向，等等——就在此时，有人敲响了会议室的门。

涟一开门，就看见同事站在外头。

"感觉怎么样，女王陛下的侍卫？"

"真希望能领特别津贴。话说回来，什么事？"

搜查员神情恢复严肃，以有些僵硬的声音说出来意。涟向他道谢，回头呼唤上司。

"玛利亚，会议中断，有工作——费弗教授的别墅被烧了个精光。"

幕间（V）

随着和瑞贝卡相处的日子不断累积，我内心那说不出口的苦楚也日益强烈，就在这时，养父母的结婚纪念日到了。

我不知道该选什么礼物，也懒得为此烦恼，便在前一天到瑞贝卡的模型店随便选了点东西，请站在柜台的她帮忙包起来。

——是给女朋友的？

她好奇地问道。我一边感到胸口隐隐作痛，一边回问"会有女生喜欢收到这种东西吗"。瑞贝卡有些疑惑地歪着头。

——是吗？我就会很高兴呀？飞船模型多帅气，多好啊。

"所以说，并不是……"就在我想订正她的误会时——

她落在镜框上的刘海……

她平滑的鼻梁、桃色的嘴唇——她的一切，突然变得比往常更加耀眼。

我就像被一股涌起的冲动驱使一般，吐出另一句话。

——既然如此，这个就给你吧。

瑞贝卡不断眨眼。

——可是，今天不是我的生日啊？

她以和刚才一样的动作继续包装。一股莫名其妙的焦躁贯穿我的身体。

——那么，如果是你的生日的话，你会收下吗？

她惊讶地抬起头。

漫长的间隔。应该是我的错觉吧。她的脸颊似乎染上了一层薄薄的红晕。

过了一会儿……

——嗯，可以哦。真期待那天的到来。

在点头的同时，她展露出柔和的微笑。那是我见过的最为闪耀动人的笑脸。

我们将生日告诉了彼此。这是我第一次知道她的私人情报。

我的生日和养父母的结婚纪念日相近，正好就在一周后。得好好想一想才行呢——她露出了最棒的笑容，承诺要送我生日礼物。

※

然而，这个约定没有实现。

一周后，我满心雀跃地前往模型店，却没看见她的身影。

而且，从此以后，我再也没有见过瑞贝卡。

第 11 章 水母船（Ⅵ）
一九八三年二月九日 01：10—

怎么会？

用被子盖住头的威廉，无法抑制身体的颤抖。

已过凌晨一点，身体与精神的疲劳超出了极限，但是，那折磨全身的寒意，以及精神上混乱与不安的旋涡，不肯让他沉睡。

教授遭到毒杀，自动航行系统程序失控，众人受困雪山，内维尔惨遭毒手，克里斯试图杀掉他们……而且，自己还亲手射杀了克里斯……现在也不知道救援会何时到来。

直到一天前，他都没想过自己会遇上这种事。

在得知克里斯的无线对讲机坏了之后，威廉与爱德华将如婴儿般熟睡的琳达留在床上，一起调查了克里斯的行李。他们怀着希望，猜测克里斯既然改写了自动航行程序，也许会备份用于复原的磁盘。

然而，在克里斯的行李中没找到任何类似的东西。

（只能等待了。）爱德华挤出声音。（或许克里斯并没有对提交给公司与军方的测试计划书进行窜改。也可能有人把航行测试的日程告诉了家人或亲戚。还有救援赶来的可能性。所以，这件事要对琳达保密。）

威廉没精打采地从寝具的缝隙中望着笼罩客房的黑暗。

救援真的会来吗？是一天后、两天后……还是一周后、两周后？

食物与燃料撑得到那时候吗？他们真的能得救吗？

说到底，假设真的能得救——接下来又该怎么办？

自己已经吐露了过去的罪行，真的还有什么未来吗？

对于爱德华拿出的那份瑞贝卡的笔记复印件，威廉直到那一刻之前，都完全不知道有这回事。克里斯之后的暴行，再加上自己射杀对方所带来的冲击，使他直到刚刚都无法静下心来思考——

克里斯为什么会准备复印件，事到如今已经无关紧要。大概是复仇的一环吧。而费弗教授之所以会沉溺于酒精，如果是为了逃避恐惧，就很好理解。但问题不在这里。

那份复印件的正本——瑞贝卡的笔记在哪里？

刚才在调查克里斯的行李时，什么也没找到。换句话说，瑞贝卡的笔记，现在还保留在克里斯的家中某处。

一旦自己得救，杀人犯克里斯的家自然会遭到搜索，瑞贝卡的笔记必定会落入警方手里，他们的罪行也会暴露在光天化日之下。

即使得救，自己也没有什么未来可言。

该怎么办才好，该怎么办——

任由空洞思绪飘荡的威廉，隐约听到了门的声音。

远方传来沉重的机械驱动声，然后又消失了。

是爱德华吗……

琳达睡在一号房。爱德华不方便和她在同一间房休息，所以他为了顺便监视动力与燃料,将行李搬到了轮机室。

他的脚步声平静地从威廉这间客房前通过,远去。

他似乎是想换个地方睡。看来就算是爱德华,也很难在发动机运转声大作的轮机室睡觉。

他打算在哪里睡呢?操舵室?厨房?该不会想擅自吃光存粮吧。

威廉胡乱想着,逐渐失去了意识。

※

有声音……

是风的吼叫、呻吟声?

还是——

※

好冷。

当威廉再次睁开眼睛时,房间依旧深陷黑暗之中。

寒意已经化为痛楚,折磨着全身。他下意识地用冰冻的手抓住枕边的手表。模糊的视野里,指针与数字放出些许荧光。四点半——上床时已经过了凌晨一点,还没过多久。这段睡眠,到头来还是很难称得上熟睡。

威廉再度闭上眼。尽管意识模糊,睡魔却没有来访的意思。大量不安与恐惧的种子,正在挤爆威廉的心脏。

这时——

沉重的声音响起。

敲门声响了两次、三次，微微震撼威廉的鼓膜，然后停止。

什么情况？

他下了床，在寒冷中颤抖着将手伸向门旁的电灯开关——接着才注意到不对。

灯不亮。

不管按多少次开关，电灯都不亮。空调也在不知不觉间停了。

他顿时面无血色。

照理说，只要发动机还在运转就不会停电。是总开关跳闸了，还是电力系统出了问题？刚才的敲门声，应该是有人注意到了情况不对吧。威廉伸手摸向挂在上铺的防寒衣，拿下来披在身上。"怎么啦，爱德——"威廉打开门，话音瞬间中断。

一个人也没有。

刚才那个理应是来叫醒自己的人也不在。威廉眼里所见，只有被紧急照明灯微微照亮的走廊。

幻听？那个以为是敲门的声音，难道是自己听错了？

不，现在没空在意那种事。

这个吊舱一旦供电紧急停止，走廊、厨房、餐厅等公共空间便会点亮紧急照明。现在这些紧急照明亮着，就代表电力系统发生了异常状况。

威廉正准备直接前往轮机室——一个诡异的直觉，让他立刻停下脚步。

他将视线从轮机室的门上移开，转向背后。

在紧急照明灯的微弱光亮下，他看见两条腿横在过道上。

两只小脚裹在短袜中。那纤细的双腿显然有别于男性，小腿肚以下的部分，从比三间客房更靠近船头的位置——厨房门口伸到过道上。

这幅景象从映在威廉的视网膜上到成为具有意义的画面为止，花了十几秒的时间。

"琳……达？"威廉用颤抖的声音，问出愚蠢的问题，"喂……你怎么啦……没事吧？"

没有回应。

那双腿的主人没有要起身的意思。在摇晃的吊舱中，那双腿在微光下映出的模样，简直就像品位低下的现代美术作品。

琳达？！

威廉的心脏重重跳了一下。他仿佛受到驱使一般冲过去，探头看向厨房。

金发女子——琳达倒在地上。

她趴倒在地，背后插着一把刀。

"琳达？！"

怎么会——难道说？！

"琳达，喂，琳达，振作一点！"

怎么回事……这是怎么回事。开什么玩笑？！

威廉在琳达身旁蹲下，抓住她的肩膀，将她的身体转向侧面。她的头无力地垂下，恐惧与惊愕交织的表情，布满整张面孔。

没有血色，也没有脉搏，只剩下些许余温。双眼睁得大大的琳达，已经彻底断了气。

威廉往后一跳，发出大叫。

死了——琳达死了，被杀了？！

怎么可能……怎么可能？凶手是克里斯，而他已经被自己射杀……至少，应该已经没有"被人杀害"的危险了才对。然而，琳达却被杀了？！

是谁，是谁杀的？

六人一起参加航行测试，教授、内维尔、克里斯死了……而现在琳达又死于利刃之下。除了自己之外只剩一个人。

——爱德华？！

凶手不是克里斯吗？那么，克里斯被射杀前的暴行又是怎么回事？

不，现在不是考虑这种事的时候。琳达遭到杀害，就代表凶手就在这个吊舱里。

而现在，自己只有一个人。

这里没有同伴，没有警察，也没有军队。能保护自己的只有自己。

在哪里，他在哪里？

威廉四处张望。与走廊连接的门除了厨房以外还有七道，分别是三间客房、盥洗室、轮机室、通往外面的出入口，以及餐厅。凶手——爱德华就躲在某扇门的后面。

现在需要武器，什么都可以。威廉忍住排斥感，让琳达再度卧倒，抓住她背后的刀柄拔了出来。他感到手上的触感就像从烤肉上拔出竹签一般的柔软。血的气味飘在四周。

他举起吸取了琳达的鲜血的刀，那把刀的形状和克里斯在死亡时紧握的求生刀一样。

该怎么办？在犹豫过后，威廉走向餐厅。

餐厅里应该还有克里斯的霰弹枪和子弹。如果不先确认那些是否还在，自己便无从防御。

威廉一边留心着背后，一边慎重地前进。吊舱的出入口映入眼帘。门锁着，看样子凶手没有逃到外面。

他把手搭上餐厅大门的门把，缓缓地开了门。

——在紧急照明灯朦胧的光亮下，有人静静地坐着。

那人坐在圆桌后面，背冲着门口，左手放在桌上，仿佛是三流漫画里的坏蛋，显得有些滑稽。

后方的地板上躺着克里斯的遗体，手上什么也没拿。现在，自己手里的这个，看来果然是克里斯的。

他的脚下踢到了某个东西。是霰弹枪。周围还有几发子弹。

没有被收回去……尽管脑中闪过疑问，威廉依旧迅速蹲下。他放下刀子，用脚压住霰弹枪并以右手装填子弹。

装填完毕，威廉将刀插到腰带上，举着霰弹枪站起身来。

"爱德华……杀害琳达的人是你吗？"

没有回应。

"你一开始就是克里斯的共犯，为什么背叛他？"

没有回应。

"还是说，这全都是你干的？对教授和内维尔下毒的，也是你吗？"

没有回应。

"回答我，爱德华！你为什么想杀我们！"

没有回应。这个人仿佛完全无视威廉的存在，始终背对着他。

"爱德华！回答——"

一股奇妙的违和感侵蚀威廉。

"……爱德华？"

……奇怪，有些不对劲。

困惑压过了戒心。威廉将霰弹枪再次放回地上，从腰带拔出刀子并接近青年。青年的脖子上——似乎缠着细细的黑线。

"喂，爱德——"

威廉用空着的手抓住青年肩膀，用力要将对方转向自己。

这年轻人的身体四分五裂地垮了下来。

在摇晃的吊舱中，这年轻人的身体原先大概只是勉强地维持了平衡。只见他的头部以颈部那细绳般的线条为分界滚落，露出发黑的暗红色截面。身体在威廉的拉扯下摔在地板上，发出沉重的声响。放在桌上的左手，以及右手、双脚，则被身上穿的衣服拖了下来，像断线人偶的手脚一般朝着不正常的方向。

头部在地上滚动，撞上墙壁后停止。那失去光芒的双眼，从刘海后方回看威廉。

"呜哇——！"

威廉一脚把椅子踹飞。他连捂住嘴巴的机会都没有，直接将胃里的东西吐在了地上。

在把最后一滴胃液也榨出来之后，威廉像婴儿一样在地上爬行起来。逃出餐厅时，他甚至无法调整自己的呼吸。

怎么可能——怎么可能？爱德华……连爱德华也被杀了？！

在四人一起检查吊舱时，并没有发现这里藏有其他人。之后，克里斯在失控的情况下身亡，接着琳达被刺杀，剩下的爱德华也惨遭分尸——

那么，杀了琳达与爱德华的人是谁？

从琳达的背上拔下刀子时的触感，还带有液体的颈部断面。两人的死既不是自杀也不是装死，怎么想都只能是他杀。

夺走琳达与爱德华性命的人，就在某处——就在这个吊舱的某处。

恐惧扼住了威廉……那人是谁?那家伙到底是从哪里来,又是怎么溜进船内的?

通往外面的两道门,在克里斯死后已经重新确认过,没有任何人溜进来的迹象。然而——

是人类吗?那家伙真的是人类吗?难不成——

他勉强以颤抖的膝盖站起身,到这个时候,威廉才发现自己还握着刀子。手中的利刃,就像根枯树枝一样靠不住。

"哪里……你在哪里?不要躲,给我出来!你这个杀人魔!"

威廉就像要甩开不合逻辑的妄想一般高声叫喊。

没有回应。

呼啸的风雪没有要停息的样子。一阵强烈的风摇晃吊舱,让威廉脚下一滑。风声宛如深渊的死灵,唱出悲痛而哀怨的歌曲。

威廉拼命忍耐涌上来的排斥感与恐惧感,再度打开餐厅的门。他在避免让两具尸体进入视野的情况下,将刀重新插回腰间,抓起地上的霰弹枪。接着一脚踹开吊舱最前方的操舵室的门,用枪指着房内。

没有任何人。

威廉再度回到走廊,避开琳达的尸体巡视厨房。之后是琳达睡的客房、摆放着教授与内维尔尸体的客房、盥洗室、后方的浴室,他一一开门检查。

看不见任何人影……至少,没有活人的身影。

窗户也毫无损伤。操舵室、餐厅、客房、走廊、盥洗室、浴室,眼中所见的每一道窗户,全都没有半点裂痕。

威廉压抑住双手的颤抖,踏进最后一个地方:轮机室。

这是一个没有窗户的阴暗房间。外露的管线、单调的机械,在从门缝漏进来的紧急照明灯光下隐隐浮现。地上随便放着三个大概是为教授装酒用的冷藏箱,以及工具箱、装备用零件的纸箱等。

一片寂静。平常的发动机运转声,现在完全听不到。

动力果然停了……为什么?

然而,现在的问题不在这里。呼吸急促的威廉打开仓库的门。没有人。接着是前室,上着锁。转开门锁,果然也没人。最后他握住逃生门的把手,用力一转。

转不动。逃生门确实锁着。

怎么可能……

这怎么可能?没有任何人。窗户没坏,两个出入口也锁着,完全无法通往外面。尽管如此,除了自己以外的人却都被杀了。

"该死。"

他冲出轮机室。声音惊慌而僵硬,连虚张声势都算不上。"要出来就快点出来!我有那么可怕吗,瑞贝卡!"

没有回应。

威廉一边叫喊一边冲过走廊。他已经不把琳达的尸体放在眼里。

在他踏进餐厅的瞬间,强风再度拍打吊舱。在短暂的飘浮感后,威廉失去平衡倒地。门应声关上。

他连忙起身,下意识地不去看地上那两具尸体,同时环顾四周。

这时威廉才发现——

门的背后,有大大的暗红色血字。

I'll never forgive you, W–R

"我绝不会原谅你,威尔——瑞贝卡"。

"呜啊啊啊啊啊啊啊啊——"

威廉扣下扳机。一发、两发、三发——带有血字的木门应声破碎,被打出一个大洞。威廉踢开门,冲到走道上。

"浑蛋!!在哪里,你在哪里,瑞贝卡!快给我滚出来,我要再杀你一次!"

就像那天一样。

就像那天,你拒绝我的时候一样。就像我痛快地强奸了抵抗的你那天一样。就像我殴打事后依旧拒绝我的你,把氰化氢的管子塞进半失去意识的你口中,然后把塑料袋套在你的头上并转开气瓶时一样……

"怎么,瑞贝卡!你不出来吗!"

威廉扣下扳机,响起干巴巴的击锤声,没子弹了。他将颤抖的右手伸进口袋,想装填子弹——

瞬间,后脑勺受到冲击。

威廉还来不及回头,就被砸倒在冰冷的地板上。
从后方的远处,响起一个耳熟的声音。
"喂,你觉得呢?威廉——"

后脑勺上受到第二次、第三次、第四次的冲击。

威廉的意识永远断绝了。

第 12 章 地面（Ⅵ）
一九八三年二月十五日 16：10——

"真了不起。"玛利亚看着化为灰烬的屋子，低声咕哝，"居然在我烦恼有没有'第七人'时做出这么大胆的行为。等抓到之后，该怎么收拾这家伙才好呢？"

这里是 A 州东部，临近与 N 州交界处的偏远山林。费弗教授的别墅，位于这片无论是从地理上还是从视觉上都与外界隔绝的森林深处开辟的一角。

这里有一片宽敞得能打棒球的泥土庭院。庭院周边包围着恐怕是玛利亚身高的十倍以上的巨木。在 A 州难得能感受到的绿意，如今已混入大量烧焦的木头、泥土、钢铁的臭味。

在玛利亚等人眼前，是惨遭火焰蹂躏的房屋与树木残骸。

几小时前才被扑灭的火灾现场，此刻依旧冒出薄薄的烟。曾经想必十分奢华的宅邸，现在到处都是煤灰。墙壁与屋顶坍塌，多根梁柱外露。周围有数名消防员与辖区警员正忙着进行现场搜查。

在宅邸废墟的后方，由于火势蔓延到了建筑附近的树木，使数十米见方的区域化为焦土。A 州气候干燥，火势烧到这里就止住只能说是万幸。

"这究竟是不是杀害教授他们的凶手所为,还无法确定。"冷淡的部下不为所动地说道,"还有,根据刚刚听到的调查结果,废墟里似乎留下了看似电线、时钟、管状物碎片的东西。恐怕是定时点火装置……这么一来,就算真是凶手所为,也无法肯定是在 H 山脉犯案后才烧掉这里。"

也就是说,有可能是作案前就留下的礼物。

话又说回来,如果这是凶手所为,目的又是什么?如果想得单纯一点,应该是要销毁某种证据——

"目前无法判断。不过……就像你先前说的一样,如果教授他们抱有亡命国外之类的不良企图,这个远离人烟的别墅,对他们而言应该是个极好的集会场所。举例来说,就算他们把能显示凶手身份的资料放在这里,也不足为奇。"

为了处理掉这些东西,凶手放火烧掉了整栋别墅?

这么大的别墅,凶手大概没空在犯案前寻找证据。正因如此,他才准备了定时点火装置,算准应该已经杀害教授的时间烧掉屋子。凶手不惜做到这种地步——冒着引起警方注意的危险也要毁灭的证据,到底会是什么呢?

不,慢着。

"想销毁证据",不就表示凶手在杀光教授他们之后,还有自己活着回来的打算吗?如果自己也一同死去,之后不管留下多少证据,照理说都不是什么大问题。

凶手已经准备了活着逃出那座雪山的手段?

"涟,凭一己之力从犯案现场下山,真的办不到吗?"

"'如果不是相当熟练的人,几乎等于不可能',这是专家的见解。

"必须爬上包围洼地的岩壁。就算爬上去,也是连登山路都没有的危险区域,而且到山麓还有很长的距离。说到底,从天气状况来看根本就不能登山……基于上述理由,即使是老手做好充分的准备,并且运气很好地成功下山,抵达山麓大概也要花上一周到十天。"

"反过来说,只要花上这些时间,高手就能活着回来?"

"前提是'运气够好'。"

假如凶手真的选择独自下山,代表这人不是自信过剩就是运气奇佳……不过,就算真的是这样,"为什么需要在那种地方杀人"的疑问,依旧没得到解答。如果打算活着回来,从一开始就不该挑那种地方,而应该选山脚下的森林之类更容易离开的场所。

可是凶手没这么做,而是特地将教授他们引到了那片被岩壁包围的雪原。

为什么?

不用说,他是以能够确实困住猎物为优先的。

在此基础上,凶手确保了远比独自下山更可靠的逃离手段——这么想才合理。

更何况——

接获有人通报"水母船正在燃烧"——

通报的人是谁?根据涟的确认,来源为F市市郊的公共电话。别说姓名了,对方还压低了声音,让人连性别都弄不清楚——但水母船是在一个连专家都很难前去的地方燃烧,从山脚下也看不见那片区域,通报者是怎么知道的?

答案只有一个。因为通报者就是凶手。

凶手果然……还活着?

"凶手用另一艘水母船来回现场"的假设,玛利亚依然没有放弃。

——外部人员是怎么窜改测试机的自动航行系统的?

——凶手是怎么在教授他们没察觉的情况下停好了另一艘水母船,又是停在了哪里?

——凶手是怎么入侵教授他们搭乘的测试机的吊舱的?

这个假设方才在会议中被三人嗤之以鼻。但是反过来说,只要将当时讨论到的这些疑点解决,问题就迎刃而解了。

凶手究竟来自内部还是外部的矛盾。停船的问题。入侵方法——

内部与外部?

"共犯——"她轻声嘀咕。对啊,为什么要认定凶手只有一个?涟不是也说过,教授他们六人之中,或许有人和"第七人"有联系。那时约翰以"凶手与猎物之间不可能建立信赖关系"而反驳,但如果不是这样,事情就另当别论……要是凶手们是基于"替瑞贝卡复仇"而团结起来的呢?

自动航行系统的窜改,由"内应"负责就好。另外一艘船的停靠作业,可以趁其他人都睡着时两人合作。让"第七人"入侵吊舱也很简单。假设事情结束后,两者产生了某些争执,其中一人杀害另一人并逃走……

"事情可没有那么简单哦,玛利亚。"大概是听到了玛利亚刚才的嘀咕,涟开口说道。

"你是什么意思?"

"有个根本性的问题——那个共犯,具体来说是谁?"

玛利亚哑口无言。

"这……"

"回想一下刚才的讨论。最有可能的嫌疑人——梅根研究室的相关人员全都有不在场证明，瑞贝卡的亲人都已去世。即使是其他与瑞贝卡有关的人，也没有动机强烈到足以杀害教授他们的人存在。"

"既然这样——对了，'第七人'单纯只是花钱雇来的如何？这么一来，'第七人'的动机就无关了吧？"

"要让人不顾恶劣天气，前往连登山道都没有的寒冬雪山一角。我不觉得能刚好找到愿意毫不怀疑地接下这种离谱委托的人。"

涟回答得斩钉截铁。

"而且玛利亚，你的假设还有另一个致命性问题。既然'凶手也用水母船来回现场'，这艘水母船又是什么人准备的呢？"

"你问什么人，当然是凶手啊。"

"也就是说，只要看水母船的顾客名单，就能对凶手做出一定程度的筛选。"

"啊。"

玛利亚完全忘了这件事……虽然水母船已经得到爆发性的普及，但数量依旧远少于家用汽车。简单来说就是很容易追踪。凶手会没考虑到这种危险性吗？

"如果教授他们内部有凶手，不就能偷偷改写顾客名单吗？"

"你想得太简单了。就算能窜改顾客名单，机体本身的制造记录还留着，何况素体和吊舱都是外包。我不认为凶手能有办法清除所有分散在各地的各种记录。"

还是不行吗……

有些展示机与测试机会被送到代理商那里——虽然柯提斯这么说过，但凶手实在不太可能轻易带走它们……不行，这条路根本不通。

还是说，凶手用了水母船以外的手段？

可是，说到能够出入那个现场的航空器，顶多只剩下直升机。然而直升机也很容易被人发现，毕竟声音很大。如果凶手用某种移动手段往来雪山内外，这个所谓的"某种手段"，就和约翰说的一样，居然只有安静的水母船这一种可能。凶手总不可能偷偷带着巨大的气球——

巨大的气球？！

"对了！"玛利亚拍手，"如果凶手不能利用共犯搭乘水母船过去，只要事先将逃离手段装进测试机就好啦。这么一来，只要在杀害教授等人后再用那个逃走就好。不是很简单吗！"

"那个所谓的逃离手段又是什么？"

"真空气囊啊。"

短暂的沉默降临。

"你是说除了机体使用的真空气囊之外，凶手另外准备了另一个真空气囊？哪来的空间藏那种东西啊？难不成，凶手要带着素体和氰化氢过去，在没有设备的情况下现场制造真空气囊？"

"不是有空间吗？只要把逃脱用的真空气囊，放进机体的真空气囊里面就好啦。"

"嗯，虽然只有真空气囊还不行，不过水母船本身的真空气囊，可有长宽四十米，高二十米的巨大空间。既然能维持真空，代表什么东西都放得进去——一人乘坐的小型水母船应该可以。如何？是个好主意吧！"

玛利亚笑容满面——接着再度面对部下冰冷的目光。

"又怎么啦，涟？"

"警部，容我请教一件不相关的事，你学生时代的物理成绩如何？"

这个部下用职称称呼别人时,通常都没什么好话。

"问这个干吗?"

"你所说的逃脱用小型水母船,凶手要用什么样的方法,才能在其他人没注意到的情况下将它放进原来机体的真空气囊里,这点暂且不提。

"问题在于,那个逃脱用的小型水母船本身也有重量,恐怕超过数百公斤。多出这样的重物,不可能不对原本的水母船的运转产生影响。"

"咦?既然逃脱用的水母船也浮在空中,应该不会带来什么重量吧?"

"你忘记我之前的说明了吗?'物理所受的浮力,等于该物体所排开流体的重量'。换句话说,浮力大小要由周围的物体来决定,在地表上则由大气的密度来决定。

"而在你的假设里,需要把逃脱用的小型水母船装进真空气囊。真空气囊的内部如字面一样,是真空状态,根本不存在能排开的流体。换言之,产生的浮力也是零。逃脱用小型水母船的重量,只会直接加在原来的水母船上。

"简单来说呢,你的理论全都是笑话。"

"这……"

"基于上述原因,容我再请教一次。警部,你学生时代的物理成绩是?"

"真抱歉!是D啦!及格边缘!"

总有一天要在没有防弹背心的情况下推他去枪战。

所有假设都被彻底推翻,即使是玛利亚也只能沉重地叹气。就在她没精打采地望着正在工作的辖区警员时,突然留意到了倒塌的瓦砾堆的一角。

一辆焦黑的汽车在瓦砾底下被压扁。恐怕是费弗教授的车吧。车体前方的标志勉强还保住了原型,是连玛利亚也很熟悉的 G 国高级车。然而,此刻那辆车已经不见原型,成了凄惨的废铁。

真是浪费啊。如果还保有原本的模样,不知道能卖多少——

咦?

"怎么了?"

"涟,别墅里发现任何尸体了吗?"

"尸体?没接到这样的消息——"

这时,一名搜查人员跑向涟,向他传达了些什么。涟的表情微微抽动。

"玛利亚,跟我来一下。森林中发现了掩埋的痕迹。"

在搜查人员的带领下,玛利亚他们向别墅后方走去,来到位于森林延烧地带边缘的一角。

焦黑的树木气味刺鼻,和烧的最严重的区域相比,这附近至少还留有幸存的树木。即便如此,大半树木顶端的枝叶依旧化成了焦炭。

搜查人员指着某处表示"就是这里",那是一棵被烧到的树木根部附近的地面。

上头蒙着一层薄薄的灰,因此难以辨识——但有一部分土壤的颜色与周围不同,上面也没有任何苔藓和野草,仿佛只有这部分被刮掉了一般。

宽一米出头,长两米出头——正好能让一个人躺进去的大小。

"能把这里挖开吗?"

涟点点头,开始交代搜查人员。过了一会儿,数名搜查人员慎重地将铲子前端刺进那块有问题的区域。然而——

尽管花了十来分钟，挖了约有七十厘米深，却没在土中找到任何值得注意的东西。涟用手指碰触坑底，摇摇头。

"这里的土壤很结实，看来只挖到这里了。"

"这是怎么回事？明明看起来像是埋了什么东西啊。"

"看来是有人将这里重新挖开过，因为底部以上的部分明显很松软……虽然不知道是什么人出于什么理由这样做。"

复杂的拼图中又多了一个奇怪的部分。

这时，又有一名搜查人员靠近涟，说了几句话。涟的表情变得严肃起来。

"玛利亚，先回去一趟吧。局里的搜查似乎有些进展。"

"进展？"

嗯——涟点点头。

"在技术开发部的会议室找到了窃听器，在教授的住宅里找到了恐吓信。"

※

"你说窃听器——还有恐吓信？！"约翰·尼森空军少校大喊，"那么……瑞贝卡·弗登的实验笔记，果然落到了R国手里？"

"这部分目前还无法证明。能确定的，就只有在技术开发部会议室的插座里发现了小型窃听器，以及在费弗教授的住宅里找到的这张便笺——还附带两张与你之前见过的相同的笔记复印件。"

涟把一张纸片递到约翰面前。上头写着像利刃一般的短文，是由打字机敲出的冰冷字体。

关于所附文件,希望诸位能助一臂之力。
还有,麻烦在期限之内提供 50 万美元的经济支援……

这是令人完全不会产生误解的恐吓信。约翰紧绷着脸打量这些文字。

——今天是搜查别墅的隔天,二月十六日。

趁着验尸结果全部出炉,玛利亚和涟再次把约翰找来,召开非正式搜查会议。刚刚发现不久的两项重大证据,成为第一个议题。

"还有,窃听器的实物在这里。"

涟举起透明塑料袋,里面装有比玛利亚的拇指稍大一点的附有夹子与电线的黑色零件。"这是从插座线路取用电力并接收声音,然后以电波形式向外传输的类型。可以说是专门用来发送信号的无线电装置。"

"电波的传输距离呢?"

"大约一公里。足够在建筑外接收到声音。"

"等一下——也就是说,真的有间谍混进去了?"

"不知道,这个机种也常用于民间的窃听作案,只要具备一般极客程度的技术,要组合、安装都不成问题。问题在于,安装这东西的人要如何入侵。"

UFA 公司毕竟是全世界最有名的航空器制造商,戒备颇为严密。之前问话时,他们也曾在公司内外看见神情严肃的警卫。

另外,外来人士要想合法进入 UFA 公司用地,需要通行证。虽然只要在正门办理手续就能取得临时的通行许可证,不过据说为了给频繁出入的从业者与派遣人员简化流程，会直接发给他们定期的通行许可证。

然而，根据涟向ＵＦＡ总务部打听到的消息，定期通行证的申请文件并不是由本人填写，而是由接收部门负责提交。由于需要部门领导的签名，所以来历不明的人无法轻易弄到手。这点跟警察很像，充满官僚气息。

只不过，一旦取得许可证，也就几乎等于能自由进出ＵＦＡ内部。ＵＦＡ也明白这一点，所以规定许可证需要每半年更新一次。

但是，假如凶手使用某种方法，暂时取得了通行许可证。

无论是安装窃听器，还是窜改自动航行程序、格式化电脑，都不会是难事。

众人改看向恐吓信。"所附文件"无疑就是指瑞贝卡笔记的复印件。文字下方写着一行看似是银行账户的数字。

"这个账户是？"

"海外——Ｓ国银行的账户。另外，技术开发部的成员之一克里斯托弗·布莱恩的账户，曾经数次提现金额可观的钱款……不过很遗憾，我们不知道进一步的资金流向。"

Ｓ国的金融机构贯彻秘密主义，是非法资金流通的温床。即使知道账户在谁的名下，只要夹着中间人之类的第三者，就难以找出真正的账户拥有者。

"数次，也就是说有多次恐吓？"

"应该是这样。之所以没找到其他恐吓信，大概是因为这是第一封，从第二封起则只发送给付款人——克里斯托弗·布莱恩。"

第一封恐吓信发送给多名成员。第二封以后则限定付款人。

如果凶手担心信件暴露行踪，这是合理的举动。其他恐吓信大概已经被成员亲手处理，只有送给教授的这一封幸免。

回想堆满瓶瓶罐罐的部长室。既然教授已经怕到不得不酗酒，那么会忘记处理掉恐吓信这点倒也不难理解。

"之所以由克里斯托弗·布莱恩付款，是因为他最有钱吗？"

"大概是……不过，我不认为他自己完全扛下了恐吓金额。毕竟五十万美元这种金额，不是像去餐厅吃饭时能随便帮人一起付了的数目。至少在几名成员之间，应该达成了某种共识——代垫的五十万美元，之后照理说也会用某种方法补偿回来才对。"

涟意有所指的说法，让约翰挑起眉毛。

"你的意思是，他们挪用了隐形水母船的开发预算？"

"从调查账簿的结果发现，有多笔不透明支出。他们对于自动航行程序与吊舱等大额项目的金额，似乎有很大程度的虚报。"

青年军人发出小小的呻吟。

"还有，你们提供给技术开发部的战斗机用隐形材料——具体的供应量有多少呢？"

"虽然不能讲明具体数字，不过是所需量的二点五倍。由于他们提出希望在制作真空气囊的素体上也加以运用，所以我们提供的比较多。"

"完全找不到那些存货……如果全部消耗在了实验上倒还好，从资金方面的不透明来看，也有可能以某种形式流入黑市了。"

"你的意思是——不只是资金，就连技术都落入了Ｒ国手里？！"

"目前还无法下结论。刚才也说过，还没有这封恐吓信确实来自Ｒ国的证据……不过，有个令人在意的情报。"

"在意的情报？"

"技术开发部办公室里的电脑和桌子,以及一个无人使用的座位,似乎被人擦得干干净净。鉴定人员表示,什么指纹都采集不到。"

"尼森少校,恐吓信的分析能交给你们吗?毕竟关于R国的事,你们应该比我们更清楚。"

"我来安排。"约翰似乎抛开了苦恼,点头答应,"话说回来,其他部分的搜查进度到哪里了?"

"列出的调查项目几乎都已解决——不过距离查明真相还很遥远。首先,关于技术开发部的素体开发品,严格说来并不是外包,而是在克里斯托弗·布莱恩父亲拥有的纺织工厂由他们自行制造。"

工厂本身在十多年前就因不景气而关闭。距离A州立大学仅有五公里的距离,非常的近。在创业之前,教授等人就把这座没被拆除的废工厂当成厂房。据邻居——但也离了将近一公里——的证言来看,他们似乎只当作前老板的浪荡子找到的新乐子。

在工厂里也找到了氰化氢的气瓶。他们只用手工做的隔板将其隔开,没做什么正经的安全措施。

"然后,在各个检查点询问的结果在这里。"

涟亮出清单。教授等人现身的地点与时间一如先前所料,与他们交给UFA的测试计划书相符。

● 第一检查点(N州A市……2月6日 14:27～14:45)
有人在商店看见克里斯托弗·布莱恩。购买食物、酒类、零食。

● 第二检查点(C州T市……2月6日 19:02～19:23)

有UFA公司名义的信用卡的使用记录（签名省略）。购买食物、六罐啤酒。

● 第三检查点（W州R市……2月7日 08:35～08:57）

有人在商店看见琳达·汉密尔顿。购买食物、时尚杂志。

● 第四检查点（I州L地区……2月7日 13:49～14:11）

有人在商店看见威廉·查普曼。购买食物、酒类。

● 第五检查点（I州M市……2月7日 18:08～18:27）

有内维尔·克劳福德的信用卡使用记录（已确认为本人签名）。购买食物、周刊杂志。

"检查点全都是干道旁的加油站。周围没有民居或聚落。在路线方面，他们似乎也以军事机密为由，避开了靠近城镇的地方。"

实际上，U国大部分地方都是乡下。特别是包含A州临近一带在内的内陆地区，一离开城镇就经常能看到有如几世纪前的开拓时代一般的荒野。开车到邻镇至少需要一小时。路上真的、真的什么也没有。玛利亚曾经有一次在辽阔荒野的正中央车子没油，到路边拦车还被无视，差点没命。

所以，散落在干道沿线的加油站，对于旅客来说相当于绿洲。这些地方不但能加油，还都开着一定规模的商店，不仅能购买燃料，还能买到食物与日用品。

特别是对水母船来说，拥有充足停泊空间的补给地点极为难得。之前问话时，玛利亚他们也曾看到水母船在加油站旁停泊的景象，这在这个年代并不罕见。

再度看向清单。他们在每个检查点买了些食物与一些嗜好品。各地点的采买人员都不一样，应该是轮班制吧。

严格说来，第二与第五检查点并未得到采买人员的明确目击证言。两者都是傍晚时分，由于停泊地点周边较昏暗，或者因为店员忙得不可开交，只有"浅褐色头发""戴眼镜的男子"这种暧昧的证言。只不过，符合上述特征的成员，在教授那群人里分别只有一个，再加上他们的信用卡不是UFA公司提供就是本人名义，所以应该确实是由技术开发部的成员轮班。

每处的停留时间在二十分钟前后，几乎能肯定他们是按照UFA公司版的测试计划书进行了航行测试……至少到二月七日为止是这样。

在那之后，就没有他们与次世代机种的目击情报了。在隔天的第六检查点，没人看到教授一行人的身影。他们偏离了本来的航线，漂流到H山脉深处，全员丧生。至于他们到底发生了什么事，真相还在黑暗之中。

不过——

"为什么他们要一直外出采购啊？既然是军事机密，就不要特地降落引人注意，一直在空中飞不就好了？"

"为了减轻负重。如果事前就将六人、三天的食物全装上去，以冰箱容量来说也会超出极限。更何况，飞行的物体肯定会引人注意，这是航空器的宿命。或许他们已经豁出去，认清无论是否降落，只要出外做飞行测试，就有遭到目击的风险。"

也有道理。

"那么，有没有测试机飞行时的目击情报？"

"在各检查点附近，有人目击到了看似是测试机起降前后的样子。"

涟将几张照片放在桌上。一张是白色气囊的水母船，四根支架立于红褐色大地，支架与吊舱都是暗灰色，那大概就是茱莉亚口中"类似橡胶的材料"——战斗机用隐形材料吧。只不过，从照片上来看没什么特别突兀的感觉。灰色系统是标准色之一，真空气囊以外的零件在涂装时似乎经常用到灰色。

其他几张，似乎摄影地点和第一张一样，都是水母船在暮色中浮游的照片。小小的白色气囊在染成红色的地平线上飘浮，天空上方的绀青色深得仿佛要渗出来。鲜明的对比令人印象深刻。

"照得不错嘛。"

"是第五检查点的店员照的。说是在水母船变得常见之后，有很多人拜托他拍照。"

"嗯。"

约翰嘀咕着拿起照片——接着微微皱起眉。

"嗯？怎么了吗？"

"不，没什么大事。"青年军人摇头，"不过，飞行高度好像有点低。据目测……大概离地二百米吧。"

"高度太低？"

"民间的水母船，通常航行高度会在三百到四百米。军用机则偶尔会超过一千米。可是这架机体，压在只比航空法的下限——离地一百五十米略高的位置……应该是为了尽量避免遭到目击吧。"

"为什么？离地面越近看起来就越大，不是更显眼吗？"

"那只限于从近处看水母船时。"涟从一旁插嘴解释，"请考虑一下看更远的地平线的情况。和普通的独栋房屋相比，标高一千米级的高山更容易从远方看见,这道理应该很明白吧。"

"啊。"

也就是说,通过降低高度,更容易躲在地平线之下。

"因为地球半径大约是六千公里。"涟从某处拿出计算器,开始敲打,"到地平线的距离——如果高度是两百米,则是五十公里;如果高度是四百米,则是七十公里。显然前者被看到的概率更低。"

从极力试图让测试机避开他人目光这点,能看出教授等人相当小心。

也就是说,隐形水母船的开发,不见得是以失败而告终……

"其他水母船呢?没有其他水母船看见过教授他们的测试机吗?"

"有好几个'从吊舱里看见了其他水母船'的证言,但是没人能完全讲清是在什么时间、什么地点,往哪个方向距离几公里的位置看到。对照各方证言也出现了很多矛盾,没有能确定是教授他们那架测试机的情报。"

"真是够随便的。"

不过仔细一想也是难免。测试机的航路大半是辽阔的荒野,如果地形上没有明显特征,根本不可能在空中辨别目击者与测试机的正确位置。真要说起来,从远方看过去,就连是不是教授等人的测试机也没办法辨认。

"这样啊。"约翰盘起手臂,闷闷不乐地往后靠着椅背,"那么,在他们停泊在检查点时,是否有可疑人物接近测试机——"

"似乎没有。根据问话结果,虽然周围有群众围观,但没有形迹可疑的人。"

在众人围观的情况下,不可能入侵。

换言之，如果"第七人"溜上船，不是在航行测试前，就是过了第五检查点之后——

"水母船拥有者的名单呢？"

"没有可疑人物。在民用水母船的顾客名单中，找不到与瑞贝卡·弗登或技术开发部成员关系较深的人。

"为了保险起见，我们也调查了U国的水母船持有者的不在场证明，但从教授他们离开第五检查点到机体被发现这段期间，没有人失踪超过一天以上。"

"军用水母船也是一样，在那段时期，没有军用机在H山脉周边出没的记录。"

玛利亚所提出的"凶手也许是利用另一艘水母船进出坠毁现场"的假设，立论基础就此崩塌……真是的，这到底是个什么案件啊？

这时，有人敲响会议室的门。没等三人回应，门就自行开启，鲍勃随之现身。

"真是的，不要折磨上了年纪的人，如果不领双倍加班费根本不划算。"

"抱怨就算了，快点儿报告。结果怎样？"

"都跟你说别急了。首先是重新验尸的结果。从结论来说答案不变，没有自杀的可能。"

"这样啊。"

原本还有些许期待，不过事情似乎没那么顺利。

"接着，是其他几具尸体的身份，这点也和预料的一样。

"被刺杀的女性——琳达·汉密尔顿。

"被霰弹枪射杀的男性，这个是克里斯托弗·布莱恩。

"后脑勺被砸烂的，则是威廉·查普曼。

"至于最后的第六人,被分尸的是——西蒙·阿特伍德。

"我记得,他在以前费弗研究室的学生里,算是学弟对吧?"

"果然啊。"玛利亚弹了弹测试计划书,"UFA公司气囊式飞艇部门技术开发部的成员,这么一来就确定全员死亡——是吧?"

在计划书的第一页,列出了航行测试参加者的名字。

技术开发部部长,菲利普·费弗。

同部门副部长,内维尔·克劳福德。

同部门研究员,克里斯托弗·布莱恩。

同部门研究员,威廉·查普曼。

同部门研究员,琳达·汉密尔顿。

以及同部门研究员,西蒙·阿特伍德。

技术开发部办公室的黑板上,也贴着上述六人的名牌。

而且……

(——啊,这个孩子?)

在问到刊登了瑞贝卡·弗登的死讯的 A 州立大学校报上的那位"西蒙·阿特伍德"时,女性职员露出了寂寞的笑容。

(报道上也写了,他和死去的女孩就读同一所高中。据访问他的宣传部人员表示,他似乎受到了相当大的打击……想必是对她抱有爱慕之情吧。)

说完,职员将资料拿来。"工学院航空工程系"。这就是西蒙·阿特伍德就读的科系。

把瑞贝卡介绍给费弗教授等人的,就是这名男子。西蒙·阿特伍德在知道瑞贝卡的研究内容后,意识到她的研究或许能用在飞船的材料上。而瑞贝卡在知道自己的研究有实际应用的可能性时,爽快地答应与费弗教授等人进行共同研究——完全不知道他们是一群能够毫不在意地掠夺他人研究成果的卑鄙之人。

玛利亚想起藏在西蒙桌上的相框背后的那张露营照。如果是因为他把瑞贝卡带到研究室的行动,最终导致了她的死亡——他究竟会做何感想,如今已无法得知。

"杰拉德验尸官,为了保险起见我想问一下,这些被害人的身份是怎么确定的?"

"体形、骨骼,还有牙齿形状。能辨别烧焦的尸体身份的方法不多。之所以确认身份需要不少时间,也是因为一直没找到被害人就医记录中的那位牙医。"

"没有怀疑的余地啊。"约翰叹了口气,"六具尸体中,搞不好有死于反击的间谍——我曾有过这种念头,但果然只是妄想啊。"

"真是遗憾呢。"

玛利亚没有说自己也认真地考虑过同样的事——然而,她的内心极为焦躁。

尽管搜集了这么多情报,却依然看不见案情的全貌。这是导致自己现在焦虑的原因吗?

不,总觉得——总觉得遗漏了什么重大的关键线索。

自己与同伴们似乎产生了非常严重的误解,这个念头始终挥之不去。

然而,那是什么?到底是什么——

※

约翰与鲍勃离开,窗外天色已暗,玛利亚依旧坐在会议室里,瞪着桌上的文件。

"玛利亚，要工作麻烦回到自己的座位。这里很冷。"

"我知道啦。"

玛利亚焦虑地回答，但完全没有挪动身子的意思。

"我不建议你熬夜。能逞强的年龄顶多只到四十岁之前。"

"都说我没有那么老了！"

这也算是忠告吗？这个J国人。"啊啊真是的，知道啦，我出去就行了吧。"

玛利亚将桌上文件收拢，踢开椅子站起身。然而就在她将手伸向门把时，门却突然开启，狠狠撞上她的额头。

"玛利亚，你还在这里啊？我从刚才就一直在找——"

就在她捂着额头蹲下时，鲍勃讶异的声音从天而降。"你在干什么啊？"

"这是我的台词，你这个老头儿。什么事？"

"少校让我传话。"鲍勃对玛利亚亮出一个茶色的大信封，"刚才空军派人过来，让我'请尽快联系你'……看来是相当紧急的案子。"

信封一角潦草地写着一串电话号码，似乎是"拨这个号码"的意思。

或许是察觉气氛不对吧，鲍勃就这样关上门离开。就在涟朝会议室外张望时，玛利亚已经拿起房间一角的电话，拨打写在信封上的号码。

"约翰，是我，玛利亚·索尔兹伯里。你怎么会急着找我？"

"哦，是你啊。"声音听起来不像那个意志坚定的空军少校，显得有些兴奋，"抱歉有点突然，你看过信封里面了吗？"

"还没，刚从鲍勃那边拿到……所以是什么事？现在这个房间里只有我和涟。"

"这样啊——那你打开信封。我想里面应该有张图。"

"图？"

打开信封，里面的东西就如约翰所说，是一张图表的复印件。左侧与底下有标了数字的轴线，正中央则有一条粗虚线和一条实线。

虚线从左到右几乎呈水平。而实线虽然从左边到中间为止都与虚线重叠，却在途中像股价暴跌般往下掉，变得仿佛要贴着横轴般地向右延伸。一条水平的虚线，以及一条犹如悬崖的实线。

"这图又说明了什么？"

"我直接说结论。费弗教授他们，似乎成功开发出隐形水母船了。"

"……咦？"

"这张图，是真空气囊材料的电磁波反射率实测数据。"约翰似乎没空理会玛利亚的惊叫，继续说了下去，"虚线是原来的真空气囊——知道'对照试验'这个词吗？为了展现新事物的优点，一定要用对照试验取得原先版本的数据，来凸显两者的差异——这条线几乎维持定值，证明在测定区段中的电波都会遭到反射。

"而实线则是你们提供那些样本中最新的——如果盒上日期没标错，是两个月零一周前所做的样本的数值。

"和虚线不同，实线从中间就开始趋于零，对吧？这表示，真空气囊不会反射这个区段的电磁波——换一种说法，就是会吸收这些电磁波。雷达所用的电磁波也包含在这个区段内——他们造出了吸收电磁波型的真空气囊材料。"

玛利亚让涟把留在技术开发部实验室的样本的一部分交给了约翰，好让空军的研究所进行分析。原本玛利亚已经打算相信涟的推测，即"隐形水母船的开发或许是以失败而告终"——

"等等……先等一下。怎么回事？！那为什么……"

"实际上，关于这点……"空军少校的声音里带着困惑，"在得到这次的分析结果后，我们重新调查了我们保管的测试机真空气囊，找到了极少的没有被烧毁的部分，急忙对其进行了测试……然而那部分却没有成功，完全无法吸收电磁波。"

"咦？！"

"我们另外还进行了结晶构造解析，虽然你们的样本与测试机的真空气囊在结晶构造上有明显差异，但测试机的真空气囊与原有机型之间似乎没有差异。分析人员表示，热变形造成的影响可以忽略。

"教授他们那架新型机种的真空气囊，就如九条刑警的推测，极有可能是不具备隐形性能的普通品种。"

"这是怎么回事？你的意思是，教授他们完成了隐形真空气囊材料——却没用在测试机上？！"

在两个月零一周前，就是将最后的素体送到柯提斯那边之前。他们以好不容易完成的样本为基础，在克里斯托弗·布莱恩的废工厂制造了素体，并且拿到孵化屋培育成了新型真空气囊的研发——难道不是这样吗？

"不知道。或许还有其他问题，所以没采用……无论如何，都得先对他们的样本进行进一步的彻查。麻烦你们调查一下，废工厂的装置里有没有素体的残渣。"

"嗯，我知道了。"

在脑袋依旧混乱的情况下，玛利亚勉强给予回应。约翰则说了声"谢谢"。

"——然后，接下来是补充事项。首先，有关保管在Ｐ局的塑胶片，根据这边分析的结果，结构与真空气囊材料一致，表面也带有疑似催化剂的粉末。全都和你推测的一样……瑞贝卡·弗登的死，很可能遭到了技术开发部那些人的伪装。"

"这样啊……"

挡在米海尔与多米尼克面前长达十三年的那道门的楔子，居然就这样被轻易地抽掉了。但玛利亚并未对自己的推测命中而感到喜悦。

"还有一点。送到费弗教授那边的恐吓信——那是假货。至少不是出自间谍的手笔。"

"咦？"结论来得比预期中快。"等等，这是真的吗？你的工作效率还真高。"

"我找了联邦调查局的熟人确认内容。说是'内容过于直接'——他们不会把要求内容写在上面，通常会把对象叫到掩人耳目的地方，直接碰面，口头交代。"

"意思是，从一开始就没有什么间谍？"

"无法肯定。顶多只是'那封恐吓信不是间谍所为'而已，还没有完全否定那些家伙从其他途径下手的可能性。

"不过——就我个人的看法，间谍这条线已经没有可能了。这次案件就如你所言，应该是瑞贝卡·弗登身边的人，对菲利普·费弗教授他们进行的复仇。"

放下话筒后，混乱再度支配玛利亚的脑袋。

塑胶片与恐吓信的事，就某方面而言可以说是不出所料。然而——

她死盯着约翰送来的图，就连涟叫她"玛利亚"都没有回应。

教授他们成功开发出了隐形水母船——正确说来，应该是开发出了吸收电磁波型的真空气囊材料。不知道他们是怎么办到的,或许是有天大的幸运降临也说不定。

但是,他们那架本应以此为基础造出来的测试机,却完全没有吸收电磁波的功能。

为什么?为什么没有把使用新材料的真空气囊用在测试机上?非要用和原来一样的东西做航行测试,到底有什么意义——

咦?

非要用和原来一样的东西做航行测试的意义……

"玛利亚,出了什么事吗?"

涟在玛利亚身旁探出头,打量她的表情。玛利亚对这个黑发的J国人挤出一句话——

"涟,拿地图过来。"

"哈?"

"地图。要包括A州和周围几个州的那种!再准备好尺子和圆规,以及水母船持有者们的调查书。快一点儿!"

※

一小时后——

"玛利亚……这是……"

黑发部下盯着桌面,声音中带有些许兴奋。

"跟我想的一样。"玛利亚恨恨地咒骂一声,瞪向涟,"涟,麻烦告诉约翰准备样本。还有要向UFA确认。内容不用我说你也知道吧?"

幕间（VI）

那天因为和她的约定，我雀跃不已地前往模型店。当我询问站在柜台的女店员瑞贝卡在哪里时，她哀伤地低下头，静静地告诉我瑞贝卡的死讯。

我不记得自己当时有什么反应。

可能只是愣在了原地吧。反倒是那名曾与瑞贝卡共事的女店员，不断擦拭眼角，声音也显得颤抖。

我回到养父母家，打开平常鲜少阅读的报纸。

> A州立大学女学生死亡 是实验事故？
>
> 17日晚，在A州立大学理学院的实验室内，有学生发现瑞贝卡·弗登同学（19）倒在地上，在救护车接到通报赶到现场时已经死亡。
>
> ……

这段不长的报道，我反复地、反复地阅读——

在不知不觉之间，文字已经模糊得看不清。晃动的视野里，泪水一滴，又一滴，在报纸上洇开。

※

瑞贝卡的包裹,就在那天傍晚寄到。

里面装的东西,是几本书脊磨损严重的笔记本,以及一张卡片。

　　生日快乐。如果没在当天刚好送到就抱歉啦。
　　我把我现在最重要的东西送给你。要珍惜哦。
　　　　　　　　　　　　　　　　　　——R

这几句话,就是她给我的临终赠言。

※※※
（一九八三年三月十一日　A州报纸节选）

　　费弗教授坠落事故　调查陷入瓶颈
　　导致菲利普·费弗教授等六人丧生的UFA公司水母船测试机坠落事故，从发生至今已过了一个月，却依旧无法找出原因，调查陷入瓶颈。
　　事故发生时，费弗教授正和其他五名研究员一同进行测试机的航行测试。然而，自从UFA的气囊式飞艇部门成立开始，教授等人就在水母船的研究开发过程中贯彻神秘主义，测试机的详情至今不明。目前来看，实验笔记等技术资料在事故时全被付之一炬，如今就连飞船是否出现了异常都无从判断。由于"事故机在组装阶段并未发现任何异常"（UFA），专家提出"可能是电力系统短路等原因引发火灾，导致了真空气囊破裂"的看法……

※

(一九八三年十月二十一日　A州报纸节选)

水母船论文剽窃嫌疑

——航空工程学会的大地震　UFA相关事业将受重创

今年二月意外死亡的菲利普·费弗教授，于十一年前发表有关真空气囊的论文疑为剽窃。当时曾是A州立大学学生的申诉者于20日向专利商标局申诉，要求撤销UFA公司的真空气囊相关专利。

申诉者是目前担任A州立大学助教的米海尔·邓里维(36)。据邓里维助教表示，费弗教授的论文擅自盗用了当时就读于A州立大学理学院的一位学生的研究成果。最近他找到了这位学生的实验笔记，发现内容与费弗教授的论文内容极为相似，随即决定提起诉讼。关系人士认为"笔记的日期比论文发表早了两年以上，诉讼成功的可能性很高"。如果申诉成功，UFA不但会失去水母船的相关专利，可能还要支付"几亿美元"（关系人士）的赔偿费。

费弗教授的论文作为气囊式飞艇"水母船"的基础，被世间评价为"改变了航空界的历史"。该论文为剽窃的可能性浮上台面，使航空工程学界大受冲击……

终　章
一九八三年十一月十六日—

　　我把花放到瑞贝卡的墓碑前，闭上眼睛静待片刻，任由风轻抚脸颊。

　　草与土，以及些许海的气味。洒在肌肤上的阳光十分柔和，除了群树的低语外，没有任何声音激荡鼓膜。

　　曾经与瑞贝卡共度短暂时光的 A 州的烈日，沙子的味道，干燥的热风的呻吟——

　　以及回荡着咆哮声的风雪，充满血腥的冰雪监狱。

　　一旦像这样闭上眼睛，那些仿佛都到了遥远的另一个世界。

　　——这里是 C 州南部，临近瑞贝卡故乡的墓园。

　　她被葬在这座能看见海的小丘上。

　　我现在，是为了什么在祈祷呢？

　　即使告诉她复仇的成果，以及她的名誉得以挽回的事，瑞贝卡也不会感到高兴或悲哀。事到如今才像这样在墓前祈祷，又有什么意义呢？

　　这还用说。根本没有什么意义。

　　这只是单纯的仪式。

　　和死者的想法毫无关系，仪式只是按照既定的形式，将事物的完结刻在生者的记忆中而已。

睁开眼睛。没有人影。距离米海尔·邓里维的告发为世界带来冲击已经过了一段时间,但是水母船真正的发明者瑞贝卡·弗登之名,不知是因为告发者的要求还是其他原因,并未在新闻中报道出来。更别说会造访她的长眠之地的人,除了自己以外似乎再也没有了。

这样才好。远比让那些好奇的人来打扰她的安眠要好得多。

我从脚边的纸袋里,拿出了"那个"。

——约有双手手掌大小的飞船模型。

这是我直到最后,还是没能交给她的生日礼物。

我把这个为了不被风吹走而加上了微重的底座的模型放到墓前,站起身来。最后再度默默祈祷,转身背向墓碑。

"这样就好了?"

我停下动作。

两个人影出现在我的眼前。

一个是红色眼睛的美女。她身上的套装与那火焰般的红发,仿佛刚和情人吵完架一般的凌乱。

另外一个,则是西装笔挺又有知性气息的戴眼镜的年轻人。从发色与长相来看是东洋人。

"再待久一点也可以哦,毕竟这可能是最后的道别了。"

"你们是——"

"真是的,你总算现身了。"

红发女性得意地笑着,黑发年轻人的表情则依旧平静,两人各自亮出了证件——A州F局,玛利亚·索尔兹伯里,和同局的九条涟。

"有关菲利普·费弗与其他五人的命案,我们有话要问你。能不能跟我来局里一趟,爱德华·麦克道尔?"

※

面对终于出现在眼前的嫌疑人,涟感到有些困惑。

外表看起来不满二十五岁,恐怕比自己还要年轻。一头整理得十分自然的浅褐色头发,翡翠色眼眸里泛着温和的光芒。面对两名警官,他就像迎接久违的客人一样,露出平静的笑容。

这名平凡又沉稳的青年,就是杀害六个人的残忍凶手?

"你叫我'爱德华·麦克道尔'?"青年开口,"可这并不是我的名字啊。"

"是啊。我也没想到,一个不是间谍的普通人,居然会用假名混进世界知名的UFA公司。"玛利亚从口袋里掏出一份文件,"'姓名:爱德华·麦克道尔/所属:AS系统服务股份公司/住址:A州P市××路'……这是提交给UFA总务科的派遣人员用通行许可证申请书。有效期是从去年九月起的半年内。不过,并没有叫这个名字的公司。电话号码与住址也全都是编造的。"

——如果"第七人"存在,这人很可能不是偷偷溜进去,而是一开始就以相关人员身份确保了容身之处。

基于玛利亚灵机一动得到的推论,涟与玛利亚一同到UFA公司翻找过去发放的通行许可证申请文件。涟一边安抚抱怨不断的玛利亚,一边从数量庞大的申请书里一一确认姓名、公司名、住址、电话——最后,找到了"爱德华·麦克道尔"这个名字。

"只不过,申请单位不是技术开发部,而是完全不一样的部门。想必是内维尔·克劳福德在背后动了手脚吧。"

　　这是由公司部门提交申请书所造成的系统陷阱。总务部认为"既然公司内部的人确认过，就应该没问题"，于是并未对申请书进行本该进行的详细审查。他们找到申请书上写的申请部门进行确认，记录上并没有接收过名叫"爱德华·麦克道尔"的派遣人员，说穿了，该部门就连递送过申请书的事都不知道。

　　"那个'爱德华·麦克道尔'和我有什么关系？就算你们说什么想问关于菲利普·费弗教授那起事故的事，我也——"

　　"那不是事故，是杀人案。你也很清楚。"玛利亚一脸不耐烦地打断，"不要装傻啊。如果你和费弗教授没关系，为什么会来到瑞贝卡·弗登的墓前？明明就连米海尔·邓里维的诉讼新闻里，也完全没出现过她的名字。"

　　这青年方才献上祈祷的墓碑上，刻着一位少女的名字。

Rebecca Fordham Nov.16,1950—Jul.17,1970

　　"我已经嘱咐那些在她生前与她有来往的人，让他们别靠近这里，好让你能安静地多待一会儿。

　　"真费了我不少功夫，无论怎么等你都不来。我原本以为你会在忌日，或者稍微错开点的日子过来，却没想到居然是她的生日……不过，我不讨厌这种意外性哦。"

　　这青年瞪大双眼——之后他的表情就像被小孩戏弄一般，化为略带无奈的苦笑。

　　这次案件最后且最大的难关，就是如何逮捕凶手。

　　即使真相已经被玛利亚揭开，消失的凶手依旧行踪不明。对于这点，红发上司的方针极为单纯。

（凶手一定会去找瑞贝卡。想抓住他就要去那里。）

真是的，你这个人啊。

"不要用'她和费弗教授有什么关系？'来敷衍我。我已经了解了大致的经过，就连你逃离那座雪山的方式我也知道。再说一次，你——"

"只有一个。"

青年用食指指向天空，口气有如沉稳的教师。

"哈？"

"如果你真的已经掌握一切，那么你要问我的问题应该只有一个。请你现在对我提出那个正确的问题。我只回答那个问题。除此之外，我一律不做回复。"

这下头痛了呢，玛利亚摇了摇头。她平静地看着青年，嘴角浮现出得意的笑容。

"那么我只问一个问题——你是谁？"

青年顿时屏住了呼吸。

"从犯案的手法来看，这个案件的动机很清楚。就是向夺走瑞贝卡·弗登的发明、性命、荣誉、名声的他们——费弗教授与研究员们复仇。可是不管怎么调查，我都找不到她和你之间的关联。

"瑞贝卡·弗登的家人、亲戚，包括米海尔·邓里维在内的梅根研究室的成员，还有其他朋友熟人——无论怎么翻找她的人际关系，都找不到命案当天能够犯案，又知道费弗教授等人罪行，恨意还强烈得足以制订这种复杂诡谲的计划的人物。

"我再问一次。你是谁？你和瑞贝卡·弗登，到底是什么关系？"

※

我叹了口气——这个问题就是正确答案。
"陌生人。"
在红发女子的注视下,我开口回答。
"十多年前,在购物中心的模型店打工的少女,和去那家店买东西的十岁小孩。我们的关系仅此而已,只是毫无关系的人。"

※

——毫无关系的人。
这句被对方自然地说出口的话,让涟感到大为震撼。
打工店员,以及小孩顾客?
只因为这种程度的关系,就杀了六个人?
"这样啊,原来如此。"玛利亚露出以她来说十分罕见的眼神,难以判断那究竟是怜悯还是难过。"顾客是个盲点。我原本以为,能够弄到瑞贝卡的笔记的不是恋人,就是学校的熟人或打工地方的同事……你是怎么弄到她的笔记的?"
"我应该说过,我只回答一个问题。"
"只是问问而已,不用勉强回答也无妨。毕竟只要了解你和瑞贝卡的关联,笔记的入手渠道也就相当于填字游戏的最后一个空格了。"
"也就是说,剩下的格子你都填满了?你究竟是怎么办到的?居然能用蛮力解开填字游戏,这点反倒让人尊敬了。"
"别瞧不起我。"口气就跟某人一样呢,玛利亚咒骂了一声,"话说在前面,问题的关键我可是好好解开了。毕竟我也不是什么都没想过就要去寻找'爱德华·麦克道尔'这个人。"

"关键?"

"西蒙·阿特伍德的尸体呀。为什么只有他的头和手脚被砍断?明明其他人都没有多余的外伤。

"为了暂时隐瞒他的身份,不让其他还活着的人发现?不,如果是那样的话只要砍下头就好,没理由连手脚都砍下来。真要说起来,在迫降雪山的水母船那个狭窄吊舱里,能在哪里、在何时砍断头和手脚呢?一旦被发现不就完蛋了吗?

"答案只有一个——早在航行测试开始之前,西蒙·阿特伍德就已经被杀了。

"他不是死在雪山里,而是凶手为了方便搬运尸体,事先砍下了他的头和手脚,装进冷藏箱之类的东西里被搬上了测试机。"

换句话说,在教授他们六人里,活着参加航行测试的只有五人,剩下一员空缺则由"第七人"填补。

"有证据吗?你能证明你们说的'第七人'真的存在吗?细节暂且不论,也不能否定只有五人做航行测试的可能性,对吧?"

"你是要和我对答案吗?"玛利亚的语气中满是讽刺意味,"第七人当然存在,不然人数合不上。"

"人数?"

"航行测试期间,技术开发部的成员在五个检查点降落采购。每个地方现身的成员都不一样,应该是采取了轮班制……我要说的就是,如果没有第七人,这个轮班制便无法成立。"

"为什么?如果是五个地点,五人应该就能符合计算才对。"

"怎么可能符合呢?费弗教授成天酗酒啊!大概是受到瑞贝卡笔记的恐吓的影响——在这种状态下,一来他不可能外出采购,二来就算外出,店员也一定会记得;更何况,地位最高的教授不可能负责采购。

"换句话说,出来采购的人不是五个,应该只有四人才对。"

既然如此,第一检查点和第五检查点出现的应该是同一人。然而,实际上前者是克里斯托弗·布莱恩,后者则是内维尔·克劳福德,两地出现的人不同。因为轮班的并非四人,而是五人——从技术开发部的六人中去掉西蒙·阿特伍德与菲利普·费弗后,加上"第七人",组成了五人轮班制。

"第七人"在第二检查点外出。店员只记得浅褐色头发。涟他们起初也以为是外观特征最接近的西蒙·阿特伍德。"第七人"无疑特别留心,不让别人记住自己的外表。

既然如此,这个"第七人"是谁?

能使用UFA公司名义的信用卡,代表此人已经得到足够的信任,让技术开发部愿意将信用卡交给他。也就是说,他不可能是临时雇用的陌生人,应该是技术开发部的新成员,或是身份类似的在那里已经待了很长时间的人。

"原来如此。"青年佩服地点点头,"可是,如果他们从一开始就将'第七人'当成自己人,那么他们周围应该会留下显示'第七人'存在的证据呀?"

"尽管如此,却没留下这样的痕迹,对吧?办公室里没有'爱德华·麦克道尔'的名牌,在交给UFA与空军的测试计划书里写的参加者也只有六名正规成员——不过,给技术开发部内部的计划书里,应该是以你的名字取代了西蒙吧——其他文件上也完全没出现你的名字。要说唯一的痕迹,也就只有电脑与座位上的指纹被偷偷擦除这点了。但这也可以解释成'刚好打扫过'之类,理由要多少有多少。我们也因此完全上了当。"

"上我的当吗？"

"不是你，是技术开发部的成员。你这名照理来说只是个新手的'第七人'，不可能负责准备对外的测试计划书。你的通行许可证、名牌也是。全都是技术开发部——正确说来，是他们中部分成员的计划。是以抹消你的存在为前提，让你加入技术开发部，好当他们计划里的棋子。"

"计划？"

"连夜潜逃啊。这次行动表面上是新型水母船的航行测试，不过真正的目的，则是从 U 国逃亡。他们在开发新材料真空气囊时陷入瓶颈，又被匿名人士发来的瑞贝卡实验笔记的复印件加以恐吓，被逼得束手无策，最终做出了这种决定。

"不过，如果只是逃跑，会成为带走国家机密的罪犯，遭到 U 国追捕。所以他们打算伪装成事故——拿同伴的性命当祭品。

"大致的剧本应该是这样——测试机出发进行航行测试。但在途中发生某种意外，因为自动航行程序失控或真空气囊破裂之类的原因坠毁在 H 山脉。成员中半数死亡，剩下半数不是摔出机外，就是外出试图呼救但行踪不明……

"让你加入就是为了让你扮演尸体的角色——只要尸体烧得焦黑，不但查不出指纹，就连年龄差距也能蒙混过关。他们就是抱着这种打算。"

表情从青年脸上消失。

"当然，这种计划不可能让技术开发部全员参与。主谋多半是内维尔·克劳福德，然后是与瑞贝卡有渊源的西蒙·阿特伍德，之后最多再加一个人吧。剩下的成员，在计划里会一无所知地成为祭品。剩下的人具体属于哪一边，虽然只能靠推测，不过可以确定变得只会酗酒的费弗教授并不在亡命组里。

"对于亡命组来说,留下的尸体应该越多越好。如果可以,他们希望所有人都不是行踪不明而是确实死亡……可是,这种替身不可能刚刚好都能确保,实际选中的只有你一个。

"——但是他们不知道,这些全都在你的计划之内。"

玛利亚这番话,青年在过了片刻后予以回应。

"也就是说,费弗教授他们的事故,原本是你口中的'亡命组'安排的?这可说不通啊。要是这样,那'亡命组'打算怎么活下去?航行测试几乎是全员参加对吧?如果他们自己也在那架将要坠毁的机体上,这怎么想都只是自杀。"

"有办法啊。有那种只让想解决掉的人摔死,自己安全活下来的好方法。你就是利用那个方法逃出雪山的嘛。"

涟看见青年微微眯起眼睛。

"这个案件充满矛盾。明明应该有活下来的第七人,却实在看不出他是如何凭借一己之力脱逃的。凶手不算外人,却也不能说是内部成员。

"教授他们那架测试机也充满疑点。明明新材料开发成功了,留在坠落现场的却是用旧材料制作的真空气囊。为什么?因为原本就打算毁掉它?不可能。如果要伪装成在测试中发生事故,照理说测试机也应该用新材料真空气囊,才显得更加真实。

"但他们没用……不,不对。是让别人看上去觉得他们没用。"

"为什么呢?"

"很简单——因为水母船,从一开始就有两艘。"

又一阵沉默降临。

"第七人要逃出雪山,就得在烧毁的测试机之外另准备一艘水母船。可是，要把教授他们引到雪山中的那个地方，就必须对自动航行系统动手脚。能做到这种事的，只有教授他们之中的人。第七人的存在和另一艘水母船的存在之间明显有矛盾——我们一开始也这么想。

"可是呢，答案非常单纯。用在航行测试上的机体不是一艘，而是两艘。你和教授他们分成两边各搭一艘，然后两艘都根据自动航行系统迫降在了H山脉的那个地方。"

玛利亚亮出一张照片。那是装饰在技术开发部办公室里的照片。

——照片里是十年前，教授他们委托UFA公司制造的水母船样品机。

"我们问过UFA，这是在UFA建立水母船事业之前制造的样品机。当时还是一架不知道能不能飞的奇特玩具，只被UFA当作共同研究的产物，没有列在水母船的贩卖清单上。而且在教授等人的创业公司被收购前，这艘船似乎就已归到费弗教授名下，没算进公司资产里。

"后来，这架机体在归教授所有之后，被存放在教授的别墅——也就是案件发生后，那栋被定时点火装置烧光的别墅。机体原本就被安放在那个庭院里。

"教授他们私下将这张照片上的样品机——就叫它零号机吧——整备好，当作另一架试验用机体。"

青年没有回答。

他的脸上浮现轻微的惊愕——以及有如与老友重逢一般平静的笑容。

在U国，民间的水母船约有一百艘。虽然警察追踪了每一艘的去向，却没有任何一架接近过H山脉。

另外，在ＵＦＡ的工厂里并没有保存测试机与展示机。当时玛利亚他们听说ＵＦＡ为了确保用地，会把机体都移到代理商那边，所以他们以为零号机也被放在了某个代理商那里展示。然而，零号机是人类历史上第一艘真空气囊式飞艇，是一艘具有历史价值的飞船，理应交由博物馆慎重管理。如果不交给博物馆，从某种意义上来说，由生父保管也理所应当。所以ＵＦＡ那边没有特别要争夺所有权的意思。

"用两艘飞船做实验？目的究竟是什么？"

"新型与旧型的对照实验啊。"

玛利亚从口袋中取出另一张纸。

——那是新材料与旧版真空气囊材料之间的电磁波反射率对比图。

"虽然我也不太懂，但在想要证明新材料的性能优越性时，只展示那种材料的数据，在科学论文中没有意义，必须将旧材料的数据也一并列出，通过比较，来证明新材料究竟有多优越。

"在想证明'新材料不逊于旧材料'时也是一样。在新型水母船上使用了利用新材料制作的真空气囊。教授他们的航行测试，原本就是要让新型水母船与旧型水母船在同一天、同样的路线上飞行，确认在相同条件下，两者的飞行性能是否会有差异。"

※

红发刑警说完，用那对闪着红宝石光芒的眼睛盯着我。

——回答正确。

二月六日，次世代机种出发做航行测试。搭乘新型机种的人，是内维尔、克里斯和琳达三人。

剩下的成员——我、费弗教授、威廉，则为了做对照实验从别处搭乘旧型水母船，以几乎和内维尔他们组相同的路线飞行。

※

"'亡命组'用这次对照试验当障眼法，背后则进行着完全不一样的计划。他们让想收拾掉的人搭乘一架机体，将自己人分到另一架机体，计划只让前者坠落，伪装成他们自己也一并意外身亡的样子，最后安全地逃走——这就是'亡命组'的打算，但最终以失败而告终。因为你夺取了这个计划。"

玛利亚犀利的声音，让涟有种敬畏感。

这个凶手躲过"亡命组"布下的陷阱，反过来设下了圈套。他将两艘飞船的自动航行程序进行了二次窜改，让两艘飞船都迫降在雪山中的同一个地方，在无人打扰的地点夺走了教授等人的性命。随后他将所有人的尸体集中到其中一艘水母船，为了消除自己在船内留下的指纹而放火——并搭乘另一艘水母船逃出雪山。这就是红发上司看穿的真相。

留在现场的真空气囊之所以确认不到隐形性能，原因在于那是旧型——零号机的气囊。

"这就怪了。如果两艘飞船并排航行，就应该相当显眼才对。在检查点时也是，如果两艘飞船同时停泊，照理说其他旅客不可能没有印象才对。"

"当然不是'完全一样'，路线多少有些差异，至少为了不让地面上的人同时看见，两艘飞船在航行时应该隔了大约一百公里才对。以时间来说，大概相差了一两个小时吧。"

测试机的飞行高度之所以比平常低，真正的理由就在这里。不只是为了降低遭到目击的概率，更是为了不让人从同一个地点同时看见两艘飞船。

当然，即使采用相同高度飞行，只要两艘飞船的间隔再拉开一点，就不会被人同时看见。但间隔如果拉得太远，两者之间就会无法通信。军方把通信设备提供给了他们。根据约翰的说法，无线电通信的传输距离是一百公里。要保持在这个范围内，又不能让两艘船同时进入视野，极限高度就是离地二百米。

"检查点也一样。同一个地点只降落一艘。两艘水母船外观完全一致，一艘降落在奇数检查点，另一艘则降落在偶数检查点，两边轮流降落，就这样让看上去飞行的水母船只有一艘。"

这个青年眼中满是惊叹的神色。

在各个检查点，出现的成员都不一样。起先涟只认为是事先安排好的轮班，但这就是他们的意图——让人以为是"一艘水母船上搭乘了六人"。外出采购的食物量，其实并非"六人各一餐份"，而是"三人各两餐份"。

房间的分配也是一样。水母船的吊舱有三间客房。一开始涟和玛利亚也都以为是利用双层床让六人睡在一艘船上，但实际上是每个房间一人，两艘飞船各三间房，一共六人。

"水母船或许从一开始就是两艘同行"——玛利亚的灵机一闪，让涟等人从头研究起教授他们的测试机目击情报。

结果极为戏剧性。他们利用尺子和圆规，将目击情报反映到地图上。结果从原以为充满矛盾的证言之中，隐约浮现出了两艘飞船的航行轨迹。

"两艘飞船一起飞行，这一点有明确的物证吗？"

"测试机的残骸被发现于H山脉的一角，某处岩壁朝外凸出的天然屋檐下。问题在于它的位置。岩壁朝外凸出的范围，由南到北约有一百米，可是水母船的残骸所在地点却偏向南边。为什么？如果想尽可能地躲避风雪，一般来说会停靠在底下那块区域的正中央吧？"

答案很单纯，因为避难的飞船不是一艘，而是两艘。烧成残骸的那艘在南边，消失的另一艘则在北边，两者停在一起。

第二艘飞船的停泊痕迹，早在发现之前就已被风雪掩盖。在现场调查时，玛利亚他们也只注意到了残骸附近的岩钉。但在雪融化之后重新调查的结果发现，在悬崖下方的北侧也找到了疑似第二艘飞船停泊时使用的岩钉痕迹。

——涟，别墅里发现尸体了吗？

在搜查别墅时，玛利亚曾经看着留在车库的汽车这样问道。起初涟也没弄清楚她的用意，但仔细一想，会有此疑问也是理所当然。既然车库里有汽车，那么别墅里应该有人才对。然而在别墅及其周围，完全找不到汽车的主人。

主人消失到哪里去了呢？答案很简单。搭上了另一艘水母船：零号机。

别墅的庭院就像棒球场一样宽广。曾经达成环游世界一周的客用飞船长达两百三十七米，相当于两座棒球场；而水母船长宽仅四十米，是棒球场的三分之一，把庭院当停机场绰绰有余。

而且教授的别墅建在远离人烟的森林深处，周围有许多高大的树木，足以遮蔽外界的目光。对于水母船在这里停靠，又从这里消失的事，附近的居民中完全没有人察觉。

只不过，零号机不能以当时的状态直接使用。必须以"提升对照实验精准度"的名义，追加自动航行系统，并且在吊舱与支架外壁贴上战斗机用隐形材料。

自动航行系统为外接式，而且制作了好几组测试品。其中一组被悄悄地转用到了零号机上。

关于战斗机用的隐形材料，照约翰的说法，军方提供了所需量的二点五倍。这些材料既没有被消耗在研发真空气囊的新材料上，也没有遭人盗卖。只是满足准备次世代机种与零号机这两架机体的分量而已。

——机体设计在样品机的阶段就已基本完成。

回想柯提斯的证言。量产机的设计与零号机的设计相同，而次世代机种的支架也沿用了量产机的设计，吊舱部分也只更改了内部装潢。零号机与次世代机种的形状，看上去完全相同。只要在支架和吊舱上都贴上隐形材料，就能造出连颜色都如出一辙的两架机体。

"之所以烧掉教授的别墅，是因为那里是零号机维修、改造的基地，留下了许多资料和你的指纹等细节证据。

"'亡命组'在零号机上安装了陷阱。像是窜改自动航行程序，以及在发动机附近看不见的地方安装定时点火装置等。他们打算在航行测试接近尾声时启动这些陷阱，让'祭品组'和零号机一起跌入深渊。

"——只不过，这些全都被你拆掉了。用来烧掉别墅的定时点火装置，原本是装在零号机上面的吧？"

青年没有回答，玛利亚继续说了下去。

"他们对技术开发部以外的人彻底隐瞒了'航行测试用了两艘水母船'这点。在提交的测试计划书上面，也没有一个字提到零号机……包含制造部与空军在内的外人，全都以为教授他们只用了一艘次世代机种进行航空测试。

"技术开发部的成员当然知道真相。可是'祭品组'满心认为,这次航行测试是'用新旧两艘水母船进行的对照实验'。他们相信,之所以要让两艘飞船看起来像是同一艘,也是为了'保守军事机密'——就连测试计划书,他们也觉得是为了保险起见,才发了只使用一艘飞船的版本。

"完全知情的只有'亡命组'那帮人。他们计划让零号机看起来像意外坠毁,要拿次世代机种当伴手礼逃往国外。

"——而这一切,全都被你加以利用。

"真是的,亏你有办法实施这么复杂的计划。你到底是什么人?每个人都被你玩弄于手掌心。就算有瑞贝卡的笔记,要潜入教授他们那里,应该还是费了一番功夫吧?"

※

只能投降了。

这就是被红发警部逼到绝境的我的真实想法。

她太看得起我了。我没有万能到可以亲手操控一切。之所以能站在这里,是靠着许多运气与巧合——说穿了就类似单纯的物理现象。

没错——命运的齿轮就在那天,我与西蒙·阿特伍德久违十多年重逢时开始转动。

在瑞贝卡死后过了数周,这回换成领养我的那对远亲夫妇因为工作关系搬到其他州了。

我和他们一起离开了 A 州。距离我和瑞贝卡的相遇,仅仅过了几个月。在瑞贝卡的店里买的几盒未拆封的模型,和她的实验笔记,就是我手边与瑞贝卡的所有回忆。

搬到新家之后，我尽可能继续表现得和往常一样。然而，在亲戚夫妇的眼里，我的变化似乎十分明显。他们对待我的态度明显越来越小心。我曾多次听到他们两人谈论——是不是不应该让他总换环境。

瑞贝卡为什么会把真空气囊的实验笔记托付给我，如今已经无从知晓。

可能是因为她已经隐约察觉到，费弗教授等人是会抢走别人研究成果的人。之所以没有选米海尔而是选我，大概是为了尽可能让笔记远离教授那些人。又或者，是因为我们同样喜欢飞机？

没有答案。我能做的，只有以我微不足道的力量，解读她留在笔记上的思考轨迹。

想要理解瑞贝卡那耀眼发明的一切，需要十年以上的时间。

所以对我来说，在上大学时选择 A 州立大学，从某种意义上讲是必然的。

回到暌违近八年的 A 州，等着我的是与当年同样炎热的酷暑。

A 州立大学附近的购物中心虽然和那时一样热闹，里面的店铺却有了很大的改变。

瑞贝卡当年工作的那家模型店已经消失，原址换成了别的店。

听隔壁店家的员工说，模型店在四五年前就已关闭。原先摆放模型的架子，已经变成放置漂亮的女用手表的展示柜。

在 A 州立大学之中，也几乎找不到瑞贝卡留下的痕迹。

传闻中她死的那座理学院化学系大楼，我只去过一次。那里只是个平凡无奇的化学实验室。过去她所属的研究室已不存在——一切都被八年多的岁月盖过。

唯一留在图书馆里的那份当年的校园报纸，用了很大的版面描述那起意外和她的为人。

她研究室的学长——米海尔·邓里维——留在化学系继续做研究，这点我也是在调查校内资料后才得知。然而，我没有拜访他的打算。即使问他，也只会听到米海尔眼中的瑞贝卡。更何况，如果向他问话，接下来就需要我来讲述自己与瑞贝卡之间的事。不知为何，我对此极为排斥。

就这样，在我不断地追逐她的影子时，一张贴在航空工程系布告栏上的传单吸引了我的目光。

  特别讲座"气囊式飞艇的开发与延展"——讲师：西蒙·阿特伍德

在那个讲座上，我再次见到了西蒙·阿特伍德。

——并且发现讲座的内容，和瑞贝卡实验笔记里所写的完全一样。

直到最后，我都没想过要找别人帮忙。

所借助的，只有那应该消失的那六个人，和自己的力量。

对于无法拯救瑞贝卡的我来说，这是必然的结论。

讲座结束后，我接近西蒙，假装成热心的学生提出了几项技术性问题。"爱德华·麦克道尔"这个假名，也是从那时开始使用的。假名的由来没什么大不了，单纯只是将当时同学的姓名随便组合了一下。

西蒙已经完全不记得当年那个在模型店和瑞贝卡聊天的小孩。对于我胡编乱造的"想为自己的研究主题作参考"的理由，西蒙没有任何怀疑，一副看似平常却又仿佛被撩拨起自尊心的样子，给出了完全没超出瑞贝卡笔记内容的答案。

我算准时机，佯装无知地对西蒙抛出炸弹。

——你们是怎么发现那种合成方法的？我都不知道，原来航空工程还得精通化学合成啊！

西蒙的眼神，瞬间产生了很大的动摇。

尽管西蒙含糊其词想转移焦点，但我依旧表现出能接受这种说法的模样点了点头。他见状松了口气，不过眼中还留着些许戒心。

或者说罪恶感。

西蒙邀我共进晚餐。或许是为了弄清那个问题的真正含意，他拐弯抹角地询问我的事，以及十年前瑞贝卡意外死亡的事。

——我一直住在乡下，这个地方大得令人眼花缭乱。如果父母还在，我真希望能让他们看看这里。

——我听说曾经发生过这种意外，是在理学院还是药学院来着？

我留心着不要表现得不自然，同时坚持不知道、没听过。或许是终于相信自己只是多虑，西蒙明显放下心来，点了第四杯啤酒。

西蒙醉得不省人事，于是我开着他的车送他回家。西蒙的家位于Ａ州立大学以南的高级住宅区的一角，他一个人住。

当我把车停进车库时，西蒙已经在后座熟睡——肚子上抱着塞满东西的上锁提包。

我一边小心避免把他惊醒，一边慎重地抽走提包，接着从他上衣口袋找到一把小钥匙，打开了提包的锁。

从提包中的文件，我得知了空军委托他们开发新的隐形水母船，以及开发正陷入瓶颈的事。

隔天，我利用西蒙给我的名片，给他打了电话。

我为晚餐道谢，对他的身体状况表示关心，并询问今后是否也能在研究上请他提供建议。或许是因为把初次见面的学生当出租车司机使唤令西蒙有些过意不去，他回答只要在不造成影响的范围内就可以。

就这样，我得到西蒙的个人联络渠道。

我在接受他的技术指导——虽然内容不足以这么称呼——的同时，花费很长时间，一点一点地套出了有关费弗教授的前研究室的情报，然后看准时机，对他提出了一项要求。

——能不能让我参观你们工作的地方？我非常想见识一下，水母船的制造与开发是怎么进行的。

对气囊式飞艇感兴趣的学生想参观实际的制造现场与研究设施，并不会显得不自然。西蒙虽然爽快地答应让我参观制造部，不过技术开发部那边则是如我所料，以机密为由对我的要求不予同意。我以不让人起疑的程度，表示想以研究者的身份看看最尖端的研究现场。

最后，西蒙屈服了。或许是他判断要是拒绝得太过坚定，反而会显得更加可疑。在一个其他研究员都不在的周日，我以求职学生的身份参观了包含孵化屋在内的制造现场，终于得以入侵技术开发部。

那不是什么值得参观的地方。以水母船研究开发的最前沿来说，他们的实验室实在太过贫乏。

机会来得出乎意料的早。在会议室休息时，西蒙起身去洗手间。

我用准备好的螺丝起子卸下插座盖板，安装窃听器，再恢复原状，合计不到两分钟。

准备完毕后，我开始最初的恐吓。

目的大致有四点。纯粹带给教授他们精神上的痛苦，观察他们的反应来衡量罪行轻重，确保计划所需资金——以及暗示有 R 国的影子，逼他们背叛 UFA 与空军。

想和他们所有人接触，必须先让他们采取某种行动。

我小心翼翼地提防空军的检查与监视，假装成送报的人，将装有恐吓信的信封丢进了菲利普·费弗自宅的信箱。对于西蒙和相当于技术开发部核心的内维尔与克里斯，我也送出了同样的恐吓信。

——都是你的错，克劳福德。

——该怎么……内维尔——克里斯说得没错——要是不快点儿处理——这种事我知——西蒙，你闭嘴——

效果出乎意料的好。我隔着窃听器，听到教授似乎已经错乱的怒吼，以及前研究生们带着恐惧的争论。

——你对我们公司有兴趣吗？

一个月后，西蒙以有些紧张的态度，给了我一个阴郁的微笑。

我成为技术开发部一员的事，对公司内外都巧妙地隐瞒下来。

在这个时间点，他们——应该说内维尔——似乎已经描绘了计划的蓝图。在威胁过后仅一个月他就能下定决心，这让我有点意外。或许是想早点儿确保我这个正好适合担任尸体的人也说不定。

在ＵＦＡ保障我的行动畅通无阻的，就只有一张写着假名且为期半年的通行许可证。我被禁止与其他员工或外界人士接触，就算是理论上与技术开发部关系最密切的制造部也一样。

他们拿"军方保密协定上的限制"这种莫名其妙的理由当借口，连正式的劳动合同都没和我签。也许是内维尔认为这样能够骗过无知的学生。当然，不用交履历就能搞定，对我来说也是再好不过。

我知道他们的目的，但继续假装一无所知。只要一踏出技术开发部那栋建筑，我就只是众多出入ＵＦＡ的从业者之一。在聚集了数千名员工的工厂里，唯有我是孤身一人。

能被分配到自动航行系统的开发业务，算是侥幸，

如何将这帮技术开发部的人引到无人妨碍的地点，是这次计划的重大问题之一。能够不费吹灰之力就找到解决的眉目，使我的计划的轮廓变得更加鲜明。

在这个时候，表面上的航行测试路线已经基本确定了。我参考着地图，寻找适合当他们最后舞台的地点，没多久便选出位于Ｈ山脉的一处应是由远古时代的地层下陷形成的洼地。

关于电脑的使用与程序的相关知识，则是我在大学研究室接触数值模拟时学会的。

一旦计划正式实施，可想而知我会第一个遭到怀疑。所以我故意没有为电脑设置密码，好让所有人都能使用。我早已预料到他们会设下某种陷阱，实际上也是如此。

这段时期，我也没忘继续恐吓他们。

通过代理人开设收钱用的Ｓ国银行账户意外的简单。在掌

握他们的动向之后，发送恐吓信也变得容易许多。我伪装成R国的间谍，一步步将他们逼往特定方向——最后看准他们的恐慌与焦躁达到顶点时，施加致命一击。

关于所附文件，希望诸位能助一臂之力。
还有，麻烦于期限内将各位的气囊式飞艇送往指定地点……

对于"亡命组"的人——内维尔、克里斯、西蒙——而言，让"祭品组"的水母船坠落后该如何安全逃出U国，依然是最大的问题。我丢下的毒饵——利用R国想抢夺水母船的契机，制造出让他们讨论是否接受逃亡计划的机会——他们毫不怀疑便吞了下去。

数天后，内维尔定下了航行测试的日程。

在私下，我继续保持着与西蒙·阿特伍德之间的私人接触。

以他们的计划来说，无疑想避免让别人看见我与他们在技术开发部以外的地方待在一起。西蒙在和我面对面谈话时，总会选择在四下无人的技术开发部办公室、教授的别墅、克里斯父亲的废工厂，或是无名酒吧的阴暗角落。

——怎么了，西蒙？你看起来很疲倦。

在航行测试的三天前，我若无其事地问道。与逃向酒精的费弗教授、外表上装作平静的内维尔，以及有种自暴自弃感的克里斯相比，此时西蒙的疲惫要明显得多。

"没事。""怎么看都不像没事啊。"在短短几句你来我往之后，西蒙含糊其词地说出"按照内维尔的方针行动，真的没问题吗"。

最后的素体已经培育完毕，次世代机种组装后的调整工作也即将结束。审判日在即，显然西蒙正在逐渐被良心和恐惧压垮。

好了，该怎么办呢？

我对西蒙的痛苦没有半点同情，不过事到如今，我也不太希望发生诸如——豁出去的他在关键时刻背叛内维尔，当着"祭品组"的面揭穿计划——这种事。

在略作考虑之后，我决定主动推他一把。我对西蒙提议，"不如暂时休个假如何？"

在漫长的沉默过后，西蒙无力地笑着说"你说得也是"。

隔天——航行测试的两天前，在办公室开会时，西蒙以身体不适为由，宣布他不参加此次的航行测试。

毫不知情的琳达与威廉尽管因为他突如其来的宣言而显得吃惊，却还是没有多想地对西蒙表示关心。教授窝在别的房间喝酒。内维尔与克里斯则是神情紧张地对视，过了一会儿，内维尔将西蒙带进会议室。

——你这是什么意思，西蒙……难道你想背叛……

——我没这个意思……只是需要点时间考虑……

走出会议室时内维尔仍是一脸烦恼。那天，他提早宣布下班，和西蒙一起快步离开职场。

我也假装踏上归途，偷偷跟在两人后面。

除了我以外，没有其他汽车跟着内维尔与西蒙。虽然有空军在进行护卫的可能，但是感觉不到空军的存在。在一切都结束之后，我才知道他们主动拒绝了军方的护卫。

两人的目的地是教授的别墅。

可能是因为各怀鬼胎，西蒙与内维尔似乎都没注意到我。看到他们拐进通往教授别墅的路之后，我将汽车藏进森林，踏上通往别墅的长路。

抵达正门后，我往里面一看，视线的另一头是——

在巨大的零号机底下，内维尔正将已经断气的西蒙拖往森林。

西蒙的尸体，被内维尔埋在从别墅后方步行一段距离的森林深处。

他回到庭院，将铲子上的泥土洗掉并扔进柜子里；接着从汽车里拿出软盘，消失在零号机的吊舱中。手电筒的光，在操舵室的窗户里晃动。

离开吊舱后，内维尔以幽鬼般的表情扫视周围，随即坐上汽车离去。直到最后，他都没发现我躲在树后。

之所以内维尔会选择在这天晚上，在教授的别墅里杀害西蒙，对他来说想必有足够充分的理由。

提到能够避人耳目的地方，只能想到教授的别墅。同时为了窜改零号机的自动航行程序，无论如何都得前往教授的别墅。这种机会从日程来看已经所剩不多。

一旦西蒙提出要脱离计划，"亡命组"的另外两人——内维尔与克里斯会采取什么行动，我大致已经料到，只是我没有百分之百的把握。内维尔会这么早而且用这么简单的方式堵住西蒙的嘴，老实说令我有点意外。说穿了这是个失败——不是我的，而是内维尔自己的。

为了自己，他不惜夺走别人的性命。

内维尔的恶行就发生在我眼前，证明他们也是这样夺走了瑞贝卡的性命。

漫长的寂静过去。在确认内维尔没有回头之后，我从柜子里拿起铲子，挖出了西蒙的尸体。

月光朦胧地照出他痛苦的表情，以及颈部附近的勒痕。

我既没有受到罪恶感煎熬，也没有觉得恐惧。我所感受到的，就只是对这个让瑞贝卡与教授等人见面的男子，有了些许的怜悯。

我将开始变冷的尸体扛回别墅，借助备用钥匙把他搬进屋，脱下他的衣服，让他躺在浴室地板上，然后将泥土洗掉，用菜刀与锯子砍下了他的头和手脚。

基于计划需要在检查点让"西蒙"也现身，所以他的尸体最好安排在测试机里被人发现。更何况，西蒙的尸体还有其他用处。

用来替教授存放酒类的冷藏箱，已经被事先搬进别墅里。我将西蒙的尸体分装进原本就放在别墅里的两个备用冷藏箱，并且将冰块塞了进去。完工时早已是深夜。

按照当初的实验计划，搭乘零号机的是教授、威廉、琳达和我这四人，搭乘次世代机种的则是内维尔、西蒙和克里斯。

但是在西蒙消失之后，人数变成了四对二，所以内维尔为了进行表面上的人数调整，不得不从"祭品组"中挑出一人加入"亡命组"。

中选的人是琳达，从这点似乎能窥见内维尔的深层心理，令我感到很有趣。或许，他是打算将琳达的肉体当成送给 R 国间谍的伴手礼也说不定。无论如何，零号机实质上的工作人员，只剩下了我和威廉。我避开威廉——教授不是在喝酒就是在睡觉——的注意，将装有西蒙尸体的冷藏箱搬上零号机的吊舱。

我用另外准备的程序覆盖了已经被内维尔窜改过的自动航行程序，并将紧急备用磁盘换成了残次品，将紧急停止开关也一并毁掉。次世代机种那边我早已处理完毕。"亡命组"的成员们，看上去从未想过自己搭乘的次世代机种会被人动手脚。

就在大家各怀鬼胎的情况下，航行测试终于开始。

直到出发后第二天的夜晚，都没有什么特别大的动静。次世代机种与零号机用无线电报告彼此的状况，表面上是一场平安无事的测试。

对我来说，这段时间里最需要留心的地方，就是在第二检查点的外出采购。

从一开始，我就是个不存在于技术开发部的人。我不想让商店的顾客或店员记住自己的长相。话虽如此，用墨镜或面具遮脸又有反过来引人注意的危险。幸好我的发色、瞳孔颜色和身材与西蒙相仿，所以我在外出时，特别留心让发型、服装与西蒙相似，对于言谈举止也留心加以模仿。

其实，哪怕被人记住我的长相，也不会对计划的主轴造成影响——不过我的容貌似乎不太起眼，所以客人们没人注意我，都在看水母船；柜台的店员似乎也忙着处理络绎不绝的客人，没有对我露出特别好奇的目光。

使用不需要签名的公司信用卡结账，是内维尔的指示。

这是个巧妙的方法，会留下技术开发部的痕迹，却不会留下我的笔迹与指纹。不过，内维尔直到最后都没注意到，这不一定只对他们自己的计划有利。

在顺利采购完毕后，作为最后的恐吓，我把装有瑞贝卡笔记复印件的信封交给了教授。

"刚才外出时，有人把这个交给了我。对方遮住了脸，所以我不知道他长什么样子……是您的熟人吗？"

教授脸色铁青，在抢走信封后粗暴地关上了客房的门。

随着计划进行，瑞贝卡的复印件将会成为把他们逼到绝路的冠冕堂皇的理由。之所以特地在这个时候让教授看见，是为了带给教授"你逃不掉"的恐惧，并且让教授的指纹沾上去，好在日后成为证物。

选择菲利普·费弗教授当第一个牺牲者，纯粹是排除法的计算结果。

基于某种理由，必须在自动航行程序的陷阱启动之前杀害第一人。若要让嫌疑扩及"亡命组"的成员，下毒是最佳选择。在教授与威廉之间，对前者更能以较为自然的方式毒杀。

早上五点，在确认威廉还没起床走出房间后，我用备用钥匙进入了教授睡的二号房。

教授还在睡梦中呻吟。可能是为了排解恐惧，枕边躺着里面还有酒的瓶子。我拿起酒瓶，打开瓶盖丢入氰化钠，然后摇晃教授的肩膀。

"请起床，马上就要到下一个检查点了，该吃早餐了。"

教授发出不悦的声音，慢腾腾地起身。对于我出现在应该上了锁的房间里的事，以及现在吃早餐还为时尚早的事，他似乎完全没发现。教授毫不怀疑地抢走了我递出的毒酒，直接灌进嘴里。

这断送了菲利普·费弗的性命。

我丢下开始感到痛苦的教授,走出房间,开着门观察教授的模样。

他抓着喉咙,把秽物吐得到处都是,发出沙哑的呻吟声,并爬向站在门外的我——他伸出手试图抓住我的脚,就这样力竭身亡。

在看到教授咽气之后,我放开房门,让门夹住了他的手腕。

威廉过了将近一小时才发现尸体。他的狼狈样已经超出滑稽的范畴,甚至显得有些悲哀。

两小时后,在远离干道的无人荒野上,技术开发部成员紧急集合。

之所以在进入H山脉前杀害教授就是为此——以紧急状况的名义,让次世代机种与零号机停在同一处。

"亡命组"的计划,应该就是从这附近开始偏离表面上的路线,准备逃亡国外。但由于教授遭到杀害,他们至少在零号机坠毁之前,都必须和"祭品组"共同行动。

当然也有人提出中断航行测试,不过到头来,还是由内维尔的一己之见决定测试继续。在已经告诉空军虚假的日程——这点我是通过窃听得知——的情况下,内维尔显然无法选择中断。

事情的发展顺利得吓人。两艘水母船继续航行——接着陷阱启动。

究竟能不能顺利迫降在洼地,老实说赌博的成分很重。

根据先前的天气预报,H山脉正转为有风雪的坏天气。虽然自动航行程序中考虑了包含风力在内的各种计数器的数值,但事前根本没什么进行确认的可能，能不能如预期运作，只能看天意了。

所幸，风势并没有强到那种程度。两艘飞船降落在洼地里，误差维持在了数百米以内。

虽然很可能由于撞上岩壁等原因导致物理上无法航行，但是只要两艘中有一艘还能运转，计划就不会有任何问题。我判断陷入最糟糕的发展的可能性并没有想象中那么大。实际上，筛子掷出的点数几乎完全符合我的理想。

当威廉与克里斯在岩壁下方绑好一艘飞船，我和内维尔也绑好了另一艘飞船时，寒意与黑暗已经开始降临到周围一带。

在等待救援时，所有人都待在零号机里。

基于燃料有限，让两艘飞船分别取暖效率不佳。照理说，与其让他们三人移到放有教授尸体的零号机，不如让我们两人移到设备更新的次世代机种更自然。但内维尔与克里斯霸道地做出了决定，可能是不想让我和威廉在次世代机种里晃荡——不然，就是想在零号机里收拾掉"祭品组"。话虽如此，我本来就打算在事情结束后把尸体全部移到零号机，所以内维尔他们的决定反而正合我意。

晚餐时，大家针对这次状况进行了讨论。

有人把我们逼到了这种状况——这点已经成了在场众人的共识。我早已料到怀疑第一个就会指向我，不过我也事先准备好了应付这种场面的借口。我一反问"让紧急停止开关出故障的人是谁"，琳达便狼狈地闭上了嘴。

意外地，克里斯与威廉似乎认为谁都有可能是凶手，所以没有只针对我。然而，内维尔却不一样。或许是因为原本的亡命计划失败，让他坚信凶手是"祭品组"里的人。在因为那壶热水起冲突时，他也没隐藏对我的怀疑。

不能让他活太久。

榨取瑞贝卡的研究成果，并把她的死伪装成意外，应该就是这个男人主导的，所以我原本希望能尽可能久地让他品尝恐惧的滋味。不过，对于这一点我决定以别的方式代替。我努力装作满脑子都是愤怒与恐惧，并且喝光了纸杯里的热水，等待陷阱发动。

时机很快到来。内维尔打开了一瓶原本应该是事后庆祝用的葡萄酒，替自己倒了一杯。在酒流进胃里过了几十分钟后，他便挣扎着落入地狱。

对下毒如此提防的内维尔会轻易遭到毒杀，似乎给剩下三人带来了沉重的打击，花了不少时间才能重新开始正常对话。尽管有人质疑酒瓶被动过手脚，但没有深入讨论下去。

实际上，那不是什么了不起的陷阱。我提前在桌上放了一沓纸杯，只在最上面那个杯子的内侧涂了毒，仅此而已。

剩下五人里，地位最高，最有发言权的就是内维尔。这样一来，无论是内维尔自己去拿还是由别人发放，纸杯都有很大的可能先给到实质领袖内维尔。即使是其他三人中奖，也只要等下次再杀掉内维尔就好。如果分到了自己这里，只要找个不让人起疑的借口避而不喝就好。

结果，事情发展正如我的期望，琳达将有毒的杯子发给了内维尔。

想要掌握剩下这些人的主导权，意外的简单。

琳达大意地说出瑞贝卡的名字，使得我可以轻而易举地责怪他们。受恐惧与动摇所困，他们毫不怀疑地听信了我那些连推测都算不上的鬼话。

之所以提出外来者犯案的可能性，并借此提议搜索吊舱，有几个理由。

第一个理由很单纯，就是将"内鬼不可能主动去排除有外来人犯案的可能性"这一观念植入剩余成员的脑中，好撇清自己的嫌疑。

另外一个，则是趁着搜索，确认内维尔他们"亡命组"搭乘的那艘次世代机种——第二艘水母船的内部。

对次世代机种动手脚——窜改自动航行程序与令紧急停止开关瘫痪——以及改造无线电对讲机，这两件事虽然已在出发前处理完毕，但我毕竟不可能事先调查"亡命组"三人带上船的物品。举例来说，假如内维尔带了备用的无线电对讲机，我就必须在军队插手前先杀掉他们。为了弄清楚有无必要，我需要尽快确认次世代机种的内部状况。

"亡命组"中的克里斯显得有些排斥，可是，就算其中一边的吊舱里没有"第七人"，也不能保证入侵者没有躲在另一边的吊舱里。对于这点克里斯似乎无法反驳，什么也没说就屈服了。

为了确保万无一失，若能确认大家的随身行李自然最为理想，但终究还是遭到了其他三人的反对。不过在这种对其他三人来说相当于突击检查的状况下，只要能进房间里查看就足够了。

在搜索次世代吊舱时，没找到备用无线电对讲机一类的东西。

可能是他们疏忽大意，觉得只要有由军方提供的小型无线电对讲机就够了。不然就是怕被琳达看见。虽然没法连克里斯与内维尔的随身行李也一并调查，但从他们房间的样子来看，我可以肯定他们并未与外界联络。毕竟他们肯定完全没想到，落入陷阱的人居然是他们自己。

其他房间——操舵室、餐厅、厨房、琳达的房间、盥洗室、浴室、轮机室、仓库——看起来都与零号机没什么差别。

除了轮机室里有个细长的高尔夫球袋以外。

入侵者的痕迹当然不可能找到。

在调查次世代机种时，躲在雪山某处的"第七人"会不会入侵零号机呢？虽然他们也不是没有这种担忧，不过从吊舱周边的积雪状态看来，这显然只是白操心。回到零号机的另外三人一边拍掉防寒衣上满满的雪，一边满脸困惑。

最有可能是"第七人"的西蒙，尸体早已被分装在两个塞了冰块的冷藏箱里。尽管冷藏箱在搜索时不是没有被打开的危险，但考虑到一个冷藏箱的容量装不进"活人"，再加上他们自己作茧自缚地规定"不能打开随身行李"，最终完全没人注意到冷藏箱。

最大的危险反而在搜索之后到来。克里斯宣称要去拿东西那一刻，是我在整个计划中危机感最强烈的瞬间。

原本要收拾掉"祭品组"，却反过来连自己也遇难，再加上相当于主谋的内维尔被杀——对于"亡命组"的克里斯而言，这种状况出乎意料。而且照理来看，只能想到是遭到了"祭品组"的人的反击。再加上入侵者的存在被否定，可以预料克里斯对"祭品组"的怀疑迟早要爆发。

然而，克里斯拿出霰弹枪要杀光所有人，却是预期中最糟糕的那一种。

尽管克里斯用"只是去拿烟"搪塞，他的企图却非常清楚。

那把霰弹枪，大概是藏在了高尔夫球袋里，以备有万一时用来防身。我试着用言语拖住他，但那对执念已深的克里斯来说毫无意义。我可以用尽全力制止，但这么一来，会让其他人更加怀疑。

我隔着桌子责备威廉，同时拼命地让脑袋运转，思考该如何应对即将到来的悲惨局面。

即使我在那个节点丧命，他们大概也无法若无其事地回归日常生活。然而，对于那时候的我来说，亲眼看见他们全部死亡是第一要务。

所幸，威廉看出了我的意图，我们成功地从两侧联手压制住了克里斯。自己打算射杀的对象居然这么快就展开反击，这对于克里斯来说无疑是第二次失算，也是致命性的失算。

最后，威廉抢下霰弹枪，朝克里斯扣下扳机。

无法亲自下手让人有些遗憾，但是既然能够看见克里斯痛苦地扭动身子后断气，这些不过是小问题。

克里斯的失控是最大的突发状况，另外却也带来了天大的良机。

"一连串命案全都是克里斯所为"——那时的情况只能得出这种结论，再加上当事者克里斯的死亡，使得威廉与琳达变得毫无防备。我先让琳达入睡，然后从威廉口中钓出了有关瑞贝卡的记忆。

关于瑞贝卡死亡时的情形，我已经靠窃听等方式大致推测出来。而且就算威廉说出了新的事实，事到如今也不可能改变计划。然而，我最想知道的部分——实际对瑞贝卡下手的人是谁——只有这个机会，能够从他们自己口中直接问出来。

威廉那假装成忏悔却充满自我辩护的回忆里，没有我想知道的事实。然而，他那仿佛在逃避的卑劣眼神与举止，远比言语更能传达真相。

——是你吗？玷污瑞贝卡，害死她的人就是你吗，威廉？

我算准威廉睡着的时间，将装有西蒙尸体的冷藏箱从轮机室搬到餐厅。

计划已经进入尾声。在认为克里斯是凶手的情况下，一旦出现新的死者，剩下的那个人必定会怀疑到我。为了让最后的猎物产生混乱，我决定让西蒙帮个忙。

在克里斯的尸体旁边，我将西蒙尸体的各部分从冷藏箱中取出，为他穿上我带来的备用衣服，让头部以外的部位坐在椅子上。

我并不担心过程中会被人发现，毕竟门关着。而且更重要的是，我相信威廉与琳达不想踏进还躺有克里斯尸体的餐厅。

之所以不让西蒙躺在地上而是坐在椅子上，则是为了在最后一人发现尸体时，能够产生最大限度的视觉冲击。在受到强风摇晃的吊舱里维持平衡虽然很辛苦，但衣服发挥了连接手脚的作用，让作业比预期中更早完成。

大概是由于寒冷的原因，克里斯的血没有完全凝固。我利用他的血在餐厅门上写下了讯息，随后把求生刀从克里斯手中抽走，插到背后的腰带上。虽然我在口袋里也藏了防身用的碎冰锥，不过既然目标替我准备了武器，就该好好利用。

在我走出餐厅时，一号房的门开了。

"咦……爱德华？怎么了……在这种时间还醒着。"

这时候的琳达，看起来比几小时前冷静多了。

"我在巡视设备。你才是，出什么事了吗？"

"我醒了……一来很冷，二来明明应该已经没事，却不知为什么突然觉得很可怕。"琳达抱住自己的身体,"所以……就想喝点温暖的东西。"

"冲杯热可可吧。茶壶里还有水,可以用余温再煮沸一次。"

我准备走进厨房,琳达却抓住我的衣角顺势靠了上来,把脸埋进我的胸口。

"琳达?"

"我好怕……拜托你,一下下就好……不要,丢下我一个人。"

色诱?我的胸口感受到了琳达的体温,心和身体却没有丝毫动摇。

"这样好吗?要是让威廉知道——"

"没关系……他们在意的人,总是只有瑞贝卡。"

"瑞贝卡?"

"那是个令人讨厌的女人。"和出口的话语不同,琳达的声音里,有种怀念老歌的感觉,"突然闯进来,摆出一副比起恋爱更重视研究的模样,把他们的心夺走。当然,我也完全没想过要认真和他们交往,也没有真的觉得她是那种女生。可是,就算是这样,也不可能简简单单地就释怀……所以,我……"

"所以?"

"没事。"琳达的回答,带有数秒的停顿,"这件事和别人无关……你不用在意。"

掩饰般的停顿,以及声音中的些微颤抖,让我明白了琳达过去的罪孽——她当时对瑞贝卡做了什么。

"所以怎么样?"我小心翼翼地握住藏在背后的刀,在琳达耳边低语,"你将瑞贝卡与威尔分别叫到工厂,让威尔玷污了瑞贝卡——是这个意思吗?"

琳达惊愕地瞪大眼睛。我用一只手抱住琳达，同时把刀刺进她的背后。

琳达的脸因为痛苦、恐惧、后悔，还有少许眼泪而扭曲，就此停止了呼吸。

放下琳达的尸体后，我将冷藏箱放回了轮机室。

我关闭发动机，截断电力，把西蒙的头放到他的身体上，稍事休息，然后轻敲威廉睡的三号房房门。

接着我溜进了放着教授与内维尔的尸体的二号房，隔着墙壁打探动静。没多久，我便听到威廉起了身。

在那之后的事全都是顺着事态发生，也全都不出我所料。接连发现琳达与西蒙的尸体，让威廉陷入了错乱状态。

威廉会把西蒙的尸体误认为"爱德华·麦克道尔"的可能性，老实说大概是一半一半。

虽说我让尸体穿上了自己的衣服，又把照明切换成亮度很低的紧急照明灯——而且，我和西蒙的个子相近——但只要仔细观察，就能发现那不是"爱德华·麦克道尔"，而是西蒙的尸体。如果威廉多少还保持着理智，就能轻易看破这种机关。

威廉没有看出来。

或许是事前的心理压迫奏了效。在看到琳达的尸体，紧接着又目睹"爱德华"散得七零八落之后，威廉完全失去了理智。

趁着威廉最后冲进餐厅这段时间，我从二号房转移到三号房。在发现西蒙的尸体后，威廉将其他房间的门一扇扇打开以寻找杀人凶手，却唯独忽略了自己不久前睡的三号房。

我算准了霰弹枪的枪声中断的时间，离开三号房。

威廉背对着我。他只顾着装填子弹，直到最后都没发现从背后接近的我。

之所以明知这样做等同于把高杀伤力武器留给他,却还把霰弹枪留在餐厅,把求生刀留在琳达背上,是为了不让威廉确定持有武器的凶手还躲在船内。这不是放水。手中武器的强度和最后的生死无关,这一点克里斯已经证明过了。

霰弹枪和刀都不需要。

要解决威廉,工具箱里的一把铁锹足矣。

在确认最后的猎物死亡之后,我将铁锹丢在地上,着手处理剩下的工作。

要做的事不多——跟之前的工作相比而言。

我重新启动零号机的发动机,让照明与暖气恢复运作,并将内维尔、克里斯、琳达的行李搬进零号机,确认了行李的内容,分别放进三间客房与轮机室。

里面没有什么需要处理掉的东西。虽然内维尔和克里斯有带上一整套过去的实验笔记的可能,但我找到的只有最近那本。

原本内维尔曾经试图处理掉以前的实验笔记,大概是担心他们的罪行被发现。我偷偷把那差点儿和其他废纸一起被送进焚化炉的旧笔记进行了回收,在航行测试前塞到了威廉桌下,好让警方等人在搜查时发现。

至于瑞贝卡的笔记复印件,我则是塞回信封里,放进了教授的行李箱。我小心翼翼地没留下指纹,所以并不担心遭到追踪。这么一来,警方与空军应该就会发现教授等人的罪行。尽管他们有可能对外隐瞒,但我另有手段。

我用事前准备的磁盘,将次世代机种的自动航行程序覆盖了回去,等待时机。

风雪在大约一天后的深夜停息。

这是夹在风暴与风暴之间的短暂静谧时光。原先那般狂野的风雪，此刻就像睡着了一般的安静。教授他们最终没能看见的星空，从云朵的缝隙间眨着眼。

我借着从吊舱窗户透出来的光亮，拆掉了用来固定次世代机种的岩钉，并将缆绳回收。接着将次世代机种推出岩壁的阴影范围，在拉开了充分的距离后回到零号机。

在确认吊舱已经足够温暖之后，我把燃料洒在走廊上，丢下了点燃的打火机。

一切就此结束。

我看着火焰从零号机吊舱中冒出，发动了次世代机种。

在启动了自动航行系统后，我看向操舵室的窗户。

在重新开始起舞的雪中，黑红色的火焰从零号机的吊舱烧向真空气囊，缓缓吞噬了机体的一切——这幅景象，无声地从我的视野中远去。

——你知道吗？水母啊，即使在冰点以下的海里也能游泳哦。

——而且就算冻结，变暖之后还是能复活——

※

"太看得起我了。"在漫长的沉默过后，青年以平静的笑容回应两人，"并不是什么都在我的计算之中。只要走错一步，死的就是我自己——这种场面曾经出现了多次。"

青年第一次明确地招认。

然而，青年并未露出败北的表情。他仿佛早已预料会碰到这种场面，脸上甚至浮现出了安稳的微笑。

"这样啊。"玛利亚看着青年的眼神里夹杂着无奈与惊叹，"看来，复仇女神对你相当青睐呢。"

"这倒也不尽然。否则，也不会像这样被你们逼到绝境。"

"真敢讲。明明从一开始，你就没打算打造所谓的不可能犯罪。

"——通知警察'水母船在H山脉起火燃烧'的人就是你吧？"

没有回答。

"把内维尔·克劳福德的实验笔记留在办公室，把瑞贝卡的笔记送给米海尔·邓里维，好让他告发教授他们，这些都是你干的好事吧？"

没有回答。

"还有，教授他们的尸体也是。像你这样的人，应该至少能将其中一具尸体伪装成可以看作自杀的状态才对。尽管如此，你却任凭他们维持只可能是他杀的状态。为什么？有特地强调那六人是死于他人之手的必要吗？"

没有回答——青年似乎以眼睛笑着表示，提问只有一次。

"我只是问问看而已，你没必要回答。因为让世间知道费弗教授他们的罪行，才是你的最终目的。对吧？

"为此，你不能让教授等人的死只在他们六人之间结束。你不断露骨地提示警察，好让警察知道那六人都有罪，且是死于别人的复仇。你等了半年以上，在确认军方与警方都没有公布真相的意思后，改将笔记托付给米海尔，在弥补他内心遗憾的同时，也让他扮演告发教授等人罪行的角色——是这样吧?"

"为什么?"涟终于按捺不住,向青年提问,"只要有瑞贝卡·弗登的笔记,照理说就算不下杀手,也能给予费弗教授他们社会性的制裁。就像米海尔·邓里维做的一样。

"你为什么要亲手夺去他们的性命呢?"

玛利亚惊讶地看向涟。

涟早有心理准备,对方应该不会回答……然而——

"这是个很难回答的问题。"

意外地,青年开口了。就改成一人一问好了,算是特别赠送——他微笑地这样说道。

"其实,我也不知道。我所能说的,就只有'那对我而言是必然的事'。我特意选择了借助他们的计划夺取他们性命的道路,完全没考虑过收手。就像在坡道上放手,球便会滚下去一样,对我来说这是必然的发展……除此之外我找不到任何答案。"

他的口吻无比平静。

玛利亚叹了口气,乱翘的红发左右摇晃。

"你真傻。"

"我不否认。为了一个不过是陌生人的对象杀人,在你们眼中,想必是种愚蠢的行为吧。"

"不是因为这个。"玛利亚就像在训斥般地回答道,"杀人很愚蠢?你在说什么啊。在进入这一行之后,哪怕不是出于自愿,我也明白了一件事,那就是一个人会不会变成杀人凶手,其实只在一念之间。谁都有想杀掉的对象,就连我也有很多。之所以没杀掉他们,不是因为我聪明,而就像你说的,只是因为事态是如此发展的而已。

"我之所以说你傻——是因为你对瑞贝卡有很大的误解。

"瑞贝卡和你是毫无关系的人?这怎么可能呢。你是怎么从瑞贝卡手里弄到笔记的?抢来的?不是吧?是她将笔记托付给你的吧?虽然我不知道具体情况。在那份实验笔记里,写着足以改变世界的研究成果。你所认识的瑞贝卡,会轻易把这么重要的笔记,交给一个无关紧要的陌生人吗?"

青年的脸上,第一次——浮现出愕然的表情。

"米海尔曾经说过,对他而言,瑞贝卡就像妹妹一般。

"同样地,即使不是男女之爱,对瑞贝卡来说,你也是一个能让她托付重要事物的亲密人物啊。这么简单的事,你怎么会没注意到呢?你这个傻瓜。"

青年仰头望向天空。

风声喧嚣。过了一段漫长的时间,随后——

"真是的……真是的。"

从青年的口中逸出夹杂着自嘲与悲哀的轻笑。到笑声停息为止,又经过了一段漫长的时间。

"过来吧。你有保持沉默的权利,以及找律师的权利——不过,要是你以为在我面前能坚持什么都不说,那可就大错特错了。"

"那还真是可怕。"青年轻声说道,"不过很抱歉,似乎时间到了。"

一个轻微的振翅声响起,似乎能混入树叶的摩擦声里。

它仿佛响自远方,音量却迅速增大。

——紧接着,随着盘旋上升的风,一个巨大的白影从青年背后现身。

是水母船。

涟、玛利亚、青年站在高台上。真空气囊的白色巨躯就像上古时代的大鱼一样，从崖边的阴影里浮现。

"什——"

玛利亚瞪大眼睛，一句话也说不出来。涟在一时之间也愣住了。

水母船缓缓地移动，停在他们头顶上方距离地面仅有数米的地方。巨大的影子落在三人身上。

绳梯从吊舱中垂下，青年攀上梯子。回过神的玛利亚连忙踏上一步大喊"给我等一下"。而在她面前的青年举起状似开关的物体说"不要动"。

"如果你再靠近，我就破坏这艘船。你们也无法幸免。"

玛利亚赶紧停下脚步。

"请别让我做出粗鲁的举动，我也不想亲手破坏瑞贝卡的研究成果。"

玛利亚的俏脸气急败坏。"喂，约翰，你在干什么啊！怎么能放那种庞然大物靠近啊！"她从上衣里抓出无线对讲机怒吼。

"抱歉！来不及……没想到真的……我们的雷达上，什么也——"混着杂音的急切声音传进涟耳中。

没出现在雷达上？难道说，这艘机体是……

"隐形水母船……教授他们的次世代机种。"

虽然教授他们的开发取得了成功，但留在H山脉的残骸却没验出隐形功能，所以他们还以为新型机种并未参加测试。

然而，用在航行测试上的机体有两艘。

如果留在雪山里的残骸是从一开始就没有隐形性能的零号机，那么就没有证据表明，另一艘飞船，也就是被青年夺去的那艘次世代机种上装载的柯提斯最后培育的真空气囊——不具备隐形性能。

"这种东西,你之前到底是藏在了哪里啊……"

"水母船不仅在 U 国得以普及。在邻近的 C 国,主流似乎是将水母船停泊在水边哦。"

雷达侦测不到隐形水母船。所以他之前原来是一直优哉地在国境的另一边避难啊。

"另外有一点要订正。'教授他们的次世代机种',这种说法不对。他们在这台飞船的开发上,没有任何贡献。造出它的人是我——不,是瑞贝卡。"

瑞贝卡?

"为了对来到这里的你们表示敬意,我就告诉你们她的制造方法吧。"青年踏上梯子,"请试着改变一下让素体硬化时的温度。这么一来,结晶的构造会发生改变,变得能够吸收电磁波。

"没有寻找新材料的必要。瑞贝卡已经创造出了能够随着硬化的条件自由改变特性的真空气囊。"

原来要改变的不是材料,而是合成条件啊。

难道说——

"留在技术开发部的样本,是你制作的吗?在培育最后一个素体时,'将气体温度提高二十度'的指示,原来是你加的——瞒着教授他们。"

教授他们什么都不知道。

"祭品组"以为是内维尔他们成功开发出的隐形材料真空气囊。而对于航行测试,也一直以为只是次世代机种与零号机的对照实验。

另外,内维尔等"亡命组"的人则放弃了开发。他们打算用搭载旧型真空气囊的次世代机种想办法逃到国外——却完全不知道在外观、重量上都和原版没有分别的真空气囊，其实已经悄悄借由青年之手具备隐形性能。

或许是自动航行系统开始再度运作的缘故，青年的身体缓缓浮起。

"我不知道把这个方法用在这种地方，是否符合她的期望。至于要不要把这个制造方法告诉空军，就交给你们判断了。"

不能让他逃走——尽管脑袋明白，涟却无法挪动脚步。

"等等，你想逃吗！"

听到玛利亚的怒吼，青年摇摇头。

"请给我们一点时间……我想让'她'看看辽阔的天空。"

青年怜惜地仰望水母船——随即在毫无预兆的情况下，连人带梯离开地面。

连一瞬都不到，水母船就像离开孩子手中的气球一样飞上天空，转眼间便已远去。

"约翰，你在干什么？不管用战斗机或什么都行，快点追上去！"

"我知道！可是——"

上升速度太快了。

玛利亚惊愕地看向天空，不知不觉间，她脸上表情已经变得泫然欲泣，一点都不像她的风格。

涟望着天空。

带着青年离去的水母船，已经小得让涟看不清。

——不一会儿，它便像溶化在蓝天里一般消失无踪。

JELLYFISH WA KORANAI
Copyright © 2016 Yuto Ichikawa
Chinese translation rights in simplified characters arranged with TOKYO SOGENSHA CO., LTD.
through Japan UNI Agency, Inc., Tokyo
Simplified Chinese edition copyright: 2019 New Star Press Co., Ltd.
All rights reserved.
著作版权合同登记号：01-2018-8181

图书在版编目（CIP）数据

水母不会冻结／（日）市川忧人著；金静和译 . ——北京：新星出版社，2019.12
ISBN 978-7-5133-3540-9

Ⅰ．①水… Ⅱ．①市… ②金… Ⅲ．①长篇小说－日本－现代 Ⅳ．①I313.45

中国版本图书馆 CIP 数据核字（2019）第 050921 号

午夜文库
谢刚 主持

水母不会冻结

[日]市川忧人 著；金静和 译

责任编辑：王　萌
责任校对：刘　义
责任印制：李珊珊
封面插图：[日]影山彻
装帧设计：冷暖儿

出版发行：新星出版社
出 版 人：马汝军
社　　址：北京市西城区车公庄大街丙3号楼　　100044
网　　址：www.newstarpress.com
电　　话：010-88310888
传　　真：010-65270449
法律顾问：北京市岳成律师事务所

读者服务：010-88310811　　service@newstarpress.com
邮购地址：北京市西城区车公庄大街丙3号楼　　100044

印　　刷：北京美图印务有限公司
开　　本：910mm×1230mm　　1/32
印　　张：9
字　　数：135千字
版　　次：2019年12月第一版　2019年12月第一次印刷
书　　号：ISBN 978-7-5133-3540-9
定　　价：49.00元

版权专有，侵权必究。 如有质量问题，请与印刷厂联系调换。